JONAS EMS

Schattenseite

plötz & betzholz

Das Buch

Vielitzsee ist ein beschauliches Dorf mit 2000 Einwohnern und einem eigenen Gymnasium. Doch die vermeintlich heile Welt bricht in sich zusammen, als der 17-jährige Linus stirbt und wenige Monate später alle Schüler eine E-Mail mit einem Link zu einer Internetseite namens Schattenseite erhalten. Dort werden intime Geheimnisse veröffentlicht – aber nur, wenn genügend Schüler die Seite anklicken. Und so beginnen die Tage der Wahrheit, die alle – selbst den Direktor der Schule – in einem anderen Licht erscheinen lassen. Ein mitreißender Roman für Schüler, Lehrer und Eltern über Mobbing, Hacking und die Frage, ob geheime Daten im Netz überhaupt sicher sein können.

Der Autor

Jonas Ems, geboren 1996, ist ein Multitalent. Auf seinem YouTube-Kanal begeistert er mehr als 2,7 Millionen Abonnenten und gehört damit zu den größten deutschen YouTubern. Seine Bücher »Peinlich für die Welt« und »Die andere Verbindung« erklommen beide die SPIEGEL-Bestsellerliste. Ems ist zudem Schauspieler, schreibt Drehbücher für Filme und Serien und hat im September 2018 im Kinofilm »Das schönste Mädchen der Welt« mitgespielt.

JONAS EMS

SCHATTENSEITE

TAGE DER WAHRHEIT

plötz & betzholz

Besuchen Sie uns im Internet:
www.ullstein-buchverlage.de

MIX
Papier aus verantwortungsvollen Quellen
FSC® C083411

Originalausgabe im Plötz & Betzholz Verlag
1. Auflage Dezember 2019
3. Auflage 2020

Umschlaggestaltung: zero-media.net, München
Titelfoto: Niels Andriske, gatzke.media
Layout: Kristin Blöcker
Satz: KompetenzCenter, Mönchengladbach
Gesetzt aus der Nimbus Roman
Druck und Bindearbeiten: CPI books GmbH, Leck
ISBN 978-3-96017-053-2

Cyberkriminalität ist lukrativer als der gesamte illegale Drogenhandel weltweit. Während die illegale Drogenindustrie jährlich rund 400 Milliarden US-Dollar verdient, machen Cyberkriminelle Beute in Höhe von 600 Milliarden US-Dollar.

Cybersecurity Ventures

18. Oktober 2019

Prolog | Corvin

Ihr Büro

Zitternd hielt er ihn in seiner Hand. Den Abschiedsbrief seines besten Freundes. Es konnte keine Stunde her sein, als er noch quicklebendig im Raum gestanden hatte. Doch jetzt lag sein lebloser, blutiger Körper grässlich entstellt vorm Haus, unter dem Balkon, von dem er zehn Meter in die Tiefe gefallen war.

Corvin konnte es noch immer nicht fassen. Nie wieder würde er seinen alten Freund sprechen. Nie wieder würde er seinen alten Freund so sehen, wie er ihn kannte. Nie wieder würde er überhaupt einen Freund wie Linus haben.

Jetzt blieb ihm nur noch ein hektisch gekrakelter Abschiedsbrief, verfasst mit einem Kugelschreiber, der einst ein billiges Werbegeschenk gewesen sein musste, denn andere Stifte hatten sie hier oben nicht.

Hier, im dritten Stock eines maroden Altbaus in ländlichem Baustil. Gestern war das noch ihr gemeinsames »Büro.« Oder Versammlungsraum. Oder Kreativschmiede.

Offiziell war es aber die alte Wohnung von Corvins Großeltern, die längst ins Altersheim verfrachtet worden sind, weil sie zum Pflegefall wurden. Da die Wohnung folglich keinen Nutzen mehr hatte und nach Vielitzsee, ein Dorf mit 2000 Einwohnern, sowieso niemand ziehen würde, ergab sich für Corvin die einmalige Chance, bereits mit siebzehn viel Zeit außerhalb seines Elternhauses zu verbringen – gemeinsam mit seinem vor einer Stunde verstorbenen Kumpel Linus.

Kumpel trifft es nicht einmal, dachte sich Corvin. *Linus war mein bester Freund. Ein echter Weggefährte fürs Leben.*

Eine Träne kullerte Corvin die Wange herunter. Seine Hand zitterte, als würde sie unter Starkstrom stehen. Er spürte ein Pochen an seiner linken Augenbraue. Dunkelheit erfüllte den Raum. In der Ferne waren die gleichmäßigen Sirenen eines Polizeiautos zu hören, das Corvin bereits vor fünf Minuten herbestellt hatte.

Wäre er heute doch einfach zu Hause geblieben …

Der Brief! Er musste ihn der Polizei unter allen Umständen zeigen. Hierin war festgehalten, was mit Linus geschehen war. Warum sich Linus das Leben genommen hatte. Und wer schuld an Linus Tod war!

Der Brief war ein wichtiges Detail …

Lieber Corvin,

ich bin mir sicher, dass Du diesen Brief als Erster finden wirst. Nach meiner Berechnung – und Deinem Verlass auf Pünktlichkeit – solltest Du in exakt sieben Minuten hier eintreffen. So lange bleibt mir noch, um Dir zu schreiben, warum ich mich dafür entschieden habe, heute meinem Leben ein Ende zu bereiten. Und glaube mir, wenn ich Dir sage, dass diese Entscheidung nicht leicht war.

Wie viele Jahre sind wir bereits befreundet? Wie viel haben wir schon durchgemacht? Ich hätte mir keinen besseren Freund vorstellen können. Und trotzdem habe ich das erstickende Gefühl, auf dieser Welt keinen Platz zu finden. Zu viel ist passiert ... Zu wenig lässt sich wieder rückgängig machen. Ich möchte keine Namen nennen und die Schuld auf Einzelne schieben. Ich selbst bin es doch, der unzufrieden ist – nicht die anderen. Ich selbst habe doch die Probleme – nicht die anderen. Ich selbst bin offensichtlich sonderbar – nicht die anderen.
Also warum sollten andere die Schuld für etwas tragen, das dem Anschein nach ich selbst verantworte?

Du warst mein Freund, die einzige Person, die immer hinter mir stand. Mit dir habe ich meine Gedanken und Gefühle geteilt – und immer gewusst, dass sie gut aufgehoben waren. Vielen Dank!

Vergiss nicht, wer ich bin.

~ Linus

FÜNF MONATE SPÄTER

SONNTAG

08. März 2020

Kapitel 1 | Seymon

Zimmer 302 im Schlosshotel

Sanft berührten seine Lippen die glatte Haut ihres Nackens. Kaum hörbar, aber spürbar stieß er seinen warmen Atem aus und erzeugte Gänsehaut auf ihrem ganzen Körper. Vorsichtig, aber bestimmt wanderte seine Hand von ihren Schultern über ihren Rücken bis runter zu der Jeanshose, die sie für seinen Geschmack schon viel zu lange trug. Mit Fingerspitzengefühl öffnete er die Gürtelschnalle und ließ Zeige- und Mittelfinger entschlossen ins Innere der Hose gleiten.

»Nicht, Seymon«, fuhr sie ihn an.

Verwundert hielt er in seiner Bewegung inne.

»Du weißt doch, es fehlt noch was.«

Seymon dachte kurz nach, bis ihm die Abmachung, die er mit seiner Freundin getroffen hatte, wieder ins Gedächtnis kam. Schmunzelnd gab er ihr einen letzten Kuss auf den Hals und einen verspielten Klaps auf den Po, schlich dann lautlos ins daneben liegende Badezimmer des Hotelzimmers, das er bereits vor zwei Wochen für ihre Turteleien reserviert hatte.

Sonst würde Vater wieder reinplatzen …

Amüsiert betrachtete er die durchsichtige Verpackung des Arztkostüms, das ihn an diesem Abend in »Dr. Seymon Huth« verwandeln würde, der seine heißen Patienten immer ein bisschen übergründlich untersuchte. Vielleicht würde Dr. Seymon Huth sogar eine Verspannung feststellen, die nur durch akute, noch vor Ort angewandte Medizintechniken gelöst werden könnte.

So ein weißer Kittel ist wirklich nicht ohne, dachte sich Seymon, während er sein T-Shirt auszog. *Fehlt nur noch das Stethoskop und das Fieberthermometer.*

Es dauerte nicht lang und Seymon hatte sich von einem durchtrainierten Teenager in einen Medizinstudenten verwandelt, der frisch aus einem Stripclub entlaufen sein könnte.

»Hrrrr …«, schnurrte Patricia, die einen vorsichtigen Blick durch die Badezimmertür geworfen hatte. »Du gefällst mir noch besser, als ich erwartet habe.«

»Danke.« Seymon überlegte, ob er den weißen Kittel mit den dafür vorgesehenen Manschettenknöpfen schließen sollte, entschied sich dann aber, sein Sixpack weiterhin zur Geltung kommen zu lassen.

»Du denkst jetzt aber nicht an meinen Bruder, oder?«

»Was? Nein!«, Patricia schüttelte den Kopf. »Wenn, dann denke ich an deinen Dad!« Sie lachte über ihren eigenen Witz.

Süß, dachte sich Seymon.

Dabei war sein Vater längst kein richtiger Arzt mehr. Seit mehreren Jahren ging er nur noch auf Kongresse für Wichtigtuer und erzählte von seiner ach so aufregenden Zeit als Chefarzt einer unbedeutenden Heilklinik in Berlin. Doch diese Tage waren vorbei. Geld verdiente er mit seinen Vorträgen zwar genug, vollkommen erfüllen würde es ihn jedoch niemals, da war sich Seymon sicher. Aber vermutlich würde Seymon es nicht anders machen … in der Situation, in der sein Vater seit mehr als einem Jahr steckte.

»Ich liebe dich.«

Seine Freundin riss ihn aus seinen Gedanken. Wie an dem Tag, als sie sich das erste Mal geküsst haben, stand sie ihm erwartungsvoll gegenüber und strahlte übers ganze Gesicht, sodass ihre kleine Nase und die zahlreichen, frech gesprenkelten Sommersprossen ihr niedliches Auftreten zusätzlich verstärkten.

Und trotzdem durchbohrte ein tiefer Schmerz Seymons Brust. Es war ein unangenehmes Gefühl. Eines jener Gefühle, die man in Momenten verspürte, in denen man sich sicher war, etwas falsch zu machen.

Er ließ es sich nicht anmerken, doch Seymon empfand Reue und Scham – beides gleichermaßen.

»Jetzt darfst du weitermachen«, befahl sie ihm.

»*Sie.*«

»Wie bitte?« Verwundert schaute sie ihn an.

»*Sie* dürfen weitermachen. Ich bin Ihr Arzt und Sie haben mir am Telefon mitgeteilt, dass Sie starke Schmerzen haben. Ist das korrekt?«

Patricia grinste hämisch.

»Oh ja, Herr Doktor. Unglaubliche Schmerzen. Genau

hier!« Sie deutete mit ihrem Zeigefinger auf ihren Busen. »Können Sie mich da vielleicht mal abtasten?«

Dr. Seymon Huth grinste.

Das musste er sich nicht zweimal sagen lassen. Mit all seiner ärztlichen, vor allem aber körperlichen Erfahrung begann er mit einer ausführlichen Untersuchung.

Kapitel 2 | Nola

Waldpark

Noch einen Treffer und er war tot. Nur noch Luft anhalten und konzentrieren. Pfeil ausrichten. Bogen spannen. Abfeuern. Dann wäre er endgültig tot, für immer weg.

Schuss. Volltreffer.

Er war erledigt.

Zufrieden stapfte Nola durch die hohen Gräser des Waldparks Vielitzsee, der für März erstaunlich wild vor sich hin wucherte. *Warum kümmert sich die Gemeinde nicht darum? Vermutlich weil hier eh niemand freiwillig spazieren geht.*

Doch Nola mochte diesen Ort. Schon seit ihrem Umzug in diese trostlose Einöde Brandenburgs im letzten Sommer verbrachte sie die meiste Zeit im Park.

Zum Rumsitzen, Musikhören, um den Vögeln zu lauschen und natürlich um ab und zu entspannt einen durchzuziehen. Am liebsten übte sie hier jedoch das Schießen mit Pfeil und Bogen. Sie hatte nicht vor, zum Militär zu gehen. Und erst recht nicht zur Polizei, so wie ihre Mutter. Doch Castingshows verfolgen oder Stunden am Schminktisch verbringen – das konnten andere Mädchen machen. Nicht Nola.

Stolz betrachtete sie den Baum vor sich, auf den sie mit Kreide eine Zielscheibe gemalt hatte, in der jeder Pfeil genau in der Mitte feststeckte.

Nicht schlecht, dachte sie sich, während sie nicht wenig Mühe hatte, die Messingspitzen wieder aus der harten Baumrinde zu ziehen.

»Tut mir leid, lieber Baum«, flüsterte sie, »ich verspreche dir, beim nächsten Mal schieße ich auf unseren Nachbarn.« Sie grinste.

»Zumindest, wenn der nachts noch mal seinen Deutschrap-Abfuck hört.«

Endlich hatte sie alle Pfeile aus dem festen Holz des Baums befreit. Sie zeichnete ihren Zielkreis noch einmal nach und marschierte anschließend exakt zwanzig Schritte von der Eiche weg. Fünf Schritte mehr als zuvor. Für sie würde es dennoch ein Kinderspiel sein. Erst recht mit ihrem neuen Edelholzbogen, den sie vor einer Woche geschenkt bekommen hatte. Geschenkt von einem … *Freund*.

Gerade als sie die Mitte der Zielscheibe bereits fest im Visier hatte, vernahm sie Stimmen.

Oh nein, dachte sie, während sie den Bogen wieder entspannte. *Wer kommt hier bitte her?*

Diese Frage sollte sich im nächsten Moment von alleine beantworten. Ihre Fahrräder neben sich herschiebend, schlugen sich Flavio Anderson und Nathan Messner den Weg durchs Gebüsch frei. Zwei ihrer Mitschüler, denen sie definitiv nicht in der Freizeit begegnen wollte.

Flavio war muskulös und groß, wog mindestens neunzig Kilo und hatte ein markantes, beinahe eckiges Gesicht. Bartwuchs hatte er zwar noch keinen, dafür waren seine Augenbrauen umso buschiger. Seine Haare schienen ein unkontrollierbares Eigenleben zu führe, was Nola allerdings als attraktiv empfand. Das war aber auch das einzige, was an Flavio positiv auffallen könnte. Vor allem in Bezug auf seinen Charakter.

Nathan dagegen war kleiner, hatte kurzes, schwarzes Haar und ein niedliches Gesicht. Seine Arme waren nicht so kräftig wie die seines Kumpels, trotzdem sah man ihm an, dass er regelmäßig Sport trieb.

Eigentlich ziemlich süß. Vielleicht sogar heiß. Wäre er nicht einen Kopf kleiner als ich.

»Hey Katniss Everdeen!«

Nola rollte mit den Augen. Jetzt wurde ihr wieder klar, warum sie die beiden hier nicht treffen wollte. Generell nirgends treffen wollte.

»Hey Pettersson und Findus!« Ihre neuen Spitznamen für die beiden. Sie mochte sie.

»Wer soll das sein?«, krächzte Flavio, der scheinbar keine Kindheit gehabt hatte.

Nola schüttelte nur den Kopf. *Am besten gar kein Gespräch mit den beiden anfangen. Sie gehen dann schon weiter.*

Sie gingen nicht. Genau genommen kamen die beiden auf sie zu.

»Du, wir bräuchten da was, das du uns schon vor einer

Woche versprochen hast.« Nathan gestikulierte undeutlich vor sich hin. Nola war klar, was die beiden wollten.

»Seh ich aus wie euer scheiß Dealer?«

»Sehen wir aus wie scheiß Junkies?«

Noch nicht, dachte sie, *aber wenn ihr weiterhin so viel Weed konsumiert, dann sicher bald.*

»Ich habe nichts hier. Und meinen Kumpel treffe ich erst morgen wieder.« Eigentlich wollte sie Marco gar nicht darum bitten, ihr schon wieder Marihuana aus Berlin mitzubringen. Die Zeiten waren vorbei. Sie war längst nicht mehr auf das Kleingeld angewiesen. Außerdem brachte sie Marco damit in eine gefährliche Situation. Immer öfter wurden Autos von der Autobahn herunter gewunken und auf Drogen gefilzt. Zudem hatte Marco bereits eine Anzeige wegen Trunkenheit am Steuer.

»Und was sollen wir dann jetzt machen?«, nörgelte Nathan, »Ins Gym gehen?«

»Ne.« Flavio schüttelte demotiviert den Kopf. »Wo steckt denn Seymon?«

Unwissend zuckte Nathan mit den Schultern.

»Könnt ihr vielleicht euer romantisches Wochenende woanders planen?« Nola machte eine deutlich ausladende Armbewegung. Doch Nathan und Flavio waren wie Zecken.

»So schon mal gar nicht, junges Fräulein.« Nathan schmiss sein Fahrrad auf den Boden und ging auf sie zu. »Lass mich mal.«

Nola seufzte. Ihr war klar, dass sie das nicht machen musste. Aber je mehr Widerstand sie leistete, desto länger musste sie damit rechnen, dass Pettersson und Findus ihr auf die Nerven gingen.

»Bogen in die linke Hand, mit der rechten Hand den Pfeil einspannen.«

»Ich weiß schon. Ich war früher mit meinem Vater öfter …« Der Pfeil rutschte Nathan aus der Hand und fiel plump auf den Boden.

»Das muss ich in meine Story packen«, sagte Flavio lachend und stieg nun ebenfalls von seinem Fahrrad ab. Nola war kurz vor einem mentalen Zusammenbruch. Jedenfalls hatte sie das Gefühl.

»Okay, du schießt jetzt kurz«, sie deutete auf Nathan, »und du darfst einen niedlichen Hundefilter drüber packen«, Flavio hielt sein Handy schon bereit, »und dann wäre es super, wenn ihr euch verpisst.«

Flavio befeuchtete seine Lippen. »Ne, passt schon. Habe heute Abend eh noch Damenbesuch.« Cool nickte er mit dem Kopf, doch Nola ignorierte sein Machogehabe.

Ekelhafter Typ.

Währenddessen hatte es Nathan geschafft, einen Pfeil abzufeuern, der allerdings meterweit am Baum vorbeiflog.

»Kein Bock, den zu holen.« Er drückte ihr den Bogen in die Hand und ging zurück zu seinem Fahrrad, Flavio folgte ihm.

»Danke!«, rief Nola ihnen hinterher und zeigte den Mittelfinger, wobei sie tatsächlich dankbar darüber war, dass sie endlich in Ruhe gelassen wurde.

Ermüdet suchte sie das Gras nach dem verschossenen Pfeil

ab, während Nathan und Flavio mit aufgedrehter Radiomusik aus einer Bluetooth-Box davonfuhren.

Scheiß Deutschrap.

Gerade als sie fündig wurde, vibrierte ihr Handy in einem individuell eingestellten Rhythmus. *Er.*

Aufgeregt entsperrte sie ihr Handy und öffnete eine App, über die man sich verschlüsselt Nachrichten hin und her senden konnte.

Und, gefällt dir der Bogen?

Und wie er ihr gefallen hatte. Beinahe hätte sie damit heute zwei nervige Schulkameraden erlegt. Sie tippte eine Antwort in ihr Smartphone. Wenige Sekunden später vibrierte es erneut.

Super! Hat immerhin 500 Euro gekostet. Beim nächsten Mal wird's dann hoffentlich nicht ganz so teuer. Was meinst du?

Nola dachte nach. Sie wusste es nicht. Sie wusste generell nicht, was sie wollte. Warum sie das überhaupt machte.

Ermüdet steckte sie ihr Handy zurück in die Tasche, griff nach Pfeil und Bogen, zielte auf den Baum und stellte sich diesmal vor, dass *er* es war, dessen Halsschlagader in wenigen Sekunden von einem bleistiftspitzen Pfeil durchbohrt werden würde.

Kapitel 3 | Corvin

Bei den Nachbarn

Er ging durch die Straßen von Los Santos, einer Metropole Südkaliforniens, und schoss wie wild auf irgendwelche Passanten. Eigentlich sollte er nur den Drogendealer aufhalten. Aber seine Munition war noch nicht aufgebraucht, also warum sollte er sich diesen Spaß entgehen lassen? Die Polizei musste bereits alarmiert sein, in der Ferne waren Sirenen und ein Helikopter zu hören.

»Wie werde ich die Cops los?«, fragte er.

»Habe ich dir doch gesagt«, antwortete ein zweiter.

»Ich hab's vergessen, tut mir leid«, entgegnete er wieder.

»Okay, dann zeig ich's dir ein letztes Mal.« Der andere fackelte nicht lang, und wenige Sekunden später waren die Straßen ruhig – die Passanten beruhigten sich wieder, die Sirenen waren stumm und der Helikopter schien wieder abgezogen zu sein. Also konnte er seine Mission beenden.

»Tommy!« Seine Mutter hatte lautlos die Tür seines Kinderzimmers geöffnet. Wer weiß, wie lange sie die beiden schon beobachtete.

»Ich habe dir doch gesagt, dass du das nicht mehr spielen sollst!«

Tommy wollte antworten, während er parallel mit einer Tastenkombination das PC-Spiel beendete, doch seine Mutter ließ ihm keine Zeit.

»Und Corvin – ich bezahle dir doch nicht zehn Euro die Stunde, damit du Tommy beim Zocken zusiehst!«

Corvin gab nur undeutliches Stottern von sich. Er hasste solche Situationen. Wie vermutlich jeder Mensch.

»Mama, er hat mir mega die krassen Cheats gezeigt. Jetzt komme ich endlich bei der Mission weiter und …«

»Du sollst das aber doch gar nicht mehr spielen, dieses, dieses …«, Frau Albers suchte die richtigen Worte, »dieses gewaltverherrlichende Zeugs. Corvin, entweder du hilfst Tommy wie abgesprochen bei Mathe oder du gehst wieder rüber.«

Corvin bereute es, Tommy von seiner Leidenschaft für PC-Games erzählt zu haben. Klar, Tommy war fünf Jahre jünger als er, aber in seinem Alter hatte er auch schon solche Spiele gespielt. Zusammen mit Linus. *Das waren Zeiten …*

Eigentlich war Corvin gerade bei Tommy, um ihm den Dreisatz näherzubringen, an dem sich Tommy schon seit über einem Schuljahr schwertat und der ihm Fünfen auf dem Zeugnis einbrachte.

Corvin dagegen war ein echtes Genie in naturwissenschaftlichen Fächern – vor allem in Mathematik. Für ihn gab es nichts Selbstverständlicheres als die Logik und Regelmäßigkeiten der Zahlen. Und da Corvin der direkte Nachbar von Tommy war und gleichzeitig ein Klassenkamerad von Tommys großer Schwester Sophia, lag für Frau Albers, Tommys Mutter, nichts näher, als Corvin für Nachhilfe zu engagieren.

Jetzt schien sie es zu bereuen.

»Jungs, haben wir uns verstanden?« Tommy und Corvin nickten brav. Wie zwei Freunde aus dem Kindergarten, die aufhören sollen, Bauklotzkrieg zu führen.

»Dann gehe ich mal wieder runter. Und wehe, ich höre irgendwelche Pistolen knallen.« Damit verließ sie den Raum und stapfte hörbar die Treppen hinunter.

»Ich benutze 'ne SMG oder Heavy Sniper, aber doch keine Pistole«, witzelte Tommy, der ansonsten nicht gerade den Anschein erweckte, sich auf die Nachhilfestunde zu freuen.

»Wir bekommen das schon hin. Hast du deiner Lehrerin wie besprochen deine Hausaufgaben mitgegeben?«

Tommy zuckte nur mit den Schultern. »Na ja, was soll das bringen. Ich check es eh nicht.«

»Deswegen bin ich ja hier.«

In diesem Moment klopfte es erneut an der Tür.

»Wir lernen Mathe, Mama!« Tommy schrie in einer Lautstärke, dass es das ganze Haus hatte hören müssen. Inklusive der Nachbarn … Das hatte Corvin schon frustrierend oft feststellen müssen. Sein Zimmer lag direkt neben Tommys Zimmer, getrennt durch eine offenbar nicht ausreichend dicke Hauswand.

Entgegen Tommys Erwartung betrat jedoch nicht seine Mutter den Raum, sondern Sophia.

»Hey Corvin, alles gut?«

Sophia war eine der wenigen Menschen an Corvins Schule, die ihn nicht vollkommen ignorierten. Allerdings war sich Corvin nicht sicher, ob das nicht eine dieser unausgesprochenen Regeln war … den Nachbarsjungen gut zu behandeln. Wobei Corvin damit gar kein großes Problem hätte. Ihm war es lieber, von den meisten ignoriert zu werden, als im Mittelpunkt zu stehen. Denn bisher war das für ihn nie glücklich gelaufen.

Als sein bester Freund Linus im letzten Herbst verstorben war, stand Corvin für einige Tage im Mittelpunkt. Er wurde gefragt, wie es ihm jetzt ging. Ob er damit klarkäme, wenn er »keinen Kollegen zum Zocken«, »keinen Boyfriend«, »keinen Nerd-Zwilling für Schwanzpartys« mehr hätte. Danach wurde er wieder herumgeschubst, und es wurden Posts über ihn verfasst.

Und danach wurde er endlich wieder in Ruhe gelassen, endlich wieder komplett ignoriert, als wäre nichts gewesen.

Corvin wusste selber nicht, wie es dazu gekommen war.

Er hatte nie das Gefühl, zum Außenseiter zu werden. Bis er es dann eines Tages einfach war.

Ob es daran lag, dass er sich nicht für Sport begeistern konnte und nie mit den anderen Fußball spielte? Oder ob es an seinen wuscheligen, braunen Haaren lag, die nicht mit einem zwei Millimeter kurzen Undercut ausgestattet oder zur Seite gestylt waren?

Oder ob es vielleicht seine Liebe zum Programmieren und Zocken war, die andere störte? Oder seine Asthmaanfälle, seine unmodische Kleidung, seine Angst vor Kontrollverlust bei Alkoholkonsum, seine vielen Pickel oder doch das rote Gesicht, das er immer bekam, wenn er Vorträge vor der ganzen Klasse hielt?

Corvin konnte nicht genau benennen, woran es lag. Und trotzdem wusste er, dass die anderen ein gewaltiges Problem mit ihm hatten.

»Corvin?«

Erschrocken fuhr er hoch.

»Sorry, ich wollte eigentlich nur Hallo sagen.« Sie ging auf ihn zu, und er streckte ihr unsicher seine Hand entgegen.

»Ähm, guten Tag«, stotterte er.

»Sag mal, bist du in meine Schwester verknallt oder warum bist du so rot?«

Du kleiner Vollidiot, dachte sich Corvin, stotterte aber wieder nur rum.

»Er ist rot, weil er nicht fassen kann, wie schlecht du in Mathe bist.«

Jetzt war Tommy beleidigt.

»Warum gibst *du* ihm eigentlich keine Nachhilfe?« Endlich hatte Corvin etwas Sinnvolles gesagt. Beruhigt spürte er, wie das überflüssige Blut langsam wieder aus seinem Kopf sackte.

»Tja … Ich denke, ich habe einfach keinen Bock.« Sie zupfte ihren BH durch ihr T-Shirt zurecht. Corvin fand Sophia ziemlich attraktiv. Die meisten würden vermutlich über ihn denken, dass er jedes Mädchen attraktiv finden müsste. So wie er aussah. »Nerds wie er würden alles nehmen, was nicht bei drei auf den Bäumen ist.« So hatte sein Mitschüler Seymon ihn letzten Sommer ihrer neuen Mitschülerin vorgestellt. Corvin hatte in der Situation gelacht. Gelacht, weil er mitlachen wollte. Weil er deutlich machen wollte, dass er das auch witzig fand. Dass er dazugehörte. Es verkraften konnte. Aber dem war nicht so. Eigentlich hasste er es. Er hasste seine Mitschüler. Und er hasste die Art, wie sie mit ihm umgingen.

Corvin fand ganz und gar nicht jedes Mädchen attraktiv. Er würde auch nicht von einem Beuteschema reden. Aber es gab doch einen ganz bestimmten Typ Mädchen, den er anziehend fand.

Sophia zum Beispiel. Sie war etwa so groß wie er, hatte lange Beine und einen mächtigen Brustumfang. Auf ihren Armen und Händen waren immer bunte Muster skizziert, die, so wie es Corvin schon öfter beobachtet hatte, in langweiligen Unterrichtsstunden entstanden. Sie trug seit etwa einem Jahr eine Zahnspange, die sie ein gutes Stück jünger wirken ließ. Dazu ein freches Grinsen, niedliche Ohren, die zwischen ihren langen, braun gelockten Haaren hervorlugten, zwei kugelrunde Teddyaugen und kleine Grübchen auf den Wangen.

Manchmal trug sie Wimperntusche oder Lidschatten. Und Lippenstift, aber eher selten. Für ihn brauchte sie das aber alles nicht – ihr Gesicht war natürlich am schönsten.

»O-kay.«

Wieder wurde Corvin aus seinen Tagträumereien gerissen.

»Ich denke, ich gehe dann mal«, sagte sie. Ein Winken, dann war sie auch schon aus dem Raum verschwunden.

»Du bist doch sicher in sie verliebt, nicht wahr?« Tommy und sein freches Mundwerk.

»Kommen wir zum Dreisatz.«

* * *

Zwei bescheidene Stunden später hatte es Tommy gecheckt. Nicht so gecheckt, dass er damit Einsen schreiben würde, aber immerhin bekam er nun keine Schweißausbrüche mehr, wenn er berechnen musste, wie viele Kekse Max Mustermann in einer Stunde essen konnte, wenn er in einer Minute genau zwei Keks verzehrte.

Klar, Max würde um einen Krankenhausbesuch nicht herumkommen, aber Tommy könnte wenigstens sagen, wie viele Kekse nun aus Max' Bauch herausoperiert werden müssten.

»Hat Spaß gemacht! Wenn's mal wieder was gibt, sag Bescheid.« Corvin packte seinen Block und seinen Kugelschreiber wieder ein. Irgendein Werbegeschenk. Wie jeder Kugelschreiber.

»Du hast es doch nur wegen des Geldes gemacht!« Tommy war ganz schön undankbar.

»Vielleicht«, gestand Corvin. Er setzte sich seinen Rucksack auf und verließ das Zimmer, ohne sich noch einmal umzudrehen. Er erkannte aber die Titelmusik von GTA und wusste, dass Tommy an diesem Abend noch Computerverbot bekommen und er ihn wieder durch die Wände schreien hören würde …

Corvin verabschiedete sich brav von Frau Albers, die ihm noch schnell 30 Euro in die Hand drückte.

Eine kalte Brise begrüßte ihn, als er die Haustür hinter sich zuzog. Dieser März war kalt. Kälter als gewöhnlich. Außerdem begann es zu dämmern. In der Ferne kläffte ein Hund. Corvin zog den Reißverschluss seiner dünnen Jacke zu und ging schnellen Schrittes auf das Haus seiner Familie zu.

Plötzlich vernahm er hinter sich einen lauten Knall. Mit voller Wucht hatte jemand eine Autotür zugeschlagen. Corvin drehte sich um und blickte Felix Polzer direkt in die Augen. Er hatte ein Päckchen in der Hand und grinste unheimlich.

Jeder in Vielitzsee kannte Felix Polzer. Corvin schätzte ihn erst auf Mitte 30, konnte sich aber dennoch nicht erinnern, dass es jemals einen anderen Paketlieferanten in dieser Gegend gegeben hat.

Felix Polzer blieb einem im Kopf, weil er ein auffällig gruseliges Auftreten hatte. Eine schlecht verheilte Narbe zog sich durch seine linke Gesichtshälfte. Angeblich ein Unfall beim Rasieren. Corvins Mitschüler behaupteten jedoch, dass er nicht nur normale Pakete ausliefern würde, sondern auch alles andere – falls genug Geld im Spiel war.

Dazu kamen ein knochiges Gesicht und eine tiefe, kratzige Stimme. Am schlimmsten war aber, dass Felix Polzer vermutlich einen ordentlichen Knacks in der Psyche hatte. Laut Erzählungen hatte er früher hohe Wettschulden und das nie richtig verarbeitet. Seitdem führte er regelmäßig Selbstgespräche und redete wirres Zeug. Für Corvin eine Person, der er nachts nicht im Wald begegnen wollte.

»Corvin!«

Corvin lief ein Schauer über den Rücken. Woher kannte der Paketbote seinen Namen?

»Ja?«

»Ein Päckchen für deine Familie. Kannst du es entgegennehmen?«

Corvin ertappte sich dabei, wie er angewidert auf die Narbe starrte.

»Ähhh – klar!« Er unterschrieb und nahm dann das Paket entgegen. »Danke.«

Gerade als er sich umdrehen und gehen wollte, packte ihn der Zusteller mit einem kräftigen Griff an der Schulter.

»Warte mal.«

»Ja?« Furcht war Corvins Stimme zu entnehmen.

»Ich weiß es!«

Corvin verstand nicht. »Wie … wie meinen Sie das?«

Die Augen von Felix Polzer funkelten. Er setzte ein breites Grinsen auf.

»Ich weiß es, Corvin. Ich weiß alles. Aber glaube mir, es wird niemand erfahren!«

MONTAG
09. März 2020

Kapitel 4 | Seymon
Vor der Schule

Es hatte bereits geläutet, doch das war Seymon herzlich egal. Die ersten Stunden hatte er sowieso bei Herrn Schuck, und der nahm das ziemlich locker. Vor allem, weil Seymon Kapitän in der Fußballmannschaft war, die von Heinrich Schuck trainiert wurde. Er würde schon ein Auge zudrücken …

Zumal es auch gar nicht an Seymon lag, zumindest diesmal nicht: Er musste auf die anderen warten.

Ungeduldig blickte er auf seine vergoldete Armbanduhr.

Wo bleiben sie nur?

Gerade als Seymon eine wütende Nachricht in sein Handy tippen wollte, sprang ihn sein treuester Freund von hinten an, sodass Seymon sein Smartphone beinahe fallen ließ.

»Pisser!« Seymon schlug mit Nathan kumpelhaft ein.

Dann stießen auch Patricia und Benedikt Goldberg dazu, der aber immer nur »Goldberg« genannt wurde.

»Goldberg.« Seymon nickte ihm zu.

Seine Freundin bekam einen Kuss auf den Mund.

»Iih, Liebe!« Nathan schüttelte überdreht den Kopf.

Patricia grinste. »Etwas, dass du niemals spüren wirst.«

Immer noch ungeduldig warf Seymon einen Blick auf seine Uhr. »Wo steckt Flavio? Der Unterricht hat schon vor fünf Minuten angefangen.«

»Was ist denn mit dir los, entspann dich mal!« Nathan legte beruhigend seine Hand auf Seymons Schulter. Der war jedoch alles andere als entspannt.

»In drei Tagen schreiben wir Wirtschaft. Das geht alles in die Endnote. Wenn ich jetzt was verpasse, dann bringt mich mein Vater um.«

»Okay, versteh' schon. Keine Ahnung, wo Flavio ist. Der wollte sich gestern Abend noch mit 'nem Girl treffen, sicherlich pennt der heute aus.«

Patricia sah auf. »Apropos Girl, schaut mal, wer da kommt.«

Seymon, Nathan und Goldberg starrten zeitgleich Richtung Schultor, durch das drei auffällig gekleidete Mädchen das Schulgelände betraten.

Mila Lee, Mathilda Forst und Ricarda Baumann.

Drei Diven wie aus dem Bilderbuch, dachte sich Seymon.

Auch sie schienen nicht viel Wert auf Pünktlichkeit zu legen.

Mathilda hatte schulterlanges, blondes Haar und ihr Gesicht viel zu intensiv mit Make-up zugekleistert. Obwohl heute ein normaler Schultag war, trug sie High Heels, mit denen sie allerdings unsicher vor sich hin torkelte. Ihre Tasche aus glänzendem Schlangenleder drückte sie dicht an ihren Körper, als hätte sie Angst, jemand könnte sie ihr jeden Moment wegnehmen.

Ricarda dagegen hatte, dank ihrer lateinamerikanischen

Wurzeln, einen dunkleren Hauttyp, der den Anschein erweckte, sie habe den gesamten Winter in Spanien oder Italien verbracht. Ihre sonst gelockten Haare waren zu einem Dutt zusammengebunden. Sie bevorzugte einen lockeren Kleidungsstil, trug eine Jogginghose, einen Oversize-Hoodie und darüber eine Lederjacke. Die Zeit, die sie an diesem Morgen vorm Schminktisch verbracht hat, sollte der von Mathilda gleichkommen. Ihr Gesicht hatte etwas sehr Anziehendes, wie Seymon empfand. *Vielleicht ihre vollen Lippen, vielleicht ihre natürlich langen Wimpern.*

Wirklich Seymons Geschmack traf aber erst Mila, die im Mittelpunkt der Mädelsclique stand. Sie hatte offenes, matt silbern gefärbtes Haar, das ihr bis zu den Hüften hing. Mit etwa 1,80 Meter und ihren femininen Kurven hätte sie problemlos in einer Modelshow teilnehmen können. Ihr Gesichtsausdruck verriet Dominanz und Selbstsicherheit. Die Wangen waren konturiert, Unreinheiten überdeckt und ihre Augen strahlten – aufgrund ihrer Kontaktlinsen – in einem himmlischen Blau.

Was für ein Mädchen!

»Seymon, starr doch nicht so!« Patricia schien seine Gedanken lesen zu können. Sie gab ihm einen verspielten Schlag auf den Oberarm.

»Die würde ich gerne mal flexen.« Goldberg winkte den Mädchen zu, die ihn allerdings gekonnt ignorierten.

»Wen?«, fragte Nathan.

»Na alle!«

»Goldberg, du bist so eklig.« Patricia schien langsam die Geduld zu verlieren. Und da Seymon nicht mehr daran glaubte, dass Flavio heute noch aufkreuzte, machten sich die vier auf den Weg zum Unterricht.

Nach wenigen Schritten blieb Nathan plötzlich stehen.

»Ey, seht ihr den Typen da?«

Seymon sah sich um.

»Na da, am Zaun! Der Penner! Warum starrt der so dumm?«

Jetzt hatte auch Seymon ihn entdeckt. Und tatsächlich. Direkt an dem mit Stahlrosen verzierten Eisenzaun, der die Schule umgrenzte, stand ein gebückter, kränklich wirkender Mann mit zerschlissenen Hosen und einem durchlöcherten Jägerhut. Außerdem hatte er eine unmodische Sonnenbrille auf der Nase.

»Ist das ein Obdachloser?« Patricia musterte den Mann angewidert.

»Wir sind in Vielitzsee. Hier gibt's keine Obdachlosen. Höchstens Landstreicher.« Seymon wollte sich wieder umdrehen, doch Nathan schien noch nicht genug zu haben.

»Wollen wir ihn nicht einfach fragen?« Nathan formte mit seinen Händen ein Megafon und schrie: »EY PENNER! WAS IST MIT DIR?!«

»Nathan, lass den Scheiß! Das ist respektlos.« Seymon schubste Nathan zur Seite.

»HIER GIBT ES KEIN MONEY FÜR DICH!«

»Nathan!«

Doch Nathan war nicht zu bremsen, griff provokant nach seinem Portemonnaie und begann, direkt vor den Augen des unbekannten Mannes, sein Geld zu zählen.

»Okay, es ist genug!« Seymon drehte sich entschlossen um und ging auf das Schulgebäude zu. Patricia, Goldberg und schließlich auch Nathan folgten ihm.

Doch noch bevor sie die Eingangshalle des Cern-Kahn-Gymnasiums betreten konnten, vernahmen sie die kratzige, aber laute Stimme des Unbekannten. Er rief nach ihm. Er rief nach Seymon. Er kannte seinen Namen!

»DU WIRST ES NOCH BITTER BEREUEN, SEYMON! DU WIRST ES NOCH BEREUEN!«

Kapitel 5 | Corvin

Vor der Schule

Schon wieder war er spät dran … Corvin hatte seit geraumer Zeit massive Probleme, morgens durch seinen Wecker wach zu werden. Erstens war er abends immer viel zu lange wach, wie auch am letzten Abend, als er unbedingt noch ein Webseiten-Projekt fertigstellen musste, das er bereits seit Wochen vor sich herschob. Zweitens schreckte er nachts regelmäßig hoch, teilweise weil er schlecht träumte, manchmal war er sich nicht einmal sicher, ob er überhaupt schon geschlafen hatte. Wäre seine Schwester nicht in letzter Sekunde reingeplatzt, um ihn daran zu erinnern, dass er zur Schule gehen musste, würde er vermutlich noch immer selig vor sich hinträumen.

Corvin parkte sein Fahrrad an einem Fahrradständer, schloss es fest und machte sich zügig auf den Weg zum Schulgebäude.

Ihm kam ein seltsam aussehender Mann entgegen. Er trug einen komischen Hut und lumpige Kleidung. Trotzdem kam Corvin der Mann irgendwie bekannt vor, doch er konnte sich nicht erinnern …

»Hallo.« Corvin hatte keine Zeit, weiter nachzufragen, denn jetzt hatte er Wirtschaft.

»Hallo«, sagte der Mann zurück und schenkte ihm keine weitere Aufmerksamkeit.

Corvin konnte Seymon und Patricia sehen, die gerade die Eingangshalle betraten. *Ein Glück*, dachte er, *ich bin wenigstens nicht der Einzige, der zu spät kommt.*

Die Eingangshalle war nicht mehr als ein trostloser Empfangs- und Versammlungsort für Schüler und Lehrer. Hier wurde man direkt mit der Wahrheit konfrontiert: Schule konnte kein toller Ort sein. Die Wände waren von irgendwelchen Fünftklässlern in ihrer Kunstprojektwoche bemalt worden, Leoparden und Giraffen, soweit Corvin richtig erkennen konnte. Drei völlig überfüllte Mülltonnen und ein fauliger Geruch waren ein klares Indiz, dass übers Wochenende keine Reinigungsfirma da gewesen war. Der Schule gingen die Gelder aus …

Eine der Lampen flackerte, doch einen Hausmeister gab es hier schon lange nicht mehr. Vielleicht würde sich die Technik-AG diese Woche darum kümmern. Vielleicht wird sie aber auch nicht stattfinden, denn es haben sich nur drei Schüler dazu angemeldet. Einer davon war Corvin.

Zweimal klopfen. Warten, bis man hereingebeten wird. In den Raum gehen. Sich höflich entschuldigen. Und hinsetzen. Das war sein Plan.

Corvin klopfte vorsichtig, doch er wurde nicht hereingebeten, also öffnete er selbst die Tür.

Alle starrten ihn an.

»Corvin, schön, dass Sie auch noch die Zeit gefunden haben.« Herr Schuck machte eine flüchtige Handbewegung, thematisierte Corvins Zuspätkommen jedoch nicht weiter. Entweder, weil die anderen auch zu spät waren oder weil es ihm wirklich egal war. Corvin ärgerte sich beinahe, dass es seinem Lehrer derart gleichgültig war. Wieso sollte er überhaupt noch pünktlich erscheinen?

Leise schlich er sich auf seinen Sitzplatz. Seine Sitznachbarin war Nola Wassermann, die Neue, die letzten Sommer in ihre Klasse gekommen war. Er konnte sich jedoch nicht erinnern, jemals mehr als ein paar knappe Worte mit ihr gewechselt zu haben.

Vor ihrem Umzug hatte sie – soweit sich Corvin richtig erinnerte – in Berlin gewohnt. Nicht in einem Kuhdorf wie Vielitzsee.

Sie hatte so ein Glück.

Doch jetzt war sie hier, aus welchen Gründen auch immer. Corvin hatte sie nie gefragt, würde es sich aber auch niemals trauen. Mit Mädchen sprechen, das überließ er lieber anderen. Anderen, die wussten, wie das ging.

Nola sah zudem auch noch ziemlich gut aus. Vielleicht nicht so gut wie Sophia – *aber trotzdem eben ziemlich gut*. Sie entsprach optisch in etwa Schneewittchen. Ihr Gesicht war zwar nicht wirklich weiß wie Schnee, dennoch war sie überdurchschnittlich blass. Ihre Haare allerdings waren tatsächlich schwarz wie Ebenholz und hingen ihr bis über die Schulterblätter. Sie hatte leichte Sommersprossen und die dunkelsten

Augen, die Corvin je bei einem Menschen gesehen hatte. Obwohl Nola auf den ersten Blick eine so düstere Erscheinung war, umgab sie eher eine positive Aura. Jedenfalls hatte es Corvin nie als unangenehm empfunden, neben ihr zu sitzen – obwohl sie bisher kaum miteinander gesprochen hatten.

Corvin war ein Einzelgänger. Sie auch. Das verband sie auf eine Art.

»Ey, Kevin.«

Warum nannten ihn die Leute so?

»Kevin!«

»Ja?« Corvin drehte sich zu Nathan um, der ungeduldig begann, ihn mit Papierschnipseln zu bewerfen.

»Kevin, gib mal die Hausaufgaben.«

Corvin hasste es, derjenige zu sein, der die anderen von seinen Hausaufgaben abschreiben ließ. Das Problem war, dass er sich noch unbeliebter machen würde, wenn er damit aufhörte.

»Geht jetzt nicht, sonst erwischt er uns.« Corvin deutete zu Herrn Schuck.

»Och, Kevin. Komm schon.«

Warum kann er mich nicht bei meinem richtigen Namen nennen?!

»In der Pause, okay?«

Corvin spürte, wie Nola ihm einen mitleidigen Blick zuwarf.

Am liebsten wäre er aufgestanden. Am liebsten wäre er zu Nathan gegangen. Am liebsten hätte er ihm voll einen rübergezogen, so heftig, dass Nathan Corvins richtigen Namen nie wieder vergessen würde.

Aber das würde er im Leben nicht tun. Nicht er, Corvin Marcks, Tierkreiszeichen Steinbock und Außenseiter der Klasse.

Herr Schuck begann, irgendwelche Aufzeichnungen an die Tafel zu krakeln. Corvin verstand den Stoff sehr gut, wollte sich aber nicht übereifrig beteiligen, weil er wusste, dass das die anderen nicht gut finden würden. Er hatte sich bereits ein eigenes Verhaltensmuster angeeignet, um sich möglichst gut an alle anderen anzupassen und nicht weiter aufzufallen.

Es klopfte an der Tür.

Noch ein Zuspätkommer?

Nein. Der Direktor der Schule, Dr. Herms höchstpersönlich.

»Oh, Herr Dr. Herms. Was kann ich Ihnen Gutes tun?« Herr Schuck grinste den Direktor fröhlich an, der allerdings nur kalt zurück nickte.

Er sah sich im Raum um und blieb mit seinem Blick schließlich bei Corvin stehen.

»Corvin Marcks«, sagte er misslaunig, »kommen Sie sofort in mein Büro.«

Kapitel 6 | Nola

Klassenzimmer

Sie hasste Schule. Und sie hasste den nervtötenden Haufen Teenager, der sich ihre Mitschüler nannte.

Herr Schuck war in Ordnung. Er hatte seinen Unterricht meistens im Griff, besaß ein feines Händchen für Geografie und Politik und sah – rein optisch – für einen Lehrer gar nicht so schlecht aus.

Vielleicht, weil er auch Sport unterrichtete.

Nola jedenfalls wollte einfach nur ihr Abitur bestehen und dann wieder raus aus dem Loch, in das ihre Mutter sie letzten Sommer reingezogen hatte.

»*Nein.*«

Das war ihre einzige Reaktion, als sie erfahren hatte, dass sie umziehen würden. Dass sie ihren gesamten Freundeskreis aufgeben, aus dem Fechtverein austreten und ein neues Leben in einem kleinen Dorf anfangen müsse.

»*Nein, nein und nochmals nein. Niemals!*«

Doch jetzt war sie hier, hatte keine andere Wahl. Erstens war sie erst siebzehn, sodass jeder Widerstand zwecklos gewesen wäre, und außerdem liebte sie ihre Mutter über alles, auch wenn es ihr schwerfiel, sich mit diesem Umzug anzufreunden.

»Du wirst schnell neue Freunde kennenlernen, das verspreche ich dir. Man muss nicht in einer Millionenstadt leben, um glücklich zu sein. Du wirst selber merken, wie reizvoll ein Leben auf dem Land sein kann.«

Ihre Mutter hatte leicht reden. Sie war hier ja auch aufgewachsen, kannte es nicht anders. Vermutlich war sie in der Großstadt einfach nur überfordert.

Nola jedoch nicht. Sie war in Berlin aufgewachsen. Höchstens fünf Minuten Wartezeit an der Bushaltestelle, mehr Bars und Clubs, als man im Leben besuchen konnte. Die internationale Küche, Fitnessstudios, Einkaufszentren, Messen, Museen, Karneval der Kulturen. Nola liebte den Großstadtdschungel.

Doch dem war sie nun unfreiwillig entflohen.

»Entschuldigung.«

Jetzt schien auch Flavio seinen Weg in die Klasse gefunden zu haben.

»Sagt mal, was ist denn momentan los? Muss ich wirklich mit einem Eintrag ins Klassenbuch drohen?«

Herr Schuck schüttelte den Kopf.

Was bringt schon ein Eintrag ins Klassenbuch, dachte sich Nola. *Das hat ja ohnehin keine Konsequenzen.*

In diesem Moment vibrierte ihr Handy. Nola sah nach vorn, um sicherzugehen, dass ihr Lehrer nicht schaute. Herr Schuck war voll konzentriert auf seine Tafelanschrift.

Sie nahm ihr Smartphone aus dem Rucksack und entsperrte es. Eine neue Nachricht.

Heute Abend?

Noch einmal sah sie auf. Herr Schuck hatte ihr noch immer den Rücken zugekehrt.

Okay. Aber erst später, ich treffe noch einen alten Freund.

»Könnten Sie bitte aufpassen?!« Nola fuhr erschrocken hoch. Zum Glück war nicht sie, sondern Nathan gemeint, der intensiv damit beschäftigt war, seine Papierschnipsel in Flavios Haaren zu verladen.

»Wichser!«, flüsterte Flavio viel zu laut.

»Flavio und Nathan, muss ich Sie beide bitten, vor die Tür zu gehen?«

»Nein.« Flavio schüttelte die Schnipsel aus seinen Haaren. Nathan versuchte krampfhaft, sein Lachen zu unterdrücken.

»Dann erklären Sie mir doch bitte einmal, was mit einer *ökologisch ausgerichteten Wirtschaftsform* gemeint ist.«

Nathan und Flavio schauten gleichermaßen dumm aus der Wäsche.

»Habe ich mir schon gedacht.«

Einige Mitschüler lachten. Auch Nola fühlte sich gut unterhalten.

»Sie beispielsweise, Nathan, wirtschaften alles andere als

ökologisch, wenn Sie Ihr wertvolles Papier dazu nutzen, es Flavio ins Haar zu kippen. Im Zweifel finden Sie es dort nie wieder.«

Flavio lief rot an und Nathan blickte geschlagen zu Boden.

Nolas Handy vibrierte erneut. Sie schielte unauffällig unter den Tisch.

Abgemacht. Wo, schreibe ich dir später.

Eigentlich hatte sie keine Lust. Aber sie musste. Sie war sich sicher. Es gehörte sich so. Absagen war für Feiglinge.

»Ich werde Ihnen jetzt einige Unterlagen kopieren, bitte fangen Sie bereits mit Aufgabe 1 auf Seite 63 an.« Damit verließ Herr Schuck das Klassenzimmer.

Schnell wurde der Lärmpegel höher. Hier würde jetzt einiges passieren: Mila, Mathilda und Ricarda würden ihren Lipgloss nachziehen, Flavio sich bei Nathan rächen, Seymon und seine Freundin Patricia vermutlich rummachen und die meisten anderen einfach ihr Smartphone rausholen und sinnlose Storys posten.

Nola liebte diese Berechenbarkeit.

Sie sind wie Tiere.

Gerade als Nathan sich wieder aufrappelte, nachdem Flavio ihn vom Stuhl geworfen hatte, vibrierte Nolas Handy erneut. Dann das von Sophia, einem Mädchen, das ihr gegenübersaß. Und dann Flavios, Nathans und Seymons. Und plötzlich vibrierten alle Handys in der Klasse im Takt.

Kurze Stille. Alle hatten im selben Moment eine Benachrichtigung erhalten.

Wie komisch, dachte sich Nola. Verwundert gab sie ihren PIN ein und stellte fest, dass sie eine SMS einer unbekannten Nummer bekommen hatte.

»Was zum Geier?« Goldberg schien ähnlich überrascht. »Habt ihr auch so eine Nachricht bekommen?«

»Zeig mal.« Goldbergs Sitznachbar Seymon glich seine Nachricht mit der von Goldberg ab.

»Ja, Mann. Verrückt!«

Nola tippte auf die SMS, um sie zu lesen.

Hallo Nola,
bestimmt liebst du düstere Geheimnisse und überraschende Wendungen genauso wie ich. Am meisten mag ich aber die knallharte Wahrheit. Wer wir wirklich sind. Nicht wer wir vorgeben zu sein. Das herauszufinden, dabei möchte ich dir helfen. Mit meiner Website, der Schattenseite. Du musst nur draufklicken. Alles andere passiert ganz von allein. Ich wünsche größtes Vergnügen.
https://www.schattenseite.net

Nola las die Nachricht erneut. Und noch mal. Wirklich schlau wurde sie daraus nicht.

»Auf keinen Fall anklicken, Leute.« Seymon war Klassensprecher. Wahrscheinlich wollte er dieser Aufgabe endlich einmal verlässlich nachkommen.

»Das ist ganz sicher irgendein Virus, den ihr euch dann einfangt. Besucht nicht diese Website!«

Nun meldete sich auch Nathan zu Wort: »Aber woher kennen die unsere Namen?«

»Ich weiß es nicht«, gestand Seymon. »Vielleicht wurden die Schulserver gehackt oder so was.«

Ein Flüstern der Beunruhigung erfüllte den Raum, als es plötzlich ganz still wurde, denn Goldberg gab ein plumpes: »Ach du heilige Scheiße« von sich.

Alle starrten ihn an.

»Was ist denn, Goldberg?« Nathan warf wieder mit einem Papierschnipsel.

»Ich, ich … Ich habe versehentlich draufgeklickt. *Schattenseite.net.* Wollte nur mal sehen, ob es das wirklich gibt. Und Flavio, er …«

»Du Idiot«, Seymon riss ihm das Handy aus der Hand, »ich habe dir doch gesagt, du sollst nicht.« Seymon hielt inne und starrte wie in Trance auf das Smartphone.

»Holy Shit. Okay Leute, das müsst ihr euch ansehen.«

Nola beobachtete schadenfreudig, wie die Masse ihrem Anführer Seymon folgte.

Nicht die Website besuchen. Keiner besucht die Website.
Schaut euch die Website an. Alle schauen die Website an.
Springt nicht von Brücken. Keiner springt von Brücken.
Springt doch von der Brücke. Alle springen von der Brücke.
Danke, Seymon. Danke, dummes Gefolge!

Vor allem aus diesem Grund sah es Nola nicht ein, die Website zu besuchen. Andererseits stellte sie fest, dass scheinbar jeder, der die ominöse Schattenseite aufgerufen hatte, wie in einen Bann gezogen schien.

Also fackelte Nola nicht weiter rum und tippte gleichgültig auf den mitgesendeten Link aus der SMS. Wenige Momente später färbte sich ihr Bildschirm dunkel. Die Website war in einem düster wirkenden Layout gestaltet, weiße Schrift auf schwarzem Hintergrund.

Überschrift: »Schattenseite – Tage der Wahrheit.«

Unheimlich.

Dann das Überraschende. Etwa auf der Mitte des Screens war ein Foto von Flavio abgebildet. Flavio Anderson mit fremden Leuten auf einem Angelausflug. *Vermutlich seine Familie.*

Nola kannte die anderen auf dem Foto nicht.

Flavio aber stand lächelnd auf einem Boot, in der linken Hand eine Angelroute, in der rechten ein blutiger Fisch, in dessen Maul noch immer ein Angelhaken steckte. Hinter ihm ein Mann und eine Frau, die fröhlich grinsend in die Kamera winkten.

Unter dem Foto stand erneut ein Text:

Um die **fesselnde** Wahrheit über Flavio Anderson zu erfahren, braucht diese Website 100 Aufrufe.

Ein Schüler begann zu lachen. Dann die ganze Klasse.

»Flavio, seit wann angelst du denn?«, fragte ein Junge weiter vorn.

»Flavio, seit wann hast du zwei Väter?« Nathan konnte sich kaum halten.

Flavio war der Einzige, der nicht lachte. Er starrte nur verblüfft auf sein Handy.

»Komisch, ich habe das Foto eigentlich nie irgendwo hochgeladen …« Er kratzte sich am Kopf.

Nathan schien das nicht zu interessieren. »Man, es fehlen aber noch fast siebzig Aufrufe. Ich will deine fesselnde Wahrheit doch wissen.« Nathan stöhnte erotisch.

Nola sah sich die Website genauer an. Erst jetzt bemerkte sie, dass oben rechts ein kleiner Besuchercounter eingebaut war. 29 Aufrufe. In etwa so viele Schüler waren in dieser Klasse.

Sie aktualisierte die Seite, doch noch immer wurden 29 Aufrufe angezeigt. Scheinbar merkte sich die Seite, welches Gerät sie bereits besucht hatte.

»Soll ich es vielleicht mal auf Facebook teilen?« Mila warf Flavio ironisch einen Kuss zu. Wütend verdrehte er die Augen.

Nola war die Letzte, die sich für Gossip interessierte. Trotzdem war ihr – gezwungenermaßen – nicht entgangen, dass Mila und Flavio noch bis vor wenigen Wochen ein Pärchen gewesen sind – bis Flavio sie aus heiterem Himmel verlassen hatte. Angeblich für ein anderes Mädchen, vielleicht aber nur ein dämliches Gerücht.

Mila jedenfalls hatte einen erfolgreichen Fitnessblog auf

Facebook. Definitiv würde der Beitrag schnell einige Aufmerksamkeit auf sich ziehen.

»Bitte nicht.« Flavio war es sichtlich unangenehm, mit seiner Exfreundin in diesem flehenden Ton zu sprechen.

»Zu spät.« Mila grinste frech.

Nathan war kaum noch zu halten und kletterte auf den Tisch. »Kommt, Leute, wir machen einen Countdown!«

Nola aktualisierte die Seite. 59 Aufrufe.

Nicht schlecht.

»Es fehlen noch 40! Nein, wartet. Noch 35. Noch 31. Alter!« Nathan fiel beinahe runter.

Flavio hatte sich wieder hingesetzt und blickte panisch auf sein Handy. Die anderen schienen umso mehr Spaß zu haben.

Tja, Pech gehabt, Flavio.

Obwohl Nola sich nicht sicher war, wohin sich die Situation entwickeln würde, gönnte sie Flavio diesen Schockmoment aus tiefstem Herzen.

Flavio war einer der Schüler, die *ihren* Spaß im Leben damit gewannen, den Spaß anderen Leuten zu nehmen.

Corvin beispielsweise – Nolas Sitznachbar – war eines der klassischen Opfer von Flavio.

Obwohl Nola kaum etwas mit Corvin zu tun hatte, war sie sich sicher, dass auch er diesen Moment genossen hätte.

»Yes! Wir haben's! 105 Aufrufe!« Nathans Gebrüll musste noch in den nebenliegenden Klassenräumen zu hören gewesen sein.

Gespannt aktualisierte Nola die Website.

Und tatsächlich, die Darstellung hatte sich leicht verändert. Nun war unter Flavios Angelfoto noch ein weiteres Bild hinzugekommen. Nola zoomte heran.

Es handelte sich um den Screenshot einer Amazon-Bestellung.

Der Empfänger: Flavio Anderson. Seine Adresse war abgebildet.

Das Zustelldatum: Letzte Woche.

Der Preis: 69,98 Euro.

Die Bestellung. Nola zoomte noch etwas weiter ran, um sicher zu sein, sich nicht versehen zu haben. Einige Mitschüler begannen bereits schallend zu lachen.

Flavio Anderson hatte sich, dem Screenshot zufolge, letzte Woche Handschellen und Gleitgel bestellt.

Nola blickte hoch. Flavio war rot wie eine Tomate.

Ist der Screenshot wirklich echt?

»Woher haben die das?«, fragte Seymon Flavio. Der war nicht in der Lage zu antworten, sondern druckste nur wirres Zeug.

»Ist doch nicht schlimm, alter Kavalier.« Nathan klopfte Flavio mütterlich auf die Schulter, was das Fass endgültig zum Überlaufen brachte.

Flavio stand mit einem Satz auf, packte Nathan am Hals und drückte ihn auf den Tisch, auf dem er noch vor einer Minute wie wild herumgehüpft war.

»Halt deine Fresse, du Pisser!«

Nathan brachte nur ein Krächzen heraus.

Sofort ging Seymon dazwischen. »Hört auf mit der Scheiße.« Nathan rappelte sich wieder auf, er war blass. »'Tschuldigung.«

»Wir sollten eher herausfinden, was es hiermit auf sich hat. Denn wie es aussieht, Flavio, wurdest du gehackt.«

Seymon kratzte sich am Kinn, als seine Aufmerksamkeit wieder auf den Handybildschirm gezogen wurde.

»Shit. Was ist das denn noch?«

Nola versuchte seinem Blick zu folgen, konnte aber nichts erkennen. Also suchte sie die Website selbst nach etwas ab, das ihr noch nicht aufgefallen war. Und tatsächlich. Unter dem Screenshot gab es einen neuen Text.

Nola schluckte.

Die Nachricht war deutlich.

Um nun aber die **nackte** Wahrheit über Flavio zu erfahren, müsst ihr euch etwas mehr ins Zeug legen. Wie wäre es mit 1000 Aufrufen?

Kapitel 7 | Corvin

Zimmer des Direktors

Seine Art machte ihm Angst. Wie ein Psychopath fuhr er sich mehrfach durch die Haare. Außer, dass er Corvin einen Sitzplatz angeboten hatte, schwieg er.

Wie ein Zirkustier im Käfig ging Schuldirektor Dr. Herms im Raum auf und ab, einen Kugelschreiber zwischen den Zähnen, mit der rechte Hand kratzte er an seinem Kinnbart.

»Corvin, sicher können Sie sich denken, warum Sie hier sind.« Noch immer hatte er den Kugelschreiber im Mund.

»Nein, ehrlich gesagt nicht.« Corvins Stimme war vor Aufregung höher als sonst.

»Es geht um den Vorfall Grau. Sie wissen schon.« Dr. Herms nahm den Kugelschreiber aus dem Mund und hustete trocken in seine Hand.

Den Vorfall Grau. Widerlich, dachte sich Corvin.

Der »Vorfall Grau« bezeichnete den tragischen Tod seines Freundes Linus Grau im vergangenen Herbst.

Doch Dr. Herms schien nicht mutig genug zu sein, Linus beim Namen zu nennen. Oder ihm war es einfach egal. In jeder Hinsicht empfand es Corvin als respektlos. Als spräche man über einen Detektivfall, der sich um eine mit Graffiti besprühte Schulwand drehte.

»Also Vorfall Grau. Der macht uns hier ja ganz schön zu schaffen, wenn ich ehrlich bin.« Dr. Herms seufzte, als wäre soeben sein Goldfisch verstorben. »Wir sind seit Wochen in den Verhandlungen. Damit das endlich aufhört. Damit denen endlich klar wird, dass die Schule damit nichts zu tun hat. Aber die Aufsichtsräte sind da hinterher und das strengt an. Fangen wir gar nicht erst mit Familie Grau an, die machen uns hier die Hölle heiß.«

Dr. Herms legte eine kleine Pause ein.

»Corvin, wissen Sie, wie teuer so ein Anwalt ist?«

Corvin schüttelte den Kopf. Wut stieg in ihm auf.

»Und Corvin, wussten Sie, dass es hier wirklich besorgte Eltern gegeben hat, die ihre Kinder von unserer wunderbaren Schule abmelden wollten?«

Wieder schüttelte Corvin den Kopf.

Dr. Herms, Sie sind der Teufel.

»Und noch eine Frage: Wissen Sie, was passiert, wenn uns der Aufsichtsrat im Nacken sitzt, wenn uns Familie Grau verklagt und wenn Eltern ihre Kinder von der Schule holen?«

»Nein, Dr. Herms.«

»Dann müssen wir hier dichtmachen. Einfach so.« Der Direktor knallte seine Faust auf den Tisch. »Wollen Sie das, Corvin?«

Ein letztes Mal schüttelte Corvin den Kopf. Sein Blick auf den Boden gerichtet.

Natürlich wünsche ich mir das.

»Wunderbar, Corvin. Sehen Sie? Wir sitzen also im selben Boot.«

Nickend richtete Dr. Herms sich wieder auf, beugte sich zu seiner Kaffeemaschine, unter der bereits eine Tasse stand, und drückte die Taste für einen Espresso.

»Und warum genau wollten Sie mich sprechen, Dr. Herms?«

Der Direktor starrte Corvin an, als hätte er etwas völlig Abwegiges gesagt.

»Corvin, ich bitte Sie. Das sollte doch eigentlich auf der Hand liegen.«

In dem Moment vibrierte Corvins Handy.

Ups.

Dr. Herms ging nicht darauf ein.

»Nächste Woche geht es vor Gericht. Da gibt es Zeugenaussagen. Und ich denke, Sie sind da unser Schlüsselmann. Sie waren sein bester Freund. Sie haben ihn vorgefunden.« Dr. Herms zeigte auf Corvin.

»Okay, und das bedeutet jetzt genau was?«

Corvin wusste genau, was Dr. Herms Gefasel zu bedeuten hatte. Doch er wollte es direkt aus seinem Mund hören. Der Espresso war inzwischen fertig.

»Corvin, Sie sind doch ein kluger Junge.«

»Ich soll etwas über die Schule aussagen?«

Der Direktor griff nach seinem Espresso und trank ihn in einem einzigen großen Schluck.

»Korrekt, Corvin, korrekt. Nur sollen Sie nicht einfach nur *aussagen*. Sie sollen die Schule *entlasten*. Erzählen Sie offen und ehrlich, dass Vorfall Grau nichts mit der Schule zu tun hat.«

»Wer ist es denn sonst schuld?« Corvin war über seinen eigenen Mut überrascht.

»Na, die Eltern. Vielleicht seine Freunde oder irgendeine Krise, in der er gesteckt hat. Was weiß ich.«

Widerlicher geht's nicht.

Corvin nickte nur. Die ignorante Art seines Direktors brachte ihn innerlich zum Toben.

»Corvin, ich kann absolut nachvollziehen, wie sich das für Sie anfühlen muss. Gott behüte den armen Jungen.«

Warum sprechen Sie seinen Namen nicht einfach aus?

»Und natürlich, wir haben hier unsere Problemfälle. Jungs wie Flavio Anderson, Nathan Messner …«

»Und Seymon Huth«, grätschte Corvin ein.

»Wie Sie meinen. Diese Jungs machen einem das Leben sicher nicht immer ganz leicht. Aber ich denke in einer solchen Situation gerne daran zurück, was mein Vater mir immer sagte, wenn ich mir beim Fußball ein wundes Knie geholt habe.«

Was ist das bitte für ein Vergleich?!

»Mein Vater hat dann immer gesagt: Alles, was dich nicht umbringt, macht dich nur noch stärker. Und so sehe ich das auch.«

Stolz über seine eigene Rede, lächelte Dr. Herms und sah Corvin fragend an, als wüsste er nicht, warum er noch hier saß.

»Warum werden Leute wie Flavio, Nathan und Seymon nicht von der Schule verwiesen?«

Dr. Herms sah ihn überrascht an. »Warum das denn? Wegen deren Ärgereien? Corvin, wie alt sind Sie bitte? Das werden Sie ja wohl verkraften können.«

Corvin musste schlucken. Das war sein tägliches Brot. Das war auch Linus' täglich Brot. Er hatte es nicht verkraftet.

»Soll ich dann jetzt gehen?«

»Richtig, Corvin. Verpassen Sie den Unterricht nicht.«

Misslaunig stand Corvin auf.

Was für ein sinnloses Gespräch.

Gerade als Corvin die Tür hinter sich schließen wollte, hielt ihn der Direktor noch einmal zurück.

»Corvin. Noch ein Tipp für Sie: Wenn Sie merken, dass Ihre Mitschüler ein Problem mit Ihnen haben – dann überdenken Sie doch am besten mal Ihr eigenes Verhalten. Ich bin mir sicher, im Vorfall Grau hätte das auch geholfen. Es sind nicht immer die anderen schuld.«

Kapitel 8 | Seymon

Klassenzimmer

Es war wie im Irrenhaus. So hatte er seine Klasse noch nie erlebt. Einige saßen auf ihren Tischen, andere verschickten Sprachnachrichten. Schon jetzt musste das halbe Dorf mitbekommen haben, dass Flavio Anderson gehackt worden war. Und Herr Schuck schien noch immer im Kopierraum festzuhängen.

»Das war also wirklich deine Bestellung?« Seymon musste flüstern, damit es nicht jeder mitbekam.

»Ja verdammt. Habe ich doch schon gesagt. Ich habe keine Ahnung, wo die das herhaben.«

»Hast du den Screenshot irgendwem geschickt?«

Flavio schüttelte den Kopf. »Ich habe ja nicht mal einen Screenshot davon gemacht. Also irgendwer muss sich bei mir eingeloggt haben … keine Ahnung.«

Seymon dachte nach. »Vielleicht ist auch jemand an deinem Handy gewesen. Das wäre halb so wild.«

»Alter!« Flavio sprach so laut, dass die halbe Klasse zu ihm rüber starrte. »Glotzt doch nicht so beschissen!« Er drehte sich wieder zu Seymon um. »Wenn jemand an meinem Handy war, dann bin ich komplett am Arsch. Nichts *halb so wild*. Die Seite muss irgendwie gestoppt werden!«

In diesem Moment öffnete sich die Tür. Einige Schüler sprangen bereits zurück auf ihre Stühle, damit Herr Schuck sie nicht dabei erwischte, wie sie irgendwo im Klassenzimmer rumhingen.

Doch es war nur Corvin, der Nerd.

Das ist die Idee!

»Corvin, komm mal kurz.«

Corvin schaute Seymon erschrocken an, ging dann vorsichtig auf ihn zu.

»Ja?«

»Corvin, du bist doch so ein Computerfreak, oder?«

Corvin zuckte mit den Achseln.

»Ich meine – du kennst dich doch mit so was aus. Programmierung, Webseiten, Hacking.«

Corvins Augen wurden größer, Seymon nickte triumphierend. »Wusste ich's doch. Du bist unser Mann!«

Flavio verstand noch nicht ganz, aber Seymon hatte bereits einen Plan.

»Corvin, ich weiß nicht, ob du es mitbekommen hast, aber Flavio wurde gehackt.«

»Was? Gerade?«

»Ja, also. Ähm. Also wann wissen wir nicht. Wir wissen nur, *dass* er gehackt wurde. Kannst du folgen?«

Corvin nickte eifrig.

»Wunderbar. Jedenfalls möchten wir ungerne, dass noch größerer Schaden entsteht. Und deswegen wäre es cool, wenn du sagen könntest, wer diese Webseite hier erstellt hat.«

Seymon streckte Corvin sein Handy entgegen, auf dem noch immer *Schattenseite.net* geöffnet war. Das IT-Talent nahm das Handy entgegen und starrte wie gebannt auf die Seite. Seymon hatte das Gefühl, ein seltsames Zucken in Corvins Augen wahrzunehmen.

Wie von der Tarantel gestochen legte Corvin das Handy plötzlich zurück auf den Tisch.

»Kann nicht helfen, tut mir leid.«

»Warum nicht?«

Doch Corvin ging wieder zurück an seinen Platz, ohne zu antworten.

Komischer Typ, dachte Seymon. Er griff wieder nach dem Handy und aktualisierte die Website. 714 Aufrufe.

»Was zur Hölle«, hörte er Nathan von hinten flüstern.

Flavio ging das zu weit. Er sprang auf den Tisch und hob panisch seine Arme. »Leute, hört mal zu. Leute!« Jetzt hatte er die volle Aufmerksamkeit.

»Bitte, bitte hört auf die Seite zu teilen. Bitte löscht eure Posts wieder.«

Seymon sah, wie einige Schüler grinsten.

Was ein schadenfreudiges Pack.

»Ich habe keine Ahnung, was da los ist. Und ich bin mir sicher, dass es nur ein Scherz ist.«

Seymon wusste, dass sich Flavio alles andere als sicher war.

»Aber wir wollen ja nichts provozieren. Also bitte hört auf, die Seite zu teilen!« Flavio sah sich um. Es war niemand mehr am Handy. Niemand, bis auf Mila.

»Oh, ich fürchte es ist gleich schon zu spät. 916 Aufrufe. Dank meiner Follower.«

Flavio sprang geladen vom Tisch und ging zielstrebig auf Mila zu, die jedoch nicht einmal mit der Wimper zuckte.

»Willst du mich jetzt verprügeln? Schlagen? Würgen? Kenn ich doch schon von dir.« Mila lächelte provokant.

Seymon und Nathan hatten Mühe, Flavio zurückzuhalten.

»Ich sage es dir, du dreckige Fotze, wenn du …«

»WAS IST DENN HIER LOS?!« Ein irritierter Herr Schuck betrat den Raum, Unmengen Kopien unterm Arm.

Erschrocken wich Flavio zurück. Die meisten Schüler machten sich wieder auf den Weg zu ihren Plätzen.

»Flavio ist gehackt worden!«, plauderte Mathilda fröhlich aus.

Herr Schuck legte seine Unterlagen auf das Lehrerpult und musterte Flavio verwundert, der noch immer mitten im Raum stand.

»Flavio, setzen auch Sie sich bitte wieder hin. Stimmt das mit dem *gehackt*?«

Flavio nickte entsetzt. »Sie müssen irgendwas machen, bitte. Die veröffentlichen privates Material!«

Seymon beobachtete verwundert, wie kalt Herrn Schuck diese Neuigkeiten ließen.

»Das ist natürlich seltsam. Ist Ihnen schon größerer Schaden entstanden?«

Flavio schüttelte den Kopf, sicherlich auch, weil ihm der Screenshot unangenehm war.

»Na, dann müssen wir uns ja erst mal keine Sorgen machen. Klären Sie das doch bitte in Ihrer Freizeit.«

Mit diesen Worten griff der Politiklehrer wieder nach den Kopien, zählte sie ab, um sie anschließend zu verteilen. Gerade als er bei Seymon angekommen war, passierte, was passieren musste.

Einer seiner Mitschüler hatte aufs Handy geschaut und die 1000 Aufrufe waren erreicht! Die Nachricht verbreitete sich binnen Sekunden und jeder hatte sein Smartphone in der Hand – Herr Schuck hatte keine Chance.

Mit Herzklopfen entsperrte auch Seymon sein Handy. War das vielleicht alles nur ein Scherz? Hatte Mila die Website erstellt, um ihren Exfreund zu ärgern? Vielleicht käme jetzt die Auflösung, ein lustiges Bild von einer dicken Frau auf einem Motorrad oder einem Hund mit Sonnenbrille.

Doch dem war nicht so.

Auf dem neuesten Foto, das auf der Schattenseite zu sehen war, stand kein Geringerer als Flavio Anderson – splitterfasernackt vorm Spiegel, mit erigiertem Glied. In seiner freien Hand hielt er, triumphierend grinsend, seine neu erworbenen Handschellen.

Kapitel 9 | Nola

Vor der Schule

Hatte ihre Mutter sie schon wieder vergessen? Letzte Woche erst musste Nola eine ganze Stunde zu Fuß laufen, weil ihre Mutter nicht mehr daran gedacht hatte, sie von der Schule abzuholen.

Nicht, dass Nola nicht auch mit dem Fahrrad fahren könnte – das tat sie sogar meistens. Aber wenn sie morgens mit dem Auto hingefahren wurde, musste sie auch wieder abgeholt werden. Einen Bus gab es hier nicht.

Gelangweilt blinzelte Nola aufs Handy. Keine neuen Nachrichten.

Na toll.

Sie ließ ihren Blick über den gegenüberliegenden Parkplatz wandern. Diana Kahle, eine Referendarin der Schule, ging gerade zu ihrem Wagen. Als sie Nola entdeckte, winkte sie ihr zu. Nola grüßte widerwillig zurück.

Gegenüber von Frau Kahles Wagen parkte eine sportlich gebaute Limousine – wenn sich Nola richtig erinnerte, handelte es sich um den Wagen des Direktors.

Bonzenkarre, dachte sie und vernahm die Geräusche eines anfahrenden Autos, das ihr erstaunlich vertraut vorkam.

Und tatsächlich, wenige Sekunden später hielt der Dienstwagen ihrer Mutter dicht am Bordstein, damit Nola einsteigen konnte.

»Hallo Mama.« Sie gab ihrer Mutter einen Kuss auf die Wange.

»Hallo Schatz. Vorsicht, da liegt etwas zu essen auf dem Sitz.« Nola verstaute die frischen Bagels im Fußraum und schnallte sich an.

»Jetzt denken wieder alle, dass ich von der Polizei abgeführt werde.« Nola wollte frech den Knopf für die Sirenen drücken, doch ihre Mutter schlug ihre Hand weg. »Du weißt doch, dass du das nicht darfst.«

Nola schmunzelte. Ihre Mutter auch.

»Also wirklich. Und außerdem ist es cool, von seiner Mutter im Polizeiwagen abgeholt zu werden, hörst du? Ich bin eine coole Mutter!«

Nola wollte ein Schmollgesicht machen, konnte aber nicht ernst bleiben.

Sie fand ihre Mutter wirklich cool. Seit dem ersten Tage waren die beiden ein Team. Nolas Vater war noch vor ihrer Geburt abgehauen. Und da ihre Mutter danach keinen Freund mehr hatte, ist sie in einem reinen Frauenhaushalt groß geworden. Nola liebte es. Mit vier Jahren war sie Kleinkinderkaratemeisterin geworden, mit sieben Jahren war sie das erste Mal am Schießstand. Mit neun Jahren durfte sie ein Praktikum in einer Polizeihunde-Ausbildungsstation machen und mit vierzehn Jahren übersprang sie eine Klasse, weil sie vollkommen unterfordert war.

Nola war sich sicher: Ohne ihre Mutter, einer so starken und emanzipierten Frau, würde sie ein völlig anderes Leben führen. Vermutlich würde sie gerade das Nachmittagsprogramm eines unlustigen TV-Senders anschauen, dazu Fastfood in sich hineinstopfen und im Arm ihres festen Freundes liegen, der sie am Wochenende zuvor in einem billigen Club betrogen hatte.

»Könntest du mir einen reichen?« Ihre Mutter deutete auf die Bagels.

»Klar.« Nola beugte sich runter.

»Und? Erzähl doch mal ein bisschen. Wie war dein Schultag?« Nola reichte ihr einen Avocado-Sesam-Bagel.

»Ziemlich langweilig, wie immer eigentlich. Wobei …« Nola musste sich dazu zwingen, nicht an Flavios Gemächt zu denken. Sie scheiterte.

»Einer meiner Mitschüler ist irgendwie gehackt worden oder so was … haben ein Nacktbild von dem veröffentlicht.«

Ihre Mutter sah sie für einen Moment geschockt an, konzentrierte sich dann aber wieder auf die Straße.

»Das klingt nicht gut. Was heißt denn gehackt worden? Hat er das Bild zuvor einem Mitschüler geschickt?«

Nola spürte, dass sie ab jetzt nicht mehr mit ihrer Mutter, sondern mit July Wassermann – der Kriminalpolizistin – redete.

»Ich weiß es nicht. Angeblich nicht. Es wurden auch Screenshots von seinen Internetbestellungen veröffentlicht. Da muss er doch gehackt worden sein, oder?«

July antwortete nicht sofort, sondern schien tief in Gedanken versunken.

»Wenn das wirklich so ist, dann ist das ein Verbrechen. Hacking ist eine Straftat. Er muss Anzeige erstatten.«

»Wen soll er denn anzeigen, er weiß doch nicht mal, wer das war.«

July nickte. »Ja, dann muss er Anzeige gegen Unbekannt erstatten. Und wir ermitteln dann.«

»*IHR*?« Nola sah sie verwundert an.

»Natürlich *wir*. Mein Kollege und ich sind schließlich die Einzigen von der Kripo, die's hier gibt. Und so viel gibt's dann ja auch nicht zu tun.«

Nola versuchte, sich an das Gesicht des Kollegen ihrer Mutter zu erinnern, scheiterte jedoch. Vielleicht hatte sie ihn auch noch nie gesehen.

»Na gut, ja. Vor allem wird Flavio – so heißt der Schüler, der gehackt wurde – noch immer bedroht.«

Ihre Mutter übersah beinahe eine rote Ampel und musste scharf bremsen.

»Bedroht? Was meinst du mit *bedroht*?«

»Na die Seite! Je mehr Aufrufe sie bekommt, umso mehr Informationen werden preisgegeben. Warte, ich les es dir vor.«

Nola kramte ihr Handy aus der Tasche und rief *Schattenseite.net* auf.

Sie scrollte unter das Nacktbild von Flavio, unter dem mittlerweile ein neuer Text stand. Sie las ihn vor.

Bei 5000 Aufrufen kommt Flavios **jüngste** Wahrheit ans Licht. Und es wird uns allen eine große Freude bereiten zu erkennen, wer Flavio wirklich ist.

Schockiert starrte ihre Mutter sie an.

»Das ist kein Witz?«

»Nein, Mama.«

»Wie viele Aufrufe sind es gerade?«

»Hat so 'ne Influencerin aus unserer Klasse geteilt. Gerade knapp 3000.«

»Dann sollten wir jetzt schleunigst auf die Wache fahren. Wer weiß, was da für Informationen veröffentlicht werden. So etwas kann schwere Schäden anrichten.«

Nola rollte mit den Augen. Eigentlich wollte sie nach Hause, vielleicht wirklich etwas Nachmittagsfernsehen schauen. Und etwas essen. Und wenn sie dann noch im Arm eines Freundes liegen würde, wäre so ein Leben vielleicht doch nicht so schlecht.

Wenige Minuten später waren sie bereits an der kleinen Polizeiwache Vielitzsee angekommen.

»Warte hier kurz, ich kläre das. Dann fahre ich dich nach Hause.« Ihre Mutter stieg aus und knallte die Tür hinter sich zu.

Sie ging einige Meter und sprach dann mit einem Mann, der Nola den Rücken zugewandt hatte. Nola verstand nicht, was ihre Mutter sagte, ging aber davon aus, dass sie wiedergab, was Nola ihrer Mutter eben erzählt hatte.

Plötzlich drehte sich der Kollege um, starrte ins Auto und winkte Nola zu. Und als sie sah, um wen es sich handelte, hatte sie das Gefühl, sich übergeben zu müssen.

Kapitel 10 | Corvin

Corvins Zuhause

Er war völlig verwirrt. Tausend Gedanken rasten durch seinen Kopf, doch nichts wollte Sinn ergeben.

Was ist nur passiert?

Corvin schmiss sein Fahrrad in eine Hecke vor seinem Haus. Sophia, die gemeinsam mit ihm von der Schule gekommen war, schaute ihm verwundert hinterher.

Doch er hatte keine Zeit, es ihr zu erklären.

Was zur Hölle soll die Schattenseite? Wer steckt hinter dieser Internetseite?

Natürlich kannte Corvin Techniken, den Urheber einer Webseite herauszubekommen. Er wusste auch, wie man die Server lokalisieren konnte, auf denen die Webseite lief. Und er hatte eine Idee, wie man so eine Seite aus dem Netz nehmen konnte.

Doch er durfte keine Zeit verlieren.

Also schloss er in höchster Geschwindigkeit die Haustür auf, legte seinen Rucksack ab und rannte die Treppen nach oben in sein Zimmer.

Vor seiner Tür stand seine Schwester Marianna, vier Jahre jünger als er, und versperrte ihm den Weg.

»Nicht jetzt!«, sagte Corvin hektisch und wollte an ihr vorbeigehen, doch sie bewegte sich nicht von der Stelle.

»Können wir reden?«, fragte sie. In ihrer Stimme lag etwas Ängstliches.

»Können wir das bitte später machen? Ich brauche nicht lange.«

Corvin tat es leid, dass er ihr nicht helfen konnte. Eigentlich, so würde er die Lage einschätzen, war er ein ganz ordentlicher großer Bruder. Nicht die Art, die ihre kleine Schwester problemlos vor gewaltbereiten Verbrechern beschützen konnte, indem er exotische Kampftechniken gegen sie anwendete oder sie mit seiner bloßen Muskelmasse in die Flucht trieb. Aber immerhin war er keiner dieser nervtötenden Arschlochbrüder, die ihre gesamte Freizeit darauf ausrichteten, ihre kleine Schwester zu terrorisieren.

Corvin war ein guter Bruder.

Er ließ sie ihr Ding machen und er machte seins. Auf längeren Autofahrten spielten sie zusammen Spiele oder stellten sich gegenseitig Rätsel.

Auf Familienfeiern hielten sie immer zusammen und machten sich über ihren schielenden Großonkel lustig – natürlich ohne dass er es mitbekam.

An Weihnachten freuten sie sich füreinander und machten sich gegenseitig sogar kleine Geschenke. Und wenn der andere ein Problem hatte, dann wurde es offen besprochen.

Einmal, als Marianna in der fünften Klasse war, wurde sie

von einem Mitschüler über SMS geärgert. Er sendete ihr dauernd gruselige Nachrichten oder rief sie nachts an, obwohl sie ihn tausendmal gebeten hatte aufzuhören.

Also schrieb Corvin ein Programm, das im Sekundentakt Spam-SMS an die Nummer des Störenfrieds sendete. Unaufhaltsam. Das hatte zur Folge, dass sich der Junge eine ganz neue Nummer zulegen musste. Überraschenderweise hörten seit dem Tag die Ärgereien auf. Corvin erinnerte sich gerne daran zurück.

Dennoch hatte er das Gefühl, seine Schwester immer mehr zu verlieren. Ans Älterwerden, an die Pubertät, an ihre neuen Freundinnen und Freunde und an ihre komischen Interessen.

Corvin hatte an sich selbst die Pubertät nie wirklich festgestellt. Klar, seine Haut wurde unreiner, Haare wuchsen im Intimbereich und seine Stimme wurde tiefer. Aber das war's. Er zockte noch dieselben Spiele, hatte noch immer wenige Freunde, und Alkohol würde er niemals trinken, es schmeckte ihm einfach nicht.

Seine Schwester jedoch war anders. Seit sie dreizehn war, kam sie abends des Öfteren erst sehr spät nach Hause. Sie entschuldigte sich dann nicht einmal, sondern regte sich nur über ihre prüden Eltern auf, die sie über ihre Bettzeiten belehrten.

Sie übernachtete bei Freundinnen, von denen Corvin nie gehört hatte, fing an, sich für Mode, Make-up und vor allem Jungs zu interessieren. Sie wollte plötzlich nichts mehr von ihren Puppen wissen und hatte sie eines Tages einfach in den Müll geworfen. Manchmal durfte Corvin nicht einmal mehr in ihr Zimmer gehen.

Sie fing sogar an, BHs zu tragen – das hatte er schon öfter durch ihre Oberteile gesehen. Und sie schloss das Badezimmer hinter sich ab, damit niemand reinkam, wenn sie eine Dusche oder ein Bad nahm.

Außerdem weinte sie oft. Obwohl sie der eigenen Aussage nach keinen Grund dazu hatte.

Wie auch in diesem Moment, als plötzlich eine Träne Mariannas Wange runterlief.

»Dann nicht«, schluchzte sie und ging, die Türe knallend, in ihr Zimmer.

Komisch, dachte sich Corvin.

Doch dafür hatte er jetzt keine Zeit. Während er sein Zimmer betrat, rief er die Schattenseite auf seinem Handy auf. 4465 Aufrufe. Nicht mehr viel – dann würden Flavios *jüngste* Daten veröffentlicht werden.

Es war wie ein Schneeball, der jetzt ins Rollen gebracht worden war.

Exponentielles Wachstum, wie Corvin wusste. Einer sagte es zwei Leuten weiter, die es beide wiederum jeweils zwei Leuten weitersagten, und die dann auch noch mal. Und im Handumdrehen waren aus einer Person, die es wusste, plötzlich fünfzehn geworden.

Corvin musste etwas unternehmen. Er musste es stoppen, bevor es zu spät war.

Er fuhr seinen PC hoch. Gerade jetzt brauchte sein Rechner ewig zum Booten.

Ein Blick auf sein Handy. 4501 Aufrufe.

Wer zum Geier sind die ganzen Leute, die sich für Flavio Andersons Geheimnisse interessieren?

Sein PC war startklar.

Corvin öffnete seinen Browser und tippte Buchstabe für Buchstabe ein. S-C-H-A-T-T-E-N-S-E-I-T-E

Und .net.

Und da war sie.

Corvin lief ein kalter Schauer über den Rücken.

Wem gehört diese Seite? Wessen Interesse könnte es sein, Flavio Anderson auflaufen zu lassen?

Corvin rief den Quellcode auf, eine einfache Tastenkombination, doch ihm fiel kein Hinweis auf. Er musste auf den wahren Kern der Seite zugreifen, doch dafür musste er die Server ausfindig machen, auf denen die Schattenseite gehostet wurde.

Doch das stellte sich schwieriger heraus als angenommen.

Jemand musste einen Proxy-Server zwischengeschaltet haben, denn der Standort des Servers sprang sekündlich auf der gesamten Welt herum. Es war unmöglich herauszufinden, wo die Webseite herkam.

Noch einmal aktualisierte er. 4795 Aufrufe. Noch 205 Besucher und der Spuk ging weiter.

Als Nächstes versuchte Corvin herauszufinden, ob der Name des Betreibers hinterlegt war. Doch auch hier hatte er Pech. Keine Angaben.

Er probierte ein paar Tastenkombinationen.

Und sogar eine Software, die ihm in diesem Bereich schon oft geholfen hatte, brachte ihn nicht weiter.

Er schlug mit der Faust auf den Schreibtisch.

Dabei hatte er es sich schon gedacht.

Still und heimlich hatte er es sich die ganze Zeit gedacht. Hier war jemand am Werk, der wusste, was er tat. Der mindestens so viel Ahnung hatte wie Corvin. Das musste er sich eingestehen.

Corvin sackte in seinem Stuhl zusammen. Er wusste nicht, wie er mit dieser Situation umgehen sollte.

Dann klopfte es an seiner Tür.

»Ja?«

Seine Schwester trat ein.

»Sorry, ich musste hier etwas überprüfen.« Corvin zeigte auf seinen Monitor. »Wir hatten heute ein echt verrücktes Ereignis in der Schule und ich …« Er zögerte einen Moment. Mariannas Wimperntusche war vom Weinen völlig ruiniert. »Und ich hatte gehofft, dass ich das Problem lösen kann.«

»Und?«, fragte sie.

»Leider nein. Aber was soll's? Früher oder später wirst du auch noch erfahren, worum es geht.«

Seine Schwester blickte schuldig zu Boden. »Das weiß ich ehrlich gesagt schon längst.«

Corvin wunderte sich kurz, erinnerte sich dann aber, dass vermutlich jeder im Dorf schon etwas davon mitbekommen hatte.

»Die Schattenseite?«, fragte er dennoch, um sicherzugehen.

»Ja.« Seine Schwester schaute ihm immer noch nicht in die Augen. Corvin wurde misstrauisch.

Was hatte sie?

»Corvin, ich muss dir was sagen …«

»Sag.«

»Ich kann nicht.«

»Warum nicht?« Corvin versuchte verständnisvoll zu wirken.

»Ich kann einfach nicht. Ich weiß nicht …« Wieder begann Marianna zu weinen.

Was war mit ihr passiert? Wurde sie bedroht? War sie vielleicht das nächste Hackingopfer?

»Okay, bitte schau mich an.« Corvin stand auf und stellte sich vor seine Schwester. Sie war gerade einmal einen Kopf kleiner als er. Obwohl sie erst dreizehn war.

»Reiß dich zusammen und sag mir, was los ist.«

Jetzt hielt sie es erst recht nicht mehr aus.

Sie ließ sich auf den Boden fallen und hielt sich ihre Hände vors Gesicht. Tränen flossen.

Ein Vibrieren. Corvins Handy. Eine Nachricht von Sophia:

> Scheiße Corvin, hast du's schon gesehen?!

Corvins Herz schlug schneller. Sophia schrieb ihm sonst nie. Es musste ernst sein. Alles fühlte sich schwerelos an. Er spürte den Boden unter seinen Füßen nicht mehr. Was war hier bloß los?

Wie ein nasser Sack ließ er sich auf seinen Schreibtischstuhl fallen.

Er drückte F5 auf seiner Tastatur. Aktualisieren.

Die Schattenseite wurde neu geladen. 5432 Besucher. Wie ein verdammter Virus, der sich unaufhaltsam ausbreitete.

Corvin scrollte mit seinen zittrigen Fingern runter. Vorbei an Flavios Angelbild, vorbei an Flavios Internetbestellung, vorbei an Flavios Selfie. Bis zu einem neuen Screenshot. Einem Screenshot, der einen Chatverlauf abbildete. Datum: der gestrige Tag. »Flavios jüngstes Geheimnis.« So war es betitelt.

FLAVIO
Wann treffen wir uns denn endlich?

SIE
Wie besprochen: gegen 18.00 Uhr. Bei dir.

FLAVIO
Freust du dich?

SIE
Ich weiß nicht ... keine Ahnung, ob das richtig ist. Aber habe Lust ☺

FLAVIO
Habe ich nicht anders erwartet ☺ Habe sogar alles besorgt.

SIE
Oh Gott 😮 Ich bin gespannt!

FLAVIO
Warte, ich sende dir schon mal nen Vorgeschmack …

Ende. Mehr war auf dem Screenshot nicht zu sehen.

Corvin verstand erst nicht.

Bis zu dem Moment, als er den Namen des Chatpartners sah, mit dem Flavio diese Nachrichten ausgetauscht hatte.

Mit einem Pfirsich-Emoji eingespeichert stand dort kein anderer Name als: Marianna.

Kapitel 11 | Seymon

Fußballplatz

Mit voller Wucht schoss er ihn rein. Der Keeper hatte keine Chance. Keine Chance gegen den Torschützenkönig der letzten und vorletzten Saison. Keine Chance gegen ein Talent, das bereits von Bundesligaclubs zum Probetraining eingeladen wurde. Keine Chance gegen Sturmtank Seymon Huth.

»AUSGEZEICHNET! IN DER NÄCHSTEN RUNDE NUR NOCH MIT *EINEM* BALLKONTAKT!« Heinrich Schuck schrie über den ganzen Platz. Flutlichter sorgten für die ausreichende Beleuchtung, denn der Abend war schon vorangeschritten.

Im Team des FC Vielitzsee hatten Schönwetterfußballer nichts verloren. Hier wurde bei Schnee und Regen trainiert. Und wer das nicht wollte, konnte sich immer noch im Nachbardorf anmelden. Das hatte Heinrich schon oft genug angesprochen.

Auf dem Platz war er Heinrich, nicht mehr Herr Schuck. Mitspieler, die das nicht kapieren wollten und ihn in der

Schule mit seinem Vornamen ansprachen, durften Extra-Hausaufgaben machen.

Seymon stellte sich in der Reihe an. Sein Kumpel Nathan stand vor ihm, er hatte den Ball zuvor einige Meter am Tor vorbeigeschossen.

»Alter, Flavio traut sich echt nicht her.« Nathan schüttelte den Kopf. »Glaubst du, dass das stimmt?«

Seymon zuckte mit den Achseln. Bevor er antworten konnte, mischte sich ihr Trainer ein.

»Nathan, zieh die Arschbacken auseinander und schieß!«

Nathan war wieder an der Reihe. Er nahm Anlauf und bekam von Heinrich eine Vorlage in Richtung Sechzehnmeterraum. Mit Vollspann zog er ab – und traf den Pfosten.

»Mehr Zielwasser trinken!«

Das typische Fußballtrainerfachvokabular.

»Los Seymon, zeig mal, wie es geht!« Heinrich war voll in seinem Element.

Seymon nahm Anlauf und bekam den Ball in ungünstiger Position vorgelegt. Diesmal nahm Seymon ihn nicht erst an, sondern zog direkt ab. Beinahe in Lichtgeschwindigkeit in den Winkel. Unhaltbar.

»Das macht so keinen Spaß!« Der Torwart, ein breiter Typ namens Willi, zog sich seine Handschuhe aus.

»Ist gut, ihr könnt was trinken gehen!« Heinrich schickte seine Mannschaft in die Pause.

»Seymon, bleibst du bitte kurz hier.«

Seymon drehte sich um. Heinrich winkte ihn zu sich heran.

»Ja, Coach?« Er schnaubte und war noch immer außer Atem.

Sein Trainer kratzte sich nachdenklich an der Nase.

»Du denkst doch an das Spiel diesen Freitag, oder?«

Seymon nickte eifrig. »Natürlich. Gegen Union Berlin. Das ist das wichtigste Spiel der Saison.«

»Richtig.« Heinrich hob einen Ball auf, der vor ihm auf dem Boden lag. »Wenn wir die im Pokalfinale schlagen, dann haben wir Chancen auf eine finanzielle Förderung für einen vernünftigen Sportplatz. Was sage ich – für ein richtiges Stadion! Mit Tribüne. Spielerbänken. Einem Fahnenmast. Vielleicht sogar einer Anzeigetafel!«

»Das wäre der Wahnsinn!«

Seymon beobachtete, wie sich sein Trainer verträumt umsah. »Wir würden vielleicht in die Oberliga aufgenommen werden, weil wir dann endlich genug Platz für Zuschauer hätten. Das ist Pflicht für einen Aufstieg. Wir müssen das schaffen. Und du, Seymon«, er drückte mit dem Zeigefinger auf Seymons Brust. »Du musst uns den Sieg nach Hause holen. Zwei, drei Tore. Mehr erwarte ich gar nicht.« Er lachte laut. Seymon lachte mit.

Er würde niemals seinen Trainer enttäuschen. Auch aus diesem Grund war er bisher keiner einzigen Einladung eines größeren Clubs nachgekommen.

Natürlich hatte er schon oft mit dem Gedanken gespielt, eines Tages eine Menge Geld durch Profifußball zu verdienen. Doch immer wieder verwarf er diesen Gedanken gleich wieder, wenn er sich daran erinnerte, mit wie viel Ehrgeiz sein Trainer ihn in den letzten Jahren aufgebaut hatte.

Außerdem würde sein Vater das niemals gutheißen.

Seymon sollte Arzt werden. Wie auch er schon. Und wie Seymons großer Bruder, der aktuell promovierte.

»Wie ist das mit dieser Hackingsache?«

Seymon schreckte hoch. »Was genau?«

Sein Trainer steckte sich ein Hustenbonbon in den Mund.

»Na ja, du weißt schon. Die Sache mit Flavio. Können wir am Freitag mit ihm rechnen?«

Seymon dachte kurz nach, schüttelte dann aber mit dem Kopf. »Ich fürchte nein. Das wird ihn ziemlich heftig mitnehmen. Der wird sich garantiert die Tage nicht raustrauen.«

»Du meinst also, dass das stimmt?« Sein Trainer sah ihn beeindruckt an.

»Kein Plan. Mir hat er es nicht anvertraut. Aber ich würde auch nicht rumerzählen, wenn ich eine Dreizehnjährige bumse.«

Sein Trainer holte tief Luft. »Shit. Die ist dreizehn? Dann könnte das richtig miese Konsequenzen haben. Ist Flavio schon volljährig?«

Seymon nickte. »Jap.«

»Okay, dann ist er am Arsch. Der kann nur hoffen, dass die Eltern von dem Mädchen nicht zur Polizei gehen. Vielleicht weil es ihnen so schon peinlich genug ist, dass sie ihre Göre nicht im Griff haben.«

Wieder nickte Seymon.

»Na gut – dann mach auch mal kurz Pause. Wir machen jetzt gleich das Abschlussspiel.«

Mit diesen Worten wandte sich sein Trainer ab und begann, die Hütchen einzusammeln, die überall auf dem Platz verteilt lagen.

Seymon blieb noch einige Sekunden stehen, ging dann aber zielstrebig in die Kabine und griff sich Nathan.

»Was ist denn los?« Nathan sah ihn erschrocken an. Einige Mitspieler schauten ebenfalls überrascht.

»So Leute, Pause rum, verpisst euch hier.« Als Kapitän der Mannschaft konnte sich Seymon diese Art von Ansagen erlauben. Missmutig trotteten seine Kameraden aus der heruntergekommenen Kabine.

»Möchtest du mit mir unter die Dusche?«, witzelte Nathan. Seymon verdrehte die Augen.

»Alter, weißt du eigentlich wie ernst die Lage ist?«

»Wegen des Spiels am Freitag?« Nathan kapierte es nicht.

»Nein, Mann! Wegen dieser Sache mit Flavio. Was denkst du, wer dahintersteckt?«

Nathan dachte kurz nach. »Ich weiß es nicht. Kommen viele infrage. Irgendwer, der es Flavio heimzahlen will.«

»Habe ich auch schon gedacht.« Seymon ging in der Kabine auf und ab.

»Was, wenn Mila dahintersteckt? Flavio hat doch letztens aus heiterem Himmel mit ihr Schluss gemacht. Vielleicht ist sie hinter die Sache mit diesem Mädchen gekommen und sie wollte sich bei ihm rächen.«

Nathan stimmte ihm zu: »Ja, kann schon sein. Aber vergiss nicht, dass der Screenshot erst von gestern Abend war. Die muss also immer noch Zugriff auf sein Handy haben.«

Seymon gab ihm recht. Dann wurde er ernst.

»Nathan. Ich muss jetzt was von dir wissen.«

Nathans Miene verfinsterte sich. »Ja?«

»Hast du geplaudert?« Seymon stellte sich Nathan direkt gegenüber. »Hast du irgendwem was von der Sache erzählt?«

»Von *der* Sache meinst du?«

»Ja, *der* Sache.«

Ängstlich schüttelte Nathan den Kopf. »Nein, niemals. Würde ich nie tun!«

Zufrieden klopfte Seymon seinem Freund auf die Schultern. »Geht doch. Ich wusste, auf dich ist Verlass.«

Gerade als Seymon sich umdrehen und auf den Platz laufen wollte, legte sich eine kalte Hand auf seine Schulter. Er drehte sich um und blickte erschrocken in das müde Gesicht seines Vaters.

»Seymon, komm mit. Es gibt eine Überraschung!«

Kapitel 12 | Corvin

Corvins Zuhause

Die Stimmung konnte gedrückter nicht sein. Keiner sprach ein Wort. Keiner bewegte sich. Kaum wagte es jemand zu atmen. Dabei wurde der Gemüseauflauf nicht wärmer und das Feierabendbier von Corvins Vater trank sich nicht von allein.

Noch konnte es keiner so richtig fassen.

Marianna schluchzte leise vor sich hin.

In Corvin tobte ein großes Gefühlschaos. Wut, Verzweiflung, Ekel, Unverständnis, Scham, noch mehr Wut und noch mehr Ekel.

Sein Vater befreite sich von seiner Krawatte und legte sie auf den kleinen Beistelltisch neben sich. Corvins Mutter, Corinna, hustete leise. Ihre Augen sahen verweint aus.

Wer im Raum hat die größten Schuldgefühle?, fragte sich Corvin. *Mama und Papa, weil sie an ihrer Erziehung zweifeln, oder Marianna, weil sie ein sexuelles Verhältnis zu einem Volljährigen hatte?*

Corvin wusste es nicht. Noch mehr schockierte ihn aber, dass das Ganze auch für ihn völlig überraschend war. Vermutlich wäre er nie dahintergekommen, wenn Flavio nicht gehackt worden wäre.

Vielleicht war er doch kein guter großer Bruder.

»Was hast du dir dabei gedacht?« Sein Vater durchbrach die Stille.

Marianna antwortete nicht, sondern starrte nur fassungslos auf ihren Teller.

»Es … es muss ja nicht nachvollziehbar für uns sein«, ergänzte seine Mutter. »Wir wollen nur verstehen, was in dir vorgegangen ist. Warum du uns nichts erzählt hast.«

Vielleicht, weil es komisch kommt, wenn man als 13-Jährige seinen Eltern erzählt, dass man jetzt einen 18-Jährigen vögelt.

Corvin behielt diese Gedanken für sich. Auch seine Schwester war vorerst still.

Ihr Vater nahm sich etwas Brot und eine große Schaufel Auflauf, obwohl man ihm deutlich ansah, dass er keinen Appetit verspürte. Dennoch griff er zur Gabel und versuchte, sich etwas in den Mund zu stopfen.

»Schätzchen, wir sind nicht böse auf dich.« Corvins Mutter legte ihre Hand auf die von Marianna. Sein Vater warf ihr einen skeptischen Blick zu, doch sie ignorierte ihn.

»Wichtig ist, dass du mit uns redest.«

Marianna holte tief Luft. »Was genau wollt ihr denn wissen?«

Corvin spielte mit dem Gedanken, sich ebenfalls etwas Essen zu nehmen, doch er hatte Angst, sich anschließend übergeben zu müssen.

»Zum Beispiel wie du überhaupt mit dem Jungen in Kontakt gekommen bist.« Ihr Vater hatte sich wieder eingeschaltet. »Wie kommt ein so junges Mädchen wie du dazu, mit einem Erwachsenen zu schreiben?«

»Er ist ein Teenager«, korrigierte Marianna ihn.

»Juristisch gesehen ist er erwachsen!«, fuhr ihr Vater sie an. Jetzt starrte sie wieder auf den Teller. Eine Träne kullerte ihre Wange hinunter.

»Hartmuth, was soll das?« Corvins Mutter schüttelte entgeistert den Kopf. Krisengespräche hatte seine Familie noch nie drauf. Früher hatte Corvin noch ein Haustier, Fridolin. Ein dicker, gemütlicher Kater. Sehr umgänglich und verschmust. Jeden Morgen, wenn Corvin aufgestanden war, stand Fridolin vor seiner Tür und wollte gefüttert werden. Wenn Corvin dann an seinen Napf ging und ihm Nassfutter in sein Schälchen kippte, leckte Fridolin dankbar seine Füße ab.

Ein sehr, sehr höflicher Vierbeiner, hatte Corvins Großvater sich immer gefreut.

Eines Tages riefen Corvins Eltern dann alle zusammen. Wie auch heute saßen sie zu viert am Tisch, es wurde erst geschwiegen und dann wurde es unangenehm. Corvins Vater offenbarte, dass er Fridolin versehentlich beim Ausparken am Morgen überfahren hatte. Fridolin hatte die Angewohnheit, sich an Autoreifen zu legen, wenn er schlief. Er sei aber friedlich verstorben, immerhin habe er dabei geschlafen. Als Marianna anfing zu weinen, machte ihr Vater sie plötzlich dafür verantwortlich, weil Fridolin bei Nacht eigentlich bei ihr hätte schlafen sollen.

Corvin wollte seinen Vater nicht kritisieren und vor allem nicht in die Erziehung reinpfuschen. Aber von einem hohen pädagogischen Wert war seine laute und cholerische Art sicherlich nicht.

»Entschuldige, Liebes.« Ihr Vater streichelte über Mariannas Schultern. »Ich habe es nicht so gemeint. Bitte erzähl uns, wie du ihn kennengelernt hast.«

Marianna wischte sich eine Träne aus dem Gesicht.

»Er hat mich angeschrieben. Auf ein Bild, das ich gepostet habe.«

Corvin wusste, welches Bild gemeint war. Dafür war auch er schon in der Schule hochgenommen worden. Es handelte sich um ein Bikini-Foto, auf dem Marianna nur von hinten zu sehen war. Für ein so junges Mädchen ganz schön gewagt. Trotzdem nur eine schöne Urlaubserinnerung, sie hatte sich sicherlich nichts Böses dabei gedacht.

Aber andere.

Die haben sogar böse Dinge unter dem Bild kommentiert.

Corvin hatte bei jedem der notgeilen Spammer dafür gesorgt, dass ihre Konten gesperrt wurden. Ein einfacher Programmiercode mit Bots, für ihn ein Kinderspiel.

Nur Flavio war offensichtlich klug genug, sich über eine Direktnachricht bei seiner Schwester zu melden … bei seiner vier Jahre jüngeren Schwester!

»Okay, und was hat er geschrieben?« Corvin war sich sicher, dass sein Vater das eigentlich gar nicht wissen wollte.

»Dass ich hübsch bin. Und bestimmt mal einen krassen Freund haben würde.«

Corvins Mutter schüttelte den Kopf, sein Vater verstand aber nicht ganz. »Okay, na gut. Kann ja sein. Aber deswegen verabredet man sich doch nicht gleich zum … na du weißt schon.« Ihm war es sichtlich unangenehm.

Marianna auch. Ihre Wangen waren vor Aufregung rot und ihre Halsschlagader drückte sich vor Spannung durch ihre Haut.

»Na, wir haben dann was geschrieben. Und dann kam es eben.«

»Kam was?«

»Hartmuth …« Corvins Mutter verstand die jüngere Generation scheinbar besser.

Corvin hatte noch nie eine Freundin. Er wusste auch gar nicht, wie man so eine Person finden konnte. Natürlich – es gab eine Menge Flirt- und Dating-Portale. Aber das war Corvin zu offensiv. In der Schule wollte kein Mädchen etwas mit ihm zu tun haben. Und sein Körper war nicht ansehnlich genug, um Bilder auf Social Media zu posten. Also konnte man ihn sowieso nicht finden. Für seine Generation war Corvin im Grunde ein schwarzes Loch. Er konsumierte zwar, hinterließ selber aber keine Spuren. Unsichtbar für die Welt. Doch so ging sie auch mit ihm um.

»Corvin, wusstest du etwas davon?«

Er wurde aus seinen Gedanken gerissen. Fragend starrte sein Vater ihn an.

»Nein, wusste er nicht!« Marianna war sicherlich froh, wenn dieser Tag vorbei war.

»Wir werden auf jeden Fall zur Polizei gehen, dass das klar ist. Will sich an unserer Tochter vergreifen, der Perversling!« Corvins Vater wischte sich energisch seinen Mund mit einer Serviette ab.

»Bitte nicht, Papa. Er wird mich danach so hassen …«

»Das ist doch egal. Du triffst dich ja auch nicht mehr mit ihm! Was denkst du denn?!«

»HARTMUTH!« Corvins Mutter warf ihrem Mann einen wütenden Blick zu.

»Ich würde sagen, wir lassen das Ganze jetzt erst mal sacken und schlafen eine Nacht drüber. Und morgen reden wir dann in aller Ruhe noch mal und wir …«

EIN KLIRREN.

Es kam direkt aus dem Nebenzimmer.

Alle sprangen auf und hechteten ins Wohnzimmer. Ein dicker Steinbrocken lag auf dem Boden. Und Glasscherben. Der Brocken musste also durch die Scheibe geflogen sein!

»Was zum …« Corvins Vater beugte sich runter und hob den Stein auf. Faustgroß. Es war etwas draufgeschrieben.

»Schlampe«, las er vor. Er schaute zu Marianna. Die brach zusammen und weinte … und weinte … und auch Corvin konnte sich nicht mehr halten. Das war zu viel!

Mit Tränen in den Augen rannte er nach oben. Er schaltete seinen PC an. Noch immer war die Schattenseite geöffnet.

Flavio, dieser verfickte Dreckskerl.

Corvin kramte sein Handy aus der Tasche und klickte sich

durch seine Kontakte. Wegen der Klassengruppe, in der er sich befand, hatte er die Profile von jedem seiner Mitschüler.

Er tippte das Profil von Flavio an und starrte auf sein grinsendes Foto.

Wie ich dich hasse.

Er wischte zur Seite und tippte dann auf das Profil von Seymon.

Und dich hasse ich auch.

Und dann hatte Corvin plötzlich einen Geistesblitz. Eine Idee. Er wischte noch einmal zur Seite und tippte auf das Profil von … Mila.

Kapitel 13 | Nola

Pizzeria Ciao Gusto

Er bestellte sich noch einen Rotwein.

Was hatte er diesen Abend noch vor?

Seine Spaghetti hatte er bereits aufgegessen. Seine Lippen waren von der Tomatensoße rötlich gefärbt. Er lächelte ihr zu und rückte seine Brille mit Mittel- und Zeigefinger zurecht. Wie es alle Brillenträger taten.

Heute trug er Anzug und Krawatte.

Nichts Besonderes für ihn, dachte sie sich, *das tut er oft.*

Als der Kellner ihm das neue Glas Wein brachte, nahm er einen großen Schluck, setzte das Glas dann vorsichtig ab und sah sie erwartungsvoll an.

Marco hatte schöne, graugrüne Augen. Er hatte dunkelblond gelocktes Haar und war immer gut gekleidet.

Er hat absolut Stil, dachte sich Nola.

Aber sie empfand nichts für ihn. Jedenfalls nichts, was über Freundschaft hinausging.

Nola liebte ihre Freundschaft. Sie hatte Marco in einem Survivalcamp kennengelernt. Ein Wochenende in den Bergen, in dem grundlegende Überlebenstechniken in Extremsituationen vermittelt wurden. Marco hatte heimlich Schokolade mit ins Camp geschmuggelt und sich so bei allen beliebt gemacht. Nola allerdings wollte nicht bei ihm ankriechen und um Schokolade betteln, hatte aber auch nicht viel Spaß an Bockwürstchen und Stockbrot. Also klaute sie ihm einfach zwei Tafeln.

Marco kam schnell dahinter und hatte sich ernsthaft mit ihr um die Schokolade geprügelt.

Damals waren die beiden erst elf, noch jung genug, um sich ein solches Verhalten zu erlauben. Und dennoch fanden es Nola und Marco bis heute zum Schießen.

Seitdem verabredeten sie sich regelmäßig. Bis sie eines Tages zufällig herausfanden, dass sie beinahe Nachbarn waren. Ab dann hingen sie wortwörtlich jeden Tag zusammen rum. Immer als beste Freunde, mehr war nie Thema. Obwohl sie nicht unbedingt dieselben Interessen hatten und auch nicht auf dieselbe Schule gingen, verband die beiden etwas. Vielleicht war es ihre zynische Art, vielleicht ihr makabrer Humor, vielleicht auch der Spaß, den die beiden hatten, wenn sie mal wieder gemeinsam kifften. Oder es war eben einfach ihr Heißhunger auf Schokolade – Nola wusste es nicht.

Was sie wusste, war, dass sie es bereute, aus Berlin weggezogen zu sein, und Marco nun immer eine einstündige Autofahrt nach Vielitzsee zumuten musste.

Oder sie musste sich in die Bahn setzen, das dauerte dann aber sogar zwei Stunden.

»Warum bin ich bloß in dieses Kaff gezogen?« Nola rollte mit den Augen und nahm einen Schluck von ihrem Rotwein.

»Mich musst du das nicht fragen, ich bezahle nur das Benzin.« Marco grinste.

»Und du bist Stofflieferant«, ergänzte sie.

Er nickte ironisch.

Ein Kellner kam und räumte seinen Teller ab. »Wünschen Sie noch etwas?«

»Ne, danke.«

Nola staunte. »Keinen Nachtisch heute?«

»Mir geht die Kohle aus.«

Nolas Handy vibrierte, das Display leuchtete auf. Nola warf einen kurzen Blick drauf.

In einer Stunde am Park?

Sie steckte das Handy zurück in ihre Tasche.

»Ich lad' dich ein, mach dir keinen Kopf.« Sie winkte einen Kellner zu sich heran. »Können Sie uns noch mal die Karte bringen?«

Der Herr lächelte höflich und ging davon.

»Ey, das musst du nicht. Du hast doch selber kaum Geld.« Marco rieb sich seinen vollen Bauch.

»Ne, alles gut. Gerade geht's bei mir.«

»Seit wann das?«

Nola blickte verunsichert umher. *Das* konnte sie ihm im Leben nicht erzählen …

»Von meiner Mom. Sie ist gerade großzügig.«

»Du hast ein Glück. Dann also das Essen auf den Nacken deiner Mutter?«

Nola lachte. »So ist es!«

Sie kramte ihr Handy wieder raus und tippte eine kurze Antwort:

Alles klar.
Bis gleich!

»Alles okay bei dir?« Marco schaute sie fragend an.

»Ja, alles gut.« Wieder steckte sie ihr Handy zurück, diesmal aber in den Flugmodus geschaltet, sodass sie keine neuen Nachrichten empfangen konnte. »Momentan gibt's mega Stress in der Schule, hast du das mitbekommen?«

Wieder lachte Marco. »Also, wenn ich jemals was aus Vielitzsee mitbekommen sollte, dann fresse ich 'nen Besen.«

»Deal. Aber hätte echt sein können. Das macht hier gerade heftig die Runde.«

Marco hob anerkennend sein Rotweinglas und stieß mit Nola an. »Also, dann erzähl mal. Was passiert hier denn Spannendes?«

Und Nola ließ sich die Chance nicht nehmen, endlich einmal eine aufregende Story aus ihrem bescheidenen Leben in Brandenburg zu erzählen. Eine Story über einen Internethacker, der Nacktbilder und Chatverläufe eines Mitschülers veröffentlichte – ein Mitschüler, der wiederum Gefühle für eine Dreizehnjährige hatte.

Marco staunte nicht schlecht.

»Schattenseite heißt das?«

Nola nickte.

»Krass. Muss ich mir später auch mal ansehen. Glaubst du, es werden noch mehr Schüler gehackt?«

»Hoffentlich.« Nola grinste hämisch. »Mir würden noch einige einfallen, deren Chatverläufe ich gerne mal lesen würde.«

Marco stimmte ihr zu. »Ist wirklich ein spannendes Thema. Stell dir mal vor, kein Mensch hätte mehr Geheimnisse. Also alles, was du tust, passiert öffentlich. Dein Browserverlauf, deine Internetbestellung, die Videos und Bilder, die du dir ansiehst, die Nachrichten, die du schreibst.«

»Auch die Sixpack-Fotos, die man eigentlich an seine Nachbarin schicken wollte?« Nola grinste frech. Marco schüttelte peinlich berührt den Kopf.

Vor drei Jahren war Marco ein unangenehmes Missgeschick passiert. Nachdem er sich im Fitnessstudio ausgepowert hatte und sein Körper ordentlich definiert war, hatte er vor seinem Spiegel einige ansehnliche Oberkörperfotos geschossen, die eigentlich für seine heiße Nachbarin bestimmt waren.

Da aber Marcos gesamtes Blut scheinbar in seinen Muskeln festsaß und keinen Weg mehr in seinen Kopf fand, hatte er die Bilder versehentlich in seine Familiengruppe gesendet anstatt an seine Nachbarin. Seine Oma war beeindruckt, seine Cousinen allesamt vollkommen verstört.

»Mein Gott, bitte erinnere mich nicht wieder daran.«

Endlich war der Kellner wieder da und überreichte Marco die Dessertkarte.

»Danke.«

Der Kellner widmete sich wieder einem anderen Gast.

»Find' das Restaurant echt nice. Muss man schon sagen.«

»Ist hier aber auch das einzige, was gut ist.« Nola warf einen Blick in die Karte, während Marco sein zweites Glas Rotwein austrank.

»Du solltest jetzt echt aufhören zu saufen, sonst schaffst du es nicht mehr nach Hause.«

Marco grinste frech. »Ich penn sonst einfach bei dir.«

Nola lächelte zurück.

Das darfst du niemals, dachte sie sich. *Wenn du wüsstest, wo ich heute Abend noch hingehe, würdest du mich hassen.*

»Schon was gefunden?«, erkundigte sie sich.

Marco schüttelte den Kopf. »Ne, gefunden nicht. Ich weiß es doch schon längst. Es geht nichts über ein gutes Mousse au Chocolat mit Mandelstreuseln.«

»Dann werde ich das wohl auch nehmen.« Nola zückte ihr Portemonnaie und warf einen Blick hinein, war sich aber sicher, genug Geld dabeizuhaben.

Das gefüllte Notenfach bestätigte ihren Eindruck.

»Okay nein, jetzt aber mal ernsthaft. Stell dir doch mal vor, wie krass das wäre, wenn wir keine Geheimnisse mehr hätten. Wir wären so frei.« Marco hatte seine philosophischen fünf Minuten.

»Ich fände es scheiße.« Nola biss noch ein Stück von ihrer mittlerweile kalten Pizza ab. »Ich meine … ein Leben ohne Geheimnisse würde doch gar keinen Spaß machen. Und Leute wie ich wären komplett am Arsch.«

»Wieso das?«

»Na, weil ich alle Menschen hasse. Und das wüssten dann ja alle.«

Marco schaute sie überrascht an. »Wirklich alle?«

Nola grinste. »Dich besonders!«

Ohne auf diese Bemerkung einzugehen, rief Marco noch einmal nach der Bedienung und bestellte für beide den Nachtisch.

»Nola, das wollte ich dich schon das letzte Mal fragen. Wie kommst du eigentlich mit der Sache mit deinem Vater voran? Da haben wir nicht mehr drüber geredet, seit du hier wohnst. Weißt du mittlerweile, wer er ist?«

Nola musste schlucken. Auch das konnte sie Marco nicht sagen. *Wollte* sie ihm nicht sagen. Die Sache war viel zu kompliziert.

»Nein, nicht wirklich.«

»Das ist ja schade. Ich weiß noch, in Berlin warst du ’ne richtige Detektivin. Da hattest du ihn fast.« Marco faltete die Hände über seinem Bauch zusammen und blickte verträumt an die Decke. Wie ein alter Mann, der zurück an seine Jugend dachte.

»Jaja. Irgendwie habe ich da ein wenig den Reiz verloren. Werde das vielleicht bald mal wieder angehen.«

Der Kellner stellte zwei bis oben hin mit Mousse au Chocolat gefüllte Glasschälchen auf den Tisch, verziert mit kleinen Himbeerstückchen und geraspelten Mandeln. »Lassen Sie es sich schmecken.« Der Herr mit Schnauzbart machte eine kleine Verbeugung und ließ die beiden allein.

»Sieht gar nicht schlecht aus, gute Entscheidung!« Nola

nahm ihren Löffel in die Hand und probierte eine Schaufel. »Lecker!«

In diesem Moment vibrierte ein Handy. Es konnte nicht Nolas sein, ihres war im Flugmodus. Sie blickte zu Marco, der nach seinem Handy griff, das ein wenig mit Tomatensoße bekleckert war.

»Ihh.« Er wischte die Soße ab und entsperrte sein Smartphone. Dann erstarrte er.

Nola sah ihn verwundert an.

»Alles okay?«

Marco nickte langsam. »Ja, alles okay. Aber, ich glaube, ich muss einen Besen fressen. Schau mal, was mir eine Klassenkameradin zugeschickt hat.« Er streckte ihr das Handy entgegen. Und tatsächlich.

In Form einer kleinen Textnachricht hatte Marco die erste Einladung dazu erhalten, die Schattenseite aufzusuchen.

> Marco, omg. Kennst du Schattenseite.net? Da werden irgendwelche Privatdaten von Jugendlichen veröffentlicht, megakrass. Gerade geht's um irgendein Mädchen.

Marco kratzte sich verwundert am Kopf. »Hattest du nicht von 'nem Typen geredet?«

»Doch.« Nola fischte hektisch ihr Handy aus der Tasche, gab ihren PIN ein und rief die Website auf, die offenbar nun schon mehreren Schülern das Leben zur Hölle machte.

Marcos Klassenkameradin hatte sich nicht vertan.

Flavios Beitrag war weiter nach unten gerutscht, es gab eine neue Aufforderung, die als kleiner Text auf die Startseite gerutscht war.

Und Nola konnte es nicht glauben. Ihr Herz begann, schneller zu schlagen.

Was geht hier nur vor sich?

Mal wieder ging es um jemanden aus ihrer Klasse.

Bei 10.000 Aufrufen sollte das nächste Geheimnis gelüftet werden. Von niemand anderem als von ihrer Mitschülerin Mila Lee.

Kapitel 14 | Seymon

Landstraße

Er las die Aufforderung immer und immer wieder. Und konnte es nicht fassen.

Warum sie? Wer ist dafür verantwortlich?

Er starrte entsetzt auf den Counter. 7223 Aufrufe. Es konnte nicht mehr lange dauern, höchstens noch eine Nacht. Und wenn es Mila war, die als Nächste bloßgestellt werden sollte, dann konnte sie nicht hinter den Hackingangriffen stecken.

> Wir müssen verdammt aufpassen, Bro.
> Da will uns irgendjemand Angst machen.

Seymon musste Nathans Nachricht zustimmen. Noch war alles in Ordnung. Aber ein einziger falscher Name auf der Schattenseite und er würde in enormen Schwierigkeiten stecken.

»Kannst du dir gleich schnell etwas Vernünftiges anziehen?«

Sein Vater saß am Steuer des weißen Mercedes SUV. Konzentriert schaute er auf die Straße.

»Ja, klar. Wo fahren wir denn hin?« Seymon roch an seinen

Achseln und stellte angeekelt fest, dass er auf jeden Fall eine Dusche nehmen musste.

»Dein Bruder hat's geschafft. Er hat seine letzte Staatsexamensprüfung bestanden und muss nun nur noch auf seine Approbation warten, dann ist er offiziell Arzt.«

Seymon hasste die Begeisterung seines Vaters für diesen Berufsweg. Warum konnte nicht jeder das machen, was er wirklich machen wollte? Musste Seymon den Träumen seines Vaters nachgehen?

»Das freut mich für ihn! Aber wo fahren wir hin?«

Sein Vater sah für einen Moment zu ihm rüber, fokussierte dann aber wieder die Straße.

»Na zu uns! So was muss gefeiert werden, ein neuer Arzt in der Familie Huth. Ein Grund zur Freude!«

Seymon nickte missmutig. Mal wieder eine Feier. Sein Vater liebte es, Freunde, Familie und Kollegen zusammenzutrommeln, um mit seinen Errungenschaften anzugeben.

Mit seiner 300-Quadratmeter-Behausung, mit seinem Porsche für Wochenendausflüge, mit seinen erfolgreichen Söhnen. Auch sie waren für ihn wie Errungenschaften.

»Freust du dich nicht, endlich deinen Bruder wiederzusehen?«

Seymon nickte. Natürlich freute er sich. Er liebte seinen Bruder. Und er hatte ihn Ewigkeiten nicht mehr gesehen.

Seit sein Bruder in Lübeck Medizin studierte, ließ er sich kaum noch in seinem alten Zuhause blicken.

Konnte Seymon vollkommen verstehen, er würde es genauso machen. Hier hielt ihn nichts mehr.

Etwa fünfzehn Minuten später fuhr sein Vater auf die Auffahrt ihres riesigen Anwesens. Einige Autos blockierten die Garage, also stellte sein Vater den Mercedes einfach auf dem Weg ab.

Motor aus.

Sein Vater zog den Zündschlüssel.

»Komm Junge, die Gäste freuen sich bestimmt, dich zu sehen.«

Jetzt stieg auch Seymon aus dem Wagen.

»Warum hast du mir denn nichts von der Feier erzählt? Ist doch 'ne Überraschung für James und nicht für mich.«

Sein Vater nickte. »Ja, aber du Plappermaul hättest es ihm doch sofort gesagt.«

Seymon gab seinem Vater im Stillen recht. Er ist noch nie gut darin gewesen, Sachen für sich zu behalten.

Er schlug die Autotür zu und folgte seinem Vater in ihr Haus.

Drinnen spielten teure Musikboxen Jazzmusik. Typisch für seinen Vater.

Eine Schülerin aus der Stufe unter Seymon, deren Name ihm allerdings nicht einfiel, verteilte auf einem Tablett Sektgläser. Wie viel Geld sie dafür wohl bekam?

Im Wohnbereich war alles nett dekoriert.

Auf einem Tisch standen schön hergerichtete Snacks und Getränke. Irgendein Cateringservice musste das vorbeigebracht haben.

Draußen war es bereits dunkel und viel zu kalt, sonst hätte

sein fleischgieriger Vater sicherlich den Grill angeschmissen. Oder anschmeißen lassen.

Seymons Blick wanderte durch den Raum und blieb schließlich an einem Mädchen hängen, das Seymon nur allzu gut kannte.

Patricia! Was macht sie hier?

Sie winkte ihn zu sich heran. Seymon musste schmunzeln. Er freute sich, seine Freundin zu sehen. Vor allem, weil er nicht mit ihr gerechnet hatte. Normalerweise hielt sein Vater nichts von »jugendlichem Rumtreiben«, so wie er es nannte.

»Eine Beziehung in deinem Alter ist nichts als Zeitverschwendung«, hatte er vor einem Jahr gesagt, als Seymon noch mit Mila zusammen war, »so was hält sowieso nicht für immer. Dann kann man es auch gleich sein lassen und man spart Zeit und Geld.«

Zumindest in dem ersten Punkt hatte sein Vater recht.

Jetzt war er mit Patricia zusammen – die ihn noch immer zu sich winkte.

Er ging auf sie zu und gab ihr zur Begrüßung einen Kuss auf den Mund.

»Lecker, wie gesalzenes Popcorn«, merke sie an und verzog grinsend ihr Gesicht. »Du gehörst dringend unter die Dusche!«

»Ich weiß. Was machst du hier?«

Sie sah ihn verblüfft an. »Wie meinst du das?«

»Hat dich mein Vater eingeladen?«

»Na klar, wer denn sonst? Sehe ich aus wie ein Partycrasher?« Sie kniff ihn in die Rippen. Er zuckte zusammen. »Nein, aber ich hätte im Leben nicht damit gerechnet, dass er dich freiwillig einlädt.«

Seymon küsste sie noch einmal auf den Mund, ließ seinen Blick dabei wieder durch den Raum wandern.

Seine Großeltern. Tante. Onkel. Sein elfjähriger Cousin. Einige Arbeitskollegen seines Vaters, die er irgendwann schon mal gesehen hatte. Seine Nachbarn. Und Frauen. Wer waren sie? Eventuell Kontakte der Arbeit seines Vaters? Er hatte noch nie so viele Frauen eingeladen. Noch nie seit …

»Hab ich dich!«

Seymon schreckte zusammen. Zwei Hände hatten sich um seinen Hals gelegt, als wollten sie ihn im nächsten Moment zerquetschen. Seymon drehte sich um – und starrte direkt in das Gesicht seines Bruders. Der bekam beinahe einen Lachanfall. »Du fällst wirklich immer wieder darauf rein, zu gut!« James klatschte in seine Hände, umarmte Seymon dann aber herzlich. »Schön, dich wiederzusehen, Kleiner!«

James war eigentlich der Kleinere von beiden. Mindestens einen Kopf. Obwohl er sechs Jahre älter als Seymon war, hatte dieser ihn bereits sehr früh eingeholt. James hatte das nie gestört, er war trotzdem derjenige, der mehr Taschengeld bekam, der die hübschen Freundinnen hatte, der in der Schule die besten Noten schrieb und exakte Pläne für seine Zukunft hatte.

Für Seymon war er immer ein Vorbild. Noch heute.

Zwar wollte Seymon später nicht Medizin studieren, aber

er wollte genau wie sein Bruder raus aus dem Kaff, in das er unfreiwillig hineingeboren wurde. Er wollte weg von seinem Vater, weg von all seinen komischen Mitschülern.

Er wollte nicht mehr Fußball spielen. Lieber Tanzen lernen. Er wollte durch große Einkaufszentren gehen und mit Freunden das Nachtleben genießen.

Vor allem aber wollte er weg von diesem einsamen Ort.

»Wir haben uns, glaube ich, noch nicht vorgestellt, ich bin James.«

James schüttelte Patricias Hand.

»Ich kenne dich aber noch. Du warst Schulsprecher, als ich neu auf die Schule gekommen bin. Alle Mädchen fanden dich süß!« Patricias Gesicht errötet leicht, als sie das aussprach.

»Ah ja, sehr schön.« James nickte ihr zu. »Und ihr seid …?«

Er schaute etwas unsicher zu Seymon, dann wieder zu Patricia.

»Sie ist meine Freundin, ja.« Seymon legte seinen Arm um Patricia, was ihm im nächsten Moment selber komisch vorkam.

»Ja, dachte ich mir's doch. Aber bei Seymon kann man nie wissen!« Er boxte Seymon spaßhaft in den Bauch.

Seymon wehrte sich nicht. Ihm war es eher unangenehm, denn bei ihm und Patricia lief es schon länger nicht mehr ganz prickelnd. Da halfen auch ihre erotischen Ausflüge nicht viel.

Es bröckelte an allen Seiten. Das Fundament, auf dem das Vertrauen baute, war wackelig.

Aber was sollte er tun? Vertrauen konnte man schwer beweisen, erst recht nicht gezwungenermaßen aufbauen. Man konnte es nur verlieren, und das innerhalb weniger Sekunden.

»Seymon, können wir kurz unter vier Augen reden?«

Sein Bruder deutete mit dem Kopf in Richtung Küche.

Seymon nickte stumm und ging voran.

»Was gibt's?«

In der Küche konnte sie keiner hören. Dennoch schloss James vorsichtshalber die Tür.

»Du weißt, warum ich hier bin?« James schaute ihn fragend an.

»Klar. Du wirst bald Arzt.«

James nickte. »Richtig. Und das will ich wirklich, ganz im Ernst.«

James schaute durchs Fenster, als hätte er Angst, von einem Spion beobachtet zu werden.

»Die Sache ist nur … dass ich nur Arzt sein kann, wenn ich mein Studium ordnungsgemäß absolviere.«

Seymon stimmte ihm zu.

»Und Medizinstudent konnte ich nur deswegen werden, weil ich ein ehrenwerter Schüler mit ausgezeichneten Noten war.«

Wieder stimmte Seymon ihm zu.

»Das Problem ist nur: Was, wenn rauskommt, dass ich gar kein so ehrenwerter Schüler war?«

Seymon schüttelte den Kopf. »Mach dir keinen Stress, bei mir ist alles sicher. Ehrlich.«

James ging nervös im Raum auf und ab.

»Seymon, ich war nie ein schlechter Schüler. Das weißt du. Aber trotzdem nicht gut genug für Vater. Aber ich konnte nicht mehr. Deswegen habe ich das gemacht. Und es war ein Fehler, dir das anzuvertrauen.«

Seymon wusste nicht, was er antworten sollte.

»Hör mir zu. Du darfst niemandem irgendetwas erzählen. Nicht mal deiner Freundin. Ich kann jetzt wirklich nicht gebrauchen, dass meine Professoren herausfinden, dass mein kleiner Bruder all meine Hausarbeiten abschreibt. Die Hausarbeiten, die ich selber nur aus dem Internet gezogen habe.«

Seymon blickte betreten zu Boden. »Die werden dein Abitur schon nicht für ungültig erklären. Die Abiprüfungen hast du ja ehrlich geschrieben.«

James sah ihn mit funkelnden Augen an. »Ja, habe ich auch. Aber nicht ansatzweise so gut. Die Facharbeit und die Hausarbeiten haben mehr als die Hälfte meiner Endnote ausgemacht. Ohne die Kopien aus dem Internet wäre ich aufgeschmissen gewesen. Ich hätte dir das niemals zeigen dürfen!«

James fuhr sich unruhig durch sein Haar. In diesem Moment klopfte es an der Tür.

»Ja?«

Die Kellnerin, deren Name Seymon noch immer nicht einfallen wollte, steckte ihren Kopf durch die Tür.

»Kann ich kurz ein paar frische Gläser holen?« Unsicherheit lag in ihrer Stimme.

James lächelte charmant, öffnete die Tür höflich und machte eine einladende Geste. »Aber natürlich, Marie.« Sie freute sich und trat ein. James zwinkerte Seymon zu, verließ dann die Küche und mischte sich wieder unter die Gäste.

Seymon atmete tief ein und wieder aus.

Er hätte niemals die Kopien seines Bruders als seine ausgeben dürfen. Vor allem aber hätte er das niemals jemandem verraten dürfen. Doch dafür war es jetzt zu spät. Zu dem gänzlich ungünstigsten Zeitpunkt. Denn offensichtlich gab es jemanden, der sich nicht davor scheute, die düstersten Geheimnisse anderer Menschen auszupacken.

Die Schattenseite musste gestoppt werden, bevor es zu spät war.

»Du bist Seymon, oder?«

Seymon blickte nach links, wo die Kellnerin – Marie – gerade das letzte Glas auf ihr Tablett verfrachtet hatte.

»Genau. Und du bist eine Stufe unter mir, oder?«

Marie lächelte, als würde sie sich darüber freuen, dass Seymon das wusste. »Ja genau.«

Für einen Moment schauten sich beide schweigend in die Augen. Beinahe einen Moment zu lang.

»Du arbeitest für meinen Vater?«

Marie nickte. »Ist ein Minijob. Muss mir ein wenig Geld dazuverdienen, will mit ein paar Freundinnen verreisen.«

»Wohin soll's gehen?« Seymon nahm ihr zwei Gläser ab und schüttete selbstständig etwas Prosecco hinein. So machte er es immer …

»Nach Spanien. Irgendwo. Hauptsache warm.« Sie schmunzelte. Seymon fand sie süß.

Sie war ein gutes Stück kleiner als er, hatte sich zum heutigen Anlass ein schwarzes Kleid angezogen, sodass Seymon die Umrisse ihres Pos beim Reingehen deutlich ausmachen konnte. Ihm gefiel das. Auf ihren Lippen trug sie roten Lippenstift, ihre blonden Haare hatte sie zu einem Dutt zusammengebunden.

»Spanien klingt sehr gut.« Er reichte ihr ein Glas. Sie nahm es verunsichert entgegen, nachdem sie das Tablett auf der Esstheke abgestellt hatte.

»Ich weiß nicht, ob das okay ist. Ich arbeite ja gerade eigentlich.« Sie blickte durch den Türspalt zu den anderen Gästen, als wolle sie sichergehen, dass Seymons Vater sie nicht sah. Mit einem Ruck trat Seymon die Tür mit seinem Fuß zu.

»Problem gelöst«, sagte er verführerisch, »sieh das doch einfach als Teil deines Jobs.« Er stieß mit ihr an und trank das Glas in zwei großen Schlucken aus.

»Bis wann geht deine Schicht?«

»22 Uhr. Den Rest übernehmen dann wohl die Reinigungskräfte.«

Seymon nickte. Wie immer hatte sein Vater alles genauestens durchgeplant.

»Hast du danach noch was vor?« Seymon liebte es zu spielen. Er liebte das Kribbeln in seinem Bauch.

»Ähm. Also nach Hause fahren, denke ich.« Sie lachte, als hätte jemand einen Witz gemacht. Seymon verzog keine Miene. »Kannst auch noch etwas bleiben. Hiervon bleibt nämlich immer viel zu viel übrig.« Seymon deutete auf die Sektflasche. »Für uns beide sollte das reichen.«Marie lächelte und schien für eine Sekunde tatsächlich mit dem Gedanken zu spielen zu bleiben. Mit Seymon zu trinken. Ihn zu küssen. Seine Hose auszuziehen. Seinen Bauch zu küssen. Sein Glied in den Mund zu nehmen. Vielleicht noch mehr.

Sprich es aus, dachte Seymon. *Sag mir, dass du das so willst. Dann habe ich gewonnen.*

»Ich weiß nicht. Du hast doch eine Freundin, oder nicht?«

Seymons Spannung raste schlagartig auf null. Was für ein Abturner. Beinahe hätte er sie gehabt. Aber so …

»War ja auch nur Spaß. Dir noch viel Erfolg, ich denke die Gäste haben Durst!«

Er stellte sein benutztes Glas auf ihr Tablett und verließ den Raum. Patricia wartete noch immer in der Nähe der Couch auf ihn.

»Da bist du ja endlich. Habe mich aus Verzweiflung schon mit deiner Oma unterhalten.«

Seymon nickte gelangweilt. Zum Glück hatte Patricia nicht gesehen, dass direkt nach ihm Marie aus der Küche gekommen war.

»Ich denke, ich gehe dann mal duschen.«

Seymon wollte sich gerade umdrehen, als er seinen Vater sah. Sein Vater, der seinen linken Arm um eine der fremden Frauen gelegt hatte. Seine Ohren bereits rot vor Aufregung und Freude an dieser Feier. Sein lautes Lachen. Ein Zeichen, dass er sich wohlfühlte.

Wut stieg in Seymon hoch.

Dieser Wichser!

Patricia riss ihn aus seinen Gedanken. Sie schien seinem Blick gefolgt zu sein. »Was ist eigentlich mit deiner Mutter? Du hast nie von ihr erzählt. Sind deine Eltern getrennt?«

Seymons Gesichtsausdruck fror ein. Ruckartig wurde er einige Jahren zurückgeworfen. Zurück in eine schreckliche Zeit, die er nur noch düster und kalt und in Bruchstücken abgespeichert hatte.

Er begann zu zittern.

»Seymon! Was ist los?« Patricias große Augen starrten ihn erschrocken an.

»Ich … also …« Seymon überlegte, was er sagen sollte. Er holte tief Luft, dann sprach er es aus. »Meine Mutter lebt nicht mehr. Sie ist letztes Jahr bei einem Unfall gestorben. Dank meines Vaters.«

Kapitel 15 | Nola

Nolas Zuhause

Noch einmal betrachtete sie sich vorm Spiegel. Es saß perfekt. Ihre Kurven wurden genau richtig betont, es war nicht zu viel und nicht zu wenig.

Das blaue, leicht durchsichtige Minikleidchen mit kaum sichtbarem Push-up-BH, einem Unterhöschen, dessen Umrisse deutlich ersichtlich waren, passten perfekt zu den Kneeboots, die sie sich bis zu den Oberschenkeln hochgezogen hatte.

Das gefiel ihr.

Für diesen Anlass.

So was würde sie sonst niemals tragen.

Niemals.

Ihr Dekolleté hatte sie mit Make-up konturiert, damit ihr Busen voller wirkte.

Für *ihn*.

Sonst tat sie so etwas nicht. Ihr war es eigentlich egal, wie andere sie fanden. Aber sie wollte *ihm* gefallen. Es war ein besonderer Anlass.

Sie trug sich kussfesten Lippenstift auf. Niemals würde sie *ihn* küssen oder es zulassen, dass *er* sie küsste.

Aber es gehörte zum Look. Das Gesamtbild musste stimmen. Es war wie Kunst. Kunst auf dem eigenen Körper.

Einmal die Woche gefiel es ihr. Aber nur einmal. Höchstens. Ansonsten ließ sie die Finger von Make-up, Dessous, Kneeboots und Strings.

Plötzlich klopfte es an der Tür. Nolas Alarmglocken läuteten. Ihre Mutter durfte sie nicht sehen. Nichts so!

»Moment!« Nola warf den Lippenstift auf ihren Schrank, sprang dann mitsamt ihren Stiefeln und ihrem Outfit ins Bett und deckte sich zu. Sie drehte sich von der Tür weg, sodass ihre Mutter im nächsten Moment keinen riesigen Schrecken bekommen würde, wenn sie ihre Tochter so spät abends noch mit Lippenstift und konturierten Brüsten vorfand. »Ja bitte?«

Ihre Mutter trat ein. Verunsichert, weil sie bisher nie warten musste, erkundigte sie sich bei ihrer Tochter, ob alles in Ordnung sei. Nola nickte überzeugend. »Alles super. Bin nur schon total müde.«

Ihre Mutter ging einen Schritt ins Zimmer.

»Oh, na gut. Dachte nur, du wolltest vielleicht noch was essen. Habe 'ne Ofenpizza reingeschoben.«

Nola lief das Wasser im Mund zusammen. Von Pizza konnte sie niemals genug kriegen.

»Ne, danke. Bin noch total satt.«

Ihre Mutter ging noch einen Schritt weiter auf sie zu.

Muss sie mir so hinterherspionieren? Reicht es nicht, dass sie Verbrecher jagt?

Nola zog ihre Decke bis übers Kinn.

»Schatz, was ist denn los? Schau mich mal an!«

Nein!

Nola ging verzweifelt im Kopf durch, wie sie ihre Mutter aus dem Zimmer jagen konnte, ohne dass sie von ihr gesehen wurde.

Doch es war bereits zu spät. Ihre Mutter hatte das Bett erreicht und das Licht auf dem Nachttischchen eingeschaltet.

Erschrocken schaute Nola in ihr Gesicht.

Ihre Mutter musterte sie kurz, begann dann zu grinsen.

»Ach du liebe Güte! Na, du fängst ja spät an!«

»Wie?« Nola blinzelte verwirrt, die Decke weiterhin bis zum Kinn hochgezogen.

»Na, ich habe Lippenstiftauftragen schon geübt, als ich dreizehn war. Und du fängst jetzt erst an. Und dann ist es dir auch noch peinlich.«

»Äh, ja! Wollte das einfach mal ausprobieren, ist aber nichts für mich.« Nola zuckte spielerisch mit den Schultern.

»Kein Problem. Dann solltest du dir das aber wieder aus dem Gesicht wischen, bevor du schlafen gehst.«

Ihre Mutter gab ihr einen Kuss auf die Stirn. »Oh, und wie ich sehe, hast du sogar ein Parfüm aufgetragen. Du probierst dich ja richtig aus, find ich gut! Geht's um einen Jungen?«

Wenn du wüsstest.

»Ne, ne, wollte das nur mal ausprobieren. Bin jetzt aber echt megamüde.«

Die Botschaft war angekommen. Ihre Mutter knipste das Licht wieder aus und verließ das Zimmer.

»Dann wisch den Lippenstift wenigstens mit ’nem Feuchttuch ab. Du versaust sonst die ganze Bettwäsche!«

»Gute Nacht, Mama!«

Ihre Mutter zog lachend die Tür hinter sich zu.

Haarscharf, dachte sich Nola.

Viel Zeit blieb ihr nicht mehr.

Sicher wartete *er* schon.

Schnell stieg Nola wieder aus dem Bett, schaltete das Licht ein und betrachtete sich ein letztes Mal im Spiegel. Zufrieden kramte sie schließlich ihr Handy raus, schoss ein Selfie und versandte es als Nachricht an *ihn*.

Bin in 15 Minuten da.
Denk an mein TG.

»TG« stand für Taschengeld.

Und Nola hasste es, *ihn* daran zu erinnern. Nola hasste sich dafür, dass sie es überhaupt tat. Aber sie hatte keine Wahl. Es war ein faires Abkommen. Sie tat, was *er* wollte. Und sie bekam, was sie wollte. Ein einfaches Spiel.

Ich muss mich dafür nicht hassen.

Sie zog sich den dicken Mantel an, den sie vorsichtshalber bereits heute Mittag in ihren Schrank gelegt hatte. Dann stopfte sie noch einige Klamotten unter ihre Decke, sodass es so aussah, als würde sie schlafen.

Nur, falls ihre Mutter reinkam …

Dann öffnete sie das Fenster und sprang mit einem Satz in die Nacht.

Draußen war es kalt. Kälter, als sie erwartet hatte.

Durch ihren Mantel drang kalte Luft, die sie, dank ihres knappen Outfits, bis auf die Gliedmaßen spüren konnte.

Ihr Handy vibrierte.

Ich bin schon da.
Habe alles für meine Prinzessin.
Und ich freue mich.

Nola bekam Gänsehaut. Vielleicht wegen der Kälte. Vielleicht aber auch, weil sie sich vor dem ekelte, was sie tat. Nicht vor ihm. Vor allem nicht vor seinem Aussehen. Er war trainiert, sehr gepflegt, kam immer frisch geduscht und roch nach Rosenwasser. Er hatte eine raue, männliche Stimme und einen kratzigen, aber attraktiven Dreitagebart. Vermutlich war er Mitte 40. Er war umgänglich, vorsichtig und manchmal sogar romantisch. Einmal hatte sie sogar gedacht, sie habe sich in ihn verliebt. Aber trotzdem änderte das nichts an der Tatsache, dass er sich mit Nola traf. Wer zur Hölle machte so etwas? Vor allem mit einer Siebzehnjährigen?

Sicherheitshalber prüfte Nola noch einmal, ob ihre Mutter etwas bemerkt hatte, schlich sich dann aber vorsichtig davon.

Sie ging einige Minuten eine ruhige Wohnstraße entlang, bog dann in Richtung Park ab, in dem sie am Vortag noch mit dem kürzlich verdienten Bogen auf Bäume geschossen hatte.

Bei Nacht musste der Waldpark auf die meisten unheimlich wirken. Ein paar Krähen stritten sich irgendwo in der Ferne. Der Wald atmete, Äste knarrten und unregelmäßig streifte Wind durch das Gebüsch. Leise Schritte waren aus dem Unterholz wahrzunehmen. Fades Mondlicht bahnte sich mühsam seinen Weg durch eine dichte Wolkendecke.

Für Nola ein Genuss.

Sie liebte die Nacht.

Sie liebte den Wald.

Sie liebte die Einsamkeit.

Heute war sie jedoch nicht zum Vergnügen hier. Heute traf sie *ihn*. Ausgerechnet an ihrem Lieblingsort, weil er es geil fand. Weil er es im Wald ausprobieren wollte. Hier waren sie bisher noch nicht gewesen.

Nach einigen Metern gabelte sich der Weg und Nola hielt sich links. Schließlich erreichte sie die Parkbank.

Hier saß sie oft. Hörte Musik. Rauchte Gras. Dachte über das Leben nach.

Doch an diesem Abend hatte sie Gesellschaft.

Durch die Dunkelheit war er kaum zu erkennen. Doch Nola wusste, dass er es war. Roch es. Spürte es. Und er lächelte, freute sich, sie zu sehen.

Sie zog ihren Mantel aus und warf ihn zu Boden. Jetzt stand sie, nur leicht bekleidet, vor ihm. War bereit, ihm seine Wünsche zu erfüllen. Für die nächsten Minuten gehörte sie ihm. Nur ihm allein. Ihrem Sugar Daddy.

DIENSTAG

10. März 2020

Kapitel 16 | Seymon

Seymons Zuhause

Noch einmal zwanzig Liegestütze.

Dann rappelte er sich wieder auf, gab zwei Messlöffel Proteinpulver in seinen elektrischen Shaker, dazu etwas Milch und drückte auf den Powerbutton.

Während sein Eiweißlieferant zubereitet wurde, sah sich Seymon in der Küche um.

Gestern Abend haben hier noch Gäste gestanden. Gäste, die gekrümelt und gekleckert haben. Die ihre halb ausgetrunkenen Sektgläser, ihre Speisereste und das benutzte Geschirr irgendwo abgestellt und sich amüsiert hatten. Ihnen konnte es egal sein, es war schließlich nicht ihr Zuhause.

Heute Morgen war davon jedoch nichts mehr zu sehen. Als wäre nie etwas gewesen. Der Reinigungsservice hatte gute Arbeit geleistet.

Seymons Bruder James und sein Vater schienen noch zu schlafen. Kein Wunder – es war gerade einmal fünf Uhr morgens. Doch Seymon war das gewohnt. Besonders vor wichtigen Spielen musste er fit sein, musste seine Kondition auf Hochtouren fahren.

Deswegen raffte er sich schon bei Dunkelheit und Temperaturen nahe null aus dem Bett und startete mit intensivem Frühsport in den Tag.

Nach ausgiebigen Aufwärmübungen stand als Nächstes Joggen auf dem Plan. Fünf Kilometer, mehr würde er nicht schaffen. Jedenfalls nicht, ohne dafür die erste Schulstunde zu verpassen. Das konnte er sich nicht erlauben.

Sein Shake war fertig. Er nahm den Deckel ab und trank einen Schluck.

Peanutbutter. Die beste Geschmacksrichtung.

Seymon griff nach einem Stuhl, zog ihn vor sich, stellte sich drauf und griff nach einem kleinen Medikamentendöschen, das sich versteckt in drei Metern Höhe auf einem Regal befand.

Er angelte sich zwei Pillen heraus und stellte die Dose dann wieder zurück.

In wenigen Sekunden waren sie mit dem Shake heruntergespült. Seymon hielt die Luft an. Dann prustete er laut, ging aus der Tür und wollte gerade losjoggen, als sein Handy vibrierte.

Er entsperrte es und fand die SMS einer unbekannten Nummer vor.

Ich vermisse dich. Wir haben uns zu lange nicht mehr gesehen und gespürt.

Seymons Puls wurde schneller. Er wusste, wer das war. Sein Bauch wusste es auch, schon wieder dieses Kribbeln. Er tippte auf den Touchscreen, um zu antworten. Seymon konnte nicht anders, er verspürte einen tiefen Drang der Lust.

Dann sollten wir das dringend nachholen. Wo und wann?

Seine Antwort war kurz und schmerzlos.

Wobei, doch: Sie schmerzte. Patricia tat ihm leid. Er hatte sie nicht verdient. Und sie hatte das nicht verdient. Aber er konnte nicht anders. Das war das Einzige, das dieses Dorf ihm bieten konnte. Wer sollte es ihm also übelnehmen?

Er steckte sein Handy zurück in die Bauchtasche, die er immer zum Joggen trug. Dann lief er los. Runter von der Kiesfläche, die ihr Grundstück umgab, rauf auf befestigten Boden in Richtung Dorfzentrum.

Beim Joggen war er frei. Sein Blut zirkulierte in gesundem Tempo durch seinen Körper. Er liebte die sauerstoffreiche Luft. Er liebte die Stille des frühen Morgens. Er liebte das Alleinsein. Hier hatte er Zeit, sich Gedanken zu machen. Über all das Verwirrende, das in seinem Leben passierte.

Doch am liebsten erinnerte er sich an die *guten* Zeiten zurück. Die Zeiten, in denen er noch ein Kind war. Gerade erst eingeschult. James würde noch lange bei ihnen zu Hause wohnen. Seine Mutter lebte noch. Der Alltag war unbefangen und schön.

Am Wochenende haben sie immer gemeinsame Familienausflüge unternommen. Einmal sind sie nach Berlin gefahren, um das DFB-Pokalfinale zu sehen. Von diesem Tag an wollte Seymon auch Fußballspieler werden. Fußballspieler, um eines Tages selbst auf jenem Rasen im Olympiastadion zu stehen und seinen Eltern winken zu können. Um zu beweisen, dass er es auch draufhatte. Wie sein Vater und sein großer Bruder.

Seymon war mittlerweile nicht mehr auf der Landstraße, sondern bog in den Waldpark ein.

Diese Strecke lief er immer, wenn er wenig Zeit hatte. Durch den Park, über den Dorfplatz, an der Polizeistation vorbei und schließlich zwei Kilometer geradeaus über einen Feldweg. Normalerweise schaffte er das in weniger als zwanzig Minuten.

Heute lief er langsamer, sein Körper fühlte sich schwer an. Seitenstechen. Vermutlich hatte er am Vorabend zu viel gegessen.

Er verlangsamte sein Tempo, bis er schließlich im Schritttempo marschierte, nicht mehr joggte. Die ersten Sonnenstrahlen färbten den Himmel am Horizont gelborange. *Ein wunderschöner Morgen im März,* dachte sich Seymon.

»Hey!«

Seymon zuckte zusammen.

Wer ist da?

Er drehte seinen Kopf erst nach links, dann nach rechts. Zur Parkbank, an der er vor vielen Jahren noch Sammelkarten mit seinen Freunden getauscht hatte. Heute hingen hier nur noch komische Leute ab, meistens konsumierten sie Drogen.

Und tatsächlich. Auf der Bank saß keine Geringere als seine Klassenkameradin Nola, die ihm enthusiastisch zuwinkte. Seymon konnte nicht erfassen, ob ihre Art ironisch aufgesetzt war oder ob sie sich wirklich freute, ihn zu sehen. Noch viel verwirrender war aber, dass sie um diese Uhrzeit auf einer Bank im Park saß. Nur einen Mantel tragend, lange Stiefel und eine kurze, nicht einmal sichtbare Hose – vielleicht trug sie nicht mal eine.

Ihre braunen Haare waren zerzaust, die Augenringe sah Seymon durch ihr Make-up hindurch.

Trägt sie sonst überhaupt Make-up?

Nola war seit letztem Jahr auf ihrer Schule. Seymon, als Klassensprecher, hatte sie der Klasse vorgestellt. Doch sie war nicht sonderlich kontaktfreudig, wenngleich er sie zumindest äußerlich nicht uninteressant fand. Reden tat sie ja kaum – und wenn, dann in Politik oder Naturwissenschaften. Nach der Schule machte sie immer direkt die Fliege. Den Wandertag schwänzte sie.

Einmal hatte Seymon sie mit einem fremden Jungen gesehen. Sonst hatte er keine Idee, wie Nola ihre Freizeit gestaltete.

Nola war ein eigenartiger Mensch. Also eigentlich kein Wunder, dass sie bei dieser Kälte und in dieser Früh auf einer Parkbank in Vielitzsee saß und sich gerade eine Zigarette anzündete.

»Guten Morgen«, rief Seymon zurück und spielte mit dem Gedanken, einfach weiterzulaufen. Er entschied sich jedoch, erst einmal stehen zu bleiben. »Was machst du hier?«

»Rauchen?« Sie deutete auf ihre Zigarette. »So früh morgens schmeckt das sogar gar nicht so schlecht.«

Seymon schmunzelte. Als junger Teenager wollte er auch immer rauchen. Seine Freunde kannten sogar einen Trick, wie man den Zigarettenautomaten manipulieren konnte und ohne Ausweis an die Tabakstangen kam.

Doch als sein Vater wenig später dahinterkam – vielleicht, weil Seymons Jacke bestialisch nach Rauch gerochen hatte, vielleicht aber auch, weil sich herumsprach, dass das jüngste Huth-Kind rauchte –, war der Spaß schneller vorbei als gedacht.

Einen Monat Hausarrest, nicht einmal Fußball war erlaubt. Strafe genug. Seitdem hatte Seymon das Teufelszeug nie wieder angerührt.

»Ich habe meine Zigarette schon vor zwei Stunden geraucht, da schmeckt's noch besser.«

Nola klatschte in die Hände. »Du verstehst ja sogar Spaß.«

Seymon warf ihr einen irritierten Blick zu. Natürlich hatte er Humor.

»Ich dachte immer, du wärst nur der athletische Klassensprecher, auf den alle abfahren. Hohler Kopf und natürlich völlig unwitzig.« Nola nickte anerkennend.

Das dachte sie also von ihm?

»Dass alle auf mich abfahren, stimmt schon. Athletisch bin

ich auch.« Seymon streckte sein linkes Bein nach vorn und dehnte es ausgiebig. »Allerdings hast du noch *gut aussehend* und *charmant* vergessen.«

Nola drückte ihre Zigarette wieder aus und stand auf. »Das habe ich nicht *vergessen*, sondern muss es wohl einfach übersehen haben.« Sie ging emotionslos an ihm vorbei, drehte sich dann aber noch einmal um, warf einen frechen Blick auf Seymons Allerwertesten, der in seiner jetzigen Dehnposition von seiner besten Seite präsentiert wurde, und fügte noch hinzu: »Wobei. An *gut aussehend* ist vielleicht sogar was dran.«

Sie drehte sich um, winkte noch einmal und entfernte sich dann von ihm.

»Was machst du nur hier?«, flüsterte Seymon. Er schüttelte den Kopf und wollte gerade wieder seinen Frühsport aufgreifen, als ihm Mila in den Kopf schoss. Und die Schattenseite! Waren die 10.000 Aufrufe bereits erreicht?

Ungeduldig kramte Seymon sein Smartphone aus seiner Bauchtasche, gab seinen Entsperr-Code ein und besuchte die unheimliche Website, die er bereits als Lesezeichen abgespeichert hatte.

Der Screen zeigte etwas anderes als am Vortag. Der Counter stand bei 12.412! Welche kranken Leute fanden Gefallen daran, intime Wahrheiten über fremde Menschen zu erfahren?!

Seymon scrollte vorsichtig nach unten. Tatsächlich. Wieder einmal wurde Bildmaterial veröffentlicht.

Diesmal jedoch kein Chatverlauf oder ein Screenshot, sondern ein abfotografiertes Dokument. Bei genauerem Hinsehen konnte Seymon erkennen, dass es sich um ein Arztschreiben handelte. Adressiert an Mila Lee, Schaufenweg 39. Seymon wollte es nicht, doch seine Neugier zwang ihn. Er las sich den Inhalt des Schreibens durch.

> Sehr geehrte Frau Mila Lee,
> hiermit teilen wir Ihnen mit, dass nach medizinischer Einschätzung mindestens zwanzig weitere Therapiestunden zur Behandlung Ihrer Anorexia nervosa notwendig sind.
> Bitte kontaktieren Sie zeitnah Ihren Versicherungsträger.

Seymon kannte »Anorexia nervosa«.

Er musste schlucken. Mehr als ein ganzes Jahr war er mit Mila zusammen gewesen. Davon hatte er jedoch nie etwas bemerkt.

Dem Datum zufolge war es ein aktuelles Thema. Ein Thema, das definitiv nur sie etwas anging. Sie und ihre behandelnden Ärzte. Jetzt wussten es über zehntausend Menschen. Mila Lee war magersüchtig.

Kapitel 17 | Corvin

Corvins Zuhause

Normalerweise war Schlaf das Gegengift. Die Heilung. Das Klärwerk des Gehirns.

Doch in dieser Nacht hatte es versagt.

Als wäre Corvin nur für wenige Stunden von dieser Welt weggetreten und dann, im selben Zustand, wieder zurückgesetzt worden.

Normalerweise würde er sich jetzt wieder besser fühlen. Denken, dass alles gar nicht so schlimm sei. Dass er sich nur wieder reingesteigert hatte. Aber all dem war nicht so.

Corvin spürte es noch bis auf die Knochen. Mitleid. Angst. Scham. All die Gefühle, die ihn am letzten Abend überfallen hatten.

Das Schlimmste aber war, dass Corvin dieses Gefühl bekannt vorkam.

Jenes Gefühl, das man hatte, wenn man wusste, dass man bestimmte Dinge nicht mehr geradebiegen konnte. Nichts mehr zu retten war. Und sich der Zustand nur noch verschlimmerte. Genau dieses Gefühl hatte er bereits im Vorjahr, direkt nach Linus' Tod.

Corvin hatte sich besonders schrecklich gefühlt. Schrecklich allein. Schrecklich panisch. Schrecklich schuldig. Und auch jetzt wieder war da dieses Gefühl.

Corvin kroch aus seinem Bett. Sein Körper fühlte sich schwer an. Er versuchte die fluoreszierenden Zeiger seiner Uhr zu entziffern, doch alles war unscharf. Er stolperte über seine Schulhefte, knipste den Lichtschalter an. Sein Zimmer sah noch wie am Vorabend aus. Keine gute Fee hatte aufgeräumt.

Es klopfte.

»Ja?« Verschlafen rieb sich Corvin die Augen. Jetzt konnte er wieder etwas erkennen.

Seine Mutter stand in der Tür.

»Hast du schon wieder verschlafen? Du musst los!«

Corvin warf erneut einen Blick auf die Uhr. Kurz vor acht. Nur noch wenige Minuten, dann begann der Unterricht.

Corvin packte schnell alles in seinen Rucksack, sprintete ins Bad, in dem er parallel die Zähne putzte und seinen Körper unterm Waschbecken wusch, schmierte sich schließlich noch hektisch ein Marmeladenbrot und fiel dann aus der Haustür.

Überraschend saß seine Schwester auf ihrem Fahrrad und wartete bereits auf ihn. Corvin hätte schwören können, dass sie sich an diesem Tag nicht aus dem Haus trauen würde.

»Hey«, sagte sie zur Begrüßung. Sie wirkte geknickt.

Corvin wollte nicht in ihrer Haut stecken, nicht an diesem Schultag. Nicht nach dieser Sache.

Andererseits. Sie war beliebt. Hatte gute Freundinnen, die

vermutlich hinter ihr standen. Ihre Lehrerin war kompetent und würde sie sicherlich so empfangen, wie es in der Situation angebracht war.

Corvin dagegen war allein. Seine Lehrer hatten nichts drauf. Er war das Opfer.

»Morgen.« Er lächelte ihr aufmunternd zu und pflückte sein Fahrrad aus den Büschen, in die er es am Vortag hineingeworfen hatte.

»Sei froh, dass es nicht geklaut worden ist.«

Niemand klaut in Vielitzsee.

»Ja, du hast recht.« Corvin fiel beim Aufsetzen beinahe hin. Vor fünf Minuten hatte er noch im Bett gelegen.

Zügig fuhren die beiden ihre Wohnstraße runter, direkt in Richtung Schule. Heute wurde kein Umweg zum Bäcker gemacht. Zum Glück hatten sie es nicht weit. Bereits nach fünf Minuten erreichten sie die Masse an Fahrradständern, die die Schule in der Hoffnung aufgestellt hatte, mehr Schüler würden nun mit dem Fahrrad kommen, anstatt sich von ihren Eltern zur Schule kutschieren zu lassen. Ein gescheitertes Klimaschutzprogramm.

Dafür gab es zu viele träge Seelen in diesem Dorf. Wie Mila in diesem Augenblick, die Corvin bereits von Weitem in ihrem roten Opel Astra anrollen sah. Mila!

Für eine Sekunde blieb Corvins Herz stehen.

Sie war das letzte Hackingopfer! *Und* sie fuhr direkt auf ihn zu!

»Komm mal auf den Bürgersteig.« Unsanft zog Corvin an Mariannas Jacke.

»Aua.«

In diesem Moment hielt der Wagen direkt neben ihnen. Die Türen öffneten sich. Mila, Riccarda und Mathilda stiegen energisch aus, gingen direkt auf Corvin zu, der panisch einen Schritt zurückwich.

»Corvin!« Mila stand nun direkt vor ihm. Sie sah nicht sonderlich erfreut aus, ihn zu sehen. »Ich weiß, dass du das warst.« Drohend presste sie ihren Finger auf seinen Brustkorb.

Corvin begann zu stammeln. Die Situation überforderte ihn. Er war einfach nicht schlagfertig. Er blieb nie cool. Und er hatte seinen Körper nicht unter Kontrolle. Seine Knie begannen zu schlottern, obwohl er es nicht wollte.

Sie sollten aufhören! Er wollte gerade stehen. Aufrecht. Selbstbewusst. Doch es ging nicht.

»Lass ihn in Ruhe!« Marianna stellte sich verteidigend vor Corvin, doch Mila drückte sie nur zur Seite.

»Schön, Mädchen. Du hattest gestern deinen großen Auftritt. Aber jetzt bin ich am Arsch und *ich* lasse mir das nicht gefallen.«

Noch immer wusste Corvin nicht, was er sagen sollte.

»Warum eigentlich deine Schwester, Corvin? Ist es nicht etwas pervers, ein Familienmitglied bloßzustellen, nur um dich zu rächen?«

»Rächen?« Corvin war noch immer völlig verdattert.

»Ja, rächen. Oder was ist dein Motiv für den Scheiß?«

»Corvin war das nicht!« Marianna versuchte, sich wieder zwischen Corvin und Mila zu drängen, aber Riccarda hielt sie zurück.

»Natürlich war er es nicht.« Ironisch rollte Mila mit den Augen. »Gibt ja sonst noch so viele Informatik-Nerds an der Schule. Wobei.« Sie schaute kurz in Richtung Himmel, zeichnete dann ein verachtendes Kreuzzeichen auf ihre Stirn. »Doch, gab ja wirklich mal einen zweiten. Gott hab ihn selig.«

Corvins Auge begann unkontrolliert zu zucken. Vor Wut. Vor Angst?

»Ich war das nicht!«

»Er wird's eh nicht zugeben.« Mathilda stieg wieder zurück in das Auto. Vermutlich war es ihr draußen zu kalt.

»Ich *weiß*, dass du es warst. Du bist der Einzige hier, der in der Lage dazu wäre. Und du bist der Einzige, der ein Motiv dazu hat.«

Corvin schüttelte den Kopf. »Was für ein Motiv?«

»Pah!« Mila ging einen Schritt von ihm weg, spuckte auf den Bogen. Sie lächelte provokant. »Ich könnte dir tausend Gründe aufzählen. Vielleicht, weil du neidisch auf uns alle bist, weil es bei uns läuft? Weil wir Beziehungen haben, Freunde, ein soziales Leben.«

Corvin musste schlucken. Punktlandung, direkt ins Schwarze getroffen. Er *war* eifersüchtig.

»Vielleicht, weil du dich rächen wolltest? Weil Riccarda dich hat abblitzen lassen?«

Berührt starrte Corvin kurz zu Riccarda, dann zu Boden.

Mila hatte wieder recht.

Letztes Jahr hatte Corvin all seinen Mut zusammengenommen. Einen Liebesbrief geschrieben, von Hand, haptisch in Briefform. Der Umschlag war romantisch verziert. Er hatte sogar Duftwasser drauf getropft, das hatte er in einem Ratgeber gelesen.

Doch die Bemühungen waren umsonst. Riccarda las den Brief und schrieb ihm am Nachmittag nur auf WhatsApp, dass sie bereits mit einem Jungen aus dem Fußballteam zusammen sei. Und eh nicht auf dunkelhaarige Typen stand. Damit war's das. Corvin hatte sich Wochen darauf vorbereitet, in wenigen Sekunden hatte sie seine Illusion zerstört. Die Illusion, er könne ein beliebtes Mädchen daten. Ein romantischer Liebesbrief wäre der richtige Weg. Beziehungsratgeber würden wirklich helfen. Weit verfehlt.

Immerhin hatte sie ihn nicht komplett auflaufen lassen. Sie hatte weder rumerzählt, dass er ihr seine Liebe gestanden hatte, noch hatte sie den Liebesbrief auf Instagram geteilt. Auch im Unterricht war sie nicht anders zu ihm, hatte weiterhin mit ihm an ihrem Chemieprojekt gearbeitet und weiterhin ihre kleine Schwester bei Corvin abgeholt, wenn sie mit Marianna verabredet war.

Aber Mila musste sie es erzählt haben. Natürlich. Sie waren beste Freundinnen. Niemand konnte ihr das verübeln.

Und trotzdem war das doch kein Motiv!

»Nein, ich ähm …«

»CORVIN!« Milas Ton wurde ungemütlicher. »Ich bin nicht hier, um mit dir zu diskutieren. Ich *warne* dich. Wenn wirklich mein Ruf bei 20.000 Aufrufen zerstört wird, so wie du es auf deiner Website angekündigt hast, dann war es das Letzte, was du getan hast.«

Wieder begannen Corvins Knie zu zittern. Diesmal so stark, dass Corvin das Gefühl hatte, jeden Moment umzufallen. Ihm war schlecht.

»Hast du mich verstanden?« Sie trat nun so nah an sein Gesicht, dass Corvin ihren warmen Atem spüren konnte.

»HEY!« Eine vertraute Stimme.

Mila trat einen Schritt zurück und drehte sich um.

Sophia und zwei Freundinnen von ihr. Genau zum richtigen Zeitpunkt.

»Was ist hier los?« Sie hielten mit ihren Fahrrädern direkt neben Corvin und Mila.

»Die wollen Corvin verprügeln!«, stammelte Marianna.

»Ähh ne, wir …« Noch immer hatte Corvin nicht die Kontrolle über seine zittrigen Lippen zurückgewonnen.

»Wir waren sowieso jetzt fertig. Kommt!« Mila stieg zurück ins Auto, Riccarda folgte ihr.

Der Motor wurde gestartet, die Fenster noch einmal heqruntergelassen. »Ach, übrigens echt süß, wie du von deiner Schwester und deiner Freundin verteidigt wirst. Passt zu dir.«

Dann drückte Mila aufs Gas und fuhr los. Weg von der Schule.

Aber Corvin, er stand nur da, gebrochen und eingeschüchtert, wie ein Hündchen, das von seinem Besitzer getreten worden war.

Ein kleines Häufchen Elend, das sich nicht einmal selber verteidigen konnte. Eigentlich ein ganz normaler Tag im Leben von Corvin Marcks.

Kapitel 18 | Nola

Aula

Es roch nach Schimpansen-Gehege. Im Zoo. Ein Jammer, dass die Tiere nur so wenig Freilauf hatten. Dass ihre Käfige so selten gereinigt wurden, sodass sich ein beißender Fäkaliengeruch in den Gemäuern festgesetzt hatte. Das Gefängnis der Tiere.

So fühlte sich Nola auch in diesem Moment. Wie im Gefängnis. Nur, dass das Gehege ihre Schulaula und die Schimpansen kleine und große Pubertierende waren, die auf ihren Stühlen saßen, warteten, rumhampelten oder ihren Sitznachbarn nervten.

Und der Zoowärter war Direktor Herms, der die Affenbande nicht in den Griff bekam. Schon seit fünf Minuten fummelte er an seinem Tischmikrofon rum, bekam die Technik nicht ans Laufen.

»AUFGEPASST!«, schrie er noch einmal. Diesmal funktionierte es, die Schüler lauschten.

Der Zoowärter genoss ihre volle Aufmerksamkeit.

»Liebe Schülerinnen, liebe Schüler.« Herr Dr. Herms ließ seinen Blick einmal quer durch den Saal wandern. »Vielen

Dank, dass Sie meinem Aufruf zur Versammlung so kurzfristig nachgekommen sind. Ich denke, Sie alle kennen bereits den Grund für unsere Besorgnis. Es geht um …«, er blätterte den Papierstapel durch, der vor ihm auf dem Pult lag. »Es geht um *die Schattenseite*. Die Webseite, die private Daten unserer Schüler veröffentlicht.«

Ein unsicheres Gemurmel erfüllte den Raum. Etwa dreihundert Schüler waren hier zusammengepfercht. Schüler, die nicht wussten, was vor sich ging oder wer hinter der terrorisierenden Webseite steckte. Schüler, die befürchten mussten, selber die Nächsten zu sein, und deren Geheimnisse unlängst zu einer Last geworden waren, einer tickenden Zeitbombe.

Nola liebte diese Tage. Endlich war etwas los. Endlich passierte etwas, das sie in Berlin noch nicht erlebt hatte. Endlich hatte auch sie etwas zu erzählen, wenn sie sich das nächste Mal mit Marco traf.

»Ihr Lieben! Hört bitte zu!« Der Direktor drückte seinen Zeigefinger auf seine Lippen. Zu seinem eigenen Erstaunen funktionierte es, die Schüler schwiegen.

»Das gesamte Kollegium hat sich gestern Abend kurzfristig mit der Polizei zusammengesetzt. Es wird mit Hochdruck daran gearbeitet, die Seite aus dem Netz zu nehmen.«

»WANN?« Ein Schüler, den Nola nur vom Sehen her kannte, hob seine Hand. »Wann ist die Schattenseite offline?«

Andere Schüler stimmten ihm bei. Der Direktor räusperte sich.

»Das kann ich Ihnen leider nicht beantworten. Das Einzige,

was ich Ihnen sagen kann, ist, dass bereits IT-Experten von der Kriminalkommission an dem Fall arbeiten. Mehr weiß ich auch nicht.«

»Wird Flavio von der Schule geworfen?« Nola konnte nicht sehen, wer das gefragt hatte. Einige Schüler lachten.

»Bitte rufen Sie nicht rein!« Der Direktor sah sich unsicher um.

»Wir werden die Vorkommnisse diskret behandeln. Und darum bitten wir auch Sie. Bitte urteilen Sie nicht voreilig, bis nicht eindeutig geklärt ist, was hinter den Anschuldigungen steckt.«

Nola musste grinsen.

Wie im Film. Ein gutes Drehbuch, sie mochte den Plot. Wie würde wohl das Ende sein?

»Heute wird die Kriminalpolizei die Schule besuchen und einige unter Ihnen befragen. Bitte stellen Sie sich darauf ein.«

»Wird Flavio festgenommen?«

»Flavio ist ein Kinderschänder!«

»KINDERSCHÄNDER!«

Nola konnte nicht erkennen, welche Schüler schrien. Aber bald taten es fast alle. »KINDERSCHÄNDER! KINDERSCHÄNDER!«

Der Saal tobte. Die Pubertierenden wurden zu Schimpansen, folgten ihren animalischen Trieben. Schrien, warfen ihre Hände in die Luft. Sie liebten das Drama.

Ein kleines Mädchen rannte weinend raus. Nola kannte sie nicht, konnte sich aber vorstellen, um wen es sich handelte.

Ihre Vermutung wurde bestätigt, als ihr Mitschüler Corvin dem Mädchen hinterher flüchtete.

Armes Ding. Sie kann doch nichts dafür.

Der Direktor war nicht mehr Herr der Lage, also gingen Lehrer durch die Stuhlreihen und ermahnten einzelne Schüler, einige Unruhestifter wurden sogar rausgeschickt.

Erst langsam kam wieder Ruhe ins Geschehen.

»Ich bitte Sie um Manier! Ich habe noch eine wichtige Bitte an Sie.« Er atmete noch einmal tief durch.

»Bitte besuchen Sie die Schattenseite fürs Erste nicht mehr. Erzählen Sie Ihren Bekannten nicht davon. Und vor allem: Hören Sie auf, diese Seite per WhatsApp und Instagram zu teilen. Wir müssen die Kontrolle zurückgewinnen. Es fehlen nur noch 5000 Aufrufe und dann könnte bereits das nächste intime Detail über eine Mitschülerin von Ihnen veröffentlicht werden, also bitte ich Sie …«

Mit seinem Appell erreichte er genau das Gegenteil. Jeder war an seinem Smartphone und wollte das nächste Geheimnis lüften. Über Mila Lee, ihre Mitschülerin.

Alle fragten sich: Was würde ihren Ruf nun endgültig zerstören? Sie wollten es wissen, hatten längst Blut geleckt. Diese jüngsten Mitglieder einer Gesellschaft, die im Fernsehen anderen Menschen dabei zusieht, ja sogar sich daran ergötzt, wie sie bloßgestellt werden.

Wirklich *jeder* von ihnen hing an seinem Handy. Sie teilten und versendeten und machten Screenshots. Und sie lachten und freuten sich. Die URL wurde massenhaft kopiert und eingefügt und noch öfter auf Social Media geteilt. 300 Schüler nutzten ihre einzige, über Jahre erarbeitete Macht, um eine Mitschülerin aus den eigenen Reihen völlig fertigzumachen.

War ja nur Neugier. War ja nur eine Website. War ja nur das Leben eines anderen Menschen.

»STECKEN SIE IHRE SMARTPHONES WIEDER EIN! SOFORT!«

Doch es war zu spät, fünf Minuten zu spät. Die Power von Social Media war grenzenlos. 5000 Menschen waren im Netz selbst in kürzester Zeit einfach viel zu leicht zu erreichen.

Und Nola konnte nicht anders.

Ich bin kein Stück besser, dachte sie. Doch die Neugier war zu groß. Sie kramte ihr Handy aus der Tasche und rief die Schattenseite auf. Gerade waren 20.000 Aufrufe geknackt.

Jackpot!

Sie scrollte nach unten, bis zum Eintrag »Mila.«

Der Arztbericht. Und darunter: ein Chatverlauf. Schon wieder. Nola konnte nicht widerstehen. Wie sich Schimpansen über einen wehrlosen Einzelgänger eines rivalisierten Schimpansen-Clans hermachen würden – so machten sich auch Nola und ihre Mitschüler über den Screenshot her. Genossen es. Konnten sich allesamt ein schadenfreudiges Grinsen nicht unterdrücken.

MILA
Und ich werde keine Unterwäsche tragen 🙂.

ER
Du machst mich echt heiß, weißt du das?

MILA
Ja 😈

ER
Ich fühle mich aber auch hart schuldig 🙁.

MILA
Mhh …

ER
Sorry, wollt's nicht kaputtmachen. Meine ja nur 🙂.

MILA
Ja, ich weiß! Sie darf davon einfach niemals was erfahren! Weißt du, wie sauer sie wäre?

ER
Oh Gott, ihre Welt würde zusammenbrechen.

MILA
Was sie wohl schlimmer fände?
😂

ER
Wie?

MILA
Na ja. Dass ihr Freund sie mit einer anderen betrügt. Oder dass ihre Schwester diejenige ist, mit der er sie betrügt.

Kapitel 19 | Seymon
Zimmer des Direktors

Das war nicht das erste Mal, dass er sich in einer solchen Situation befand. Vor fünf Jahren hatten sie aus Langeweile einen Typen, den sie spaßhaft »Blind Joe« nannten, auf ihren Fahrrädern verfolgt. Er trug diesen Spitznamen, weil er immer so wirkte, als wäre er blind. Seine Augen waren zusammengekniffen und er hatte eine auffällig unsichere Gangart. Wenn er Fahrrad fuhr, dann nur im Schritttempo.

Er mochte schon Ende 80 gewesen sein, aber für die Jugendlichen war er ein gefundenes Fressen, wenn man sonst nichts Besseres zu tun hatte. Als er einmal auf dem Fahrrad zum Einkaufen fuhr, er hatte sich an diesem Tag sogar eine Sonnenbrille angezogen, verfolgten die Jungs ihn auf ihren Fahrrädern. Er merkte davon natürlich nichts. Als das irgendwann zu langweilig wurde, begannen sie, heimlich Tannenzapfen nach ihm zu werfen. Immer wieder sah er sich verwundert um, konnte aber nicht feststellen, woher die seltsamen Luftgeschosse kamen, weil sie sich im genau richtigen Moment versteckten.

Goldberg, Nathan und Seymon bekamen sich kaum ein.

Nathan musste natürlich unbedingt einen draufsetzen und begann, mit härteren Gegenständen zu werfen.

Als er schließlich eine halbgefüllte Bierflasche vor den armen Mann warf, erschrak dieser sich dermaßen, dass er zu Boden fiel.

Für Seymon und seine Freunde war das ein Riesenschrecken. Damit hätten sie nicht gerechnet.

Also fuhren sie auf ihren Fahrrädern schnell davon, hatten nicht den Hauch einer Ahnung, dass das Fahrerflucht war – von einem Unfall weg, der von ihnen absichtlich verursacht wurde.

Aber sie waren Kinder, ihnen konnte keine ernsthafte Strafe verhängt werden.

Dennoch mussten sie auf das Polizeirevier und aussagen, was passiert war und wie es zu dieser Dummheit kam.

Und genau an dieses Ereignis erinnerte sich Seymon in diesem Augenblick zurück, während er auf einem Stuhl gegenüber dem ihm durchaus bekannten Kriminalpolizisten Stiehl und dessen neuer Kollegin saß.

Herr Dr. Herms, sein Direktor, hatte sich wie ein Strafverteidiger neben Seymon gesetzt.

»Ich fasse also noch einmal die Fakten zusammen und du sagst nur *Ja* oder *Nein*, verstanden?« Kommissar Stiehl warf ihm einen strengen Blick zu und ging dabei im Raum auf und ab.

»Ja, Herr Kommissar!« Seymon salutierte spaßhaft. Stiehl verzog keine Miene.

»Du warst bis letzten Sommer mit deiner Mitschülerin und dem jüngsten Opfer Mila Lee in einer ernsthaften Beziehung.«

Seymon verdrehte die Augen. Er hasste es, daran erinnert zu werden.

Es war eine schöne Zeit, keine Frage. Allerdings war das Ende ihrer Beziehung alles andere als angenehm.

»Ja.«

»Und dann ist die besagte Mila Lee wenige Wochen später mit deinem Freund und Mitschüler Flavio Anderson zusammengekommen, ist das auch korrekt?«

Seymon knirschte mit seinen Zähnen. »Er ist höchstens ein Kumpel, kein Freund.«

Stiehl setzte sich auf den Stuhl. Seine muskulösen Arme legte er auf den Schreibtisch. Er sah nicht so aus, wie man sich einen Kriminalpolizisten vorstellte. Eher wie ein gefragter Schauspieler aus Hollywood, der nur einen Polizisten *spielen* sollte. Im Film würde sich der Cop dann aber in die Verbrecherin verlieben und mit ihr samt der Beute über alle Berge verschwinden.

Aber Erich Stiehl war nicht so. Wer auf dem Dorf aufwuchs, konnte auch nicht cool werden, das hatte Seymon in seinen letzten Jahren gelernt.

»Stimmt denn der Rest?« Er sah Seymon tief in die Augen.

Seymon nickte schuldig.

»Dann würde ich sagen, hier liegt ein klares Motiv vor, was sagst du?« Die Frage war an seine Kollegin gerichtet. Sie hatte sich als *Kriminalkommissarin Wassermann* vorgestellt. Seymon wusste nicht viel über sie. Nur, dass sie die Mutter jenes Mädchens war, das er an diesem Morgen rauchend auf der Parkbank gesehen hatte. Ob sie davon wusste?

Die Kommissarin reagierte erst nicht, holte dann aber doch zu einer Antwort aus. »Ich weiß nicht, das sind Jugendliche. Da trennt man sich halt mal und kommt schnell mit jemand Neuem zusammen.«

Sie zuckte mit den Schultern.

Seymon lächelte ihr zu, sie lächelte zurück.

»Wir können auch noch andere Schüler dazu holen, sagen Sie einfach Bescheid.« Der Direktor begann, nach der Schulakte zu kramen.

Stiehl winkte ab. »Danke, aber wir sind hier noch nicht fertig.« Er schaute wieder zu Seymon. »Ich sage ja auch nicht, dass du das warst. Aber ich könnte mir vorstellen, dass du nicht ganz unschuldig bist. Denk doch mal nach.« Stiehl stand wieder auf und ging im Raum auf und ab. So wie es sonst der Direktor tat. »Du bist erst sauer auf Mila, weil sie dich aus heiterem Himmel verlässt …«

»Wir hatten zu wenig Zeit füreinander. Die Trennung war schon vorhersehbar.«

Stiehl nickte einfühlsam. »Ich verstehe. Also, ihr trennt euch. Eine Trennung ist nie angenehm. Und du bist frustriert – und dann passiert es. Bamm!« Er schlägt seine Faust in seine flache Hand. »Mila kommt ausgerechnet mit deinem *Kumpel* Flavio zusammen. Wer hätte das gedacht. *Die beiden*? Gibt's nicht! Also wolltest du es beiden heimzahlen!«

Stiehl führte sich auf, als wäre das der erste Fall, den er ernsthaft lösen könnte.

»Ergibt doch gar keinen Sinn. Wieso sollte ich mich denn erst ein Jahr später rächen? Ich habe doch sogar schon eine neue Freundin.« Seymon war unbeeindruckt. Außerdem wusste er nicht, wo die Diskussion hinführen sollte. Er war es *nicht*. Und eine so billige Racheaktion würde überhaupt nicht zu ihm passen.

»Ja, ja …« Stiehl begann zu überlegen. »Das finde ich eben auch komisch. Vielleicht hast du eben ein ganzes Jahr gebraucht, um diese Seite zu programmieren.«

»Erich, bitte!« Seine Kollegin warf ihm einen vorwurfsvollen Blick zu.

»Ist ja gut, ist ja gut. Wir spinnen hier ja nur rum, ganz offen.« Er setzte sich wieder hin und krakelte irgendwas in sein Notizheft. Seine Kollegin richtete sich auf.

»Seymon, du weißt also wirklich nicht, wer dahinterstecken könnte? Immerhin ist dein direkter Bekanntenkreis betroffen.«

Seymon sackte noch etwas tiefer in seinem Stuhl zusammen. Genau diese Tatsache machte ihm Angst.

Konnte er selbst Opfer werden? Wer war als Nächstes dran?

»Nein, ich weiß nichts. Kann ich jetzt bitte gehen?« Der Direktor sah fragend zu den Polizisten. Plötzlich öffnete sich die Tür, die laut gegen die Wand knallte, weil sie mit so viel Schwung geöffnet wurde.

Überraschend trat Seymons Vater ein. »Was ist hier los? Mir wurde gesagt, dass mein Sohn verhört wird!«

»Alles gut!« Seymon versuchte seinen geladenen Vater zu beruhigen. Man merkte ihm an, dass er nicht sonderlich erfreut war, seinen Sohn in einer solchen Situation wiederzufinden.

»Nichts ist gut!« Sein Vater sah zu den beiden Kommissaren, wurde dann überraschend abgelenkt. »Oh, July. Ich hätte nicht gedacht, dich hier …«

Er hielt inne, räusperte sich. Kommissarin Wassermann schien genauso überrascht. Beide blickten unsicher umher.

»Ja, ähm. Herr Huth, ich, also wir …«

»Sie kennen sich bereits?« Stiehl sah grinsend zu Seymons Vater, dann wieder zu seiner Kollegin.

»Wir müssen jetzt gehen. Komm Seymon.« Er griff nach Seymons Arm und zog ihn schroff aus dem Stuhl.

Woher kennst du die Mutter von Nola? Und warum sprichst du sie mit ihrem Vornamen an?

»Wir sind aber noch nicht fertig mit Ihrem Sohn.« Der Kommissar stand auf. Auch der Direktor erhob sich.

»Aber entschuldigen Sie die Umstände, Herr Huth. Das hier war nur eine zwanglose Unterhaltung.«

Seymons Vater blieb stehen und drehte sich gereizt um. »Wenn Sie meinen Sohn noch einmal zur Schulzeit verhören, *ohne* dass ich davon weiß, dann werde ich das dem Schulministerium melden. Und die werden alles andere als begeistert sein.«

Der Direktor schluckte. »Herr Huth, ich bitte um Verzeihung. Wir wussten nicht, dass …«

»Und überhaupt. Bekommen Sie die Dinge verdammt noch mal in den Griff. Letztes Jahr nimmt sich einer ihrer Schüler das Leben, jetzt diese Hackingsache. Fangen Sie an zu handeln!«

Herr Dr. Herms wirkte wie ein hilfloses Kind, das im Einkaufsladen seine Mutter verloren hatte. »Ja, Herr Huth. Das sind tragische Zeiten. Aber ich garantiere Ihnen, ich habe vollstes Vertrauen in Ihren Sohn. Er hat weder etwas mit dem Hackingangriff zu tun noch mit dem Selbstmord von Linus Grau. Dafür würde ich meine Hand ins Feuer legen.«

Seymon traf es wie ein Blitz.

Wenn sein Direktor nur wüsste, wie sehr er sich die Finger verbrennen würde.

Kapitel 20 | Corvin

Vor der Schule

Resigniert stand er dort. Nicht in der Lage, sich zu bewegen. Nicht in der Lage, klare Gedanken zu fassen.

Seine Schwester war bereits zu Hause. Sie wollte nicht mehr in den Unterricht, nie wieder.

Sie wollte auch nie wieder ihre Mitschüler sehen, nie wieder ihre Lehrer und nie wieder den Direktor. Denn alle sahen in ihr nur noch das kleine, mitleidige Mädchen, das sich in einen viel zu alten Mitschüler verliebt hatte. Sie hielt das nicht aus. Und Corvin eigentlich auch nicht.

Doch er hatte sich aufgerafft, war sogar in den Unterricht gegangen, hatte sich den nervtötenden Fragen seiner Mitschüler gestellt.

Wusste deine Schwester, wie alt er war? Haben sich die beiden schon lange gedatet? Hat deine Schwester überhaupt schon ihre Tage? Sind deine Eltern stolz auf euch? Hat deine Schwester Geld dafür bekommen?

Keiner der Schüler wusste, dass sich jede Frage wie ein Messerstich in die Brust anfühlte. Tiefe und blutige Schnitte direkt ins Fleisch.

Doch auch dieses Gefühl kannte Corvin bereits. Dass Worte verletzender sein konnten als jede Waffe.

Er war es leid. Endgültig leid. Es musste aufhören, sofort. Sollte doch jeder seiner Mitschüler zu spüren bekommen, wie es sich anfühlte, derart bloßgestellt zu werden.

Corvin dachte darüber nach, sein Handy aus der Tasche zu holen. Noch einmal die Schattenseite zu besuchen. Schauen, wer wohl als Nächstes dran sein würde.

Doch er ließ es bleiben.

Andere Schüler, deren Unterricht ebenfalls beendet war, gingen an ihm vorbei, manche rempelten ihn an, die meisten schenkten ihm aber gar keine Beachtung.

Er wartete. Wusste aber nicht, worauf.

Eigentlich sollte er nach Hause fahren. Dort würde irgendein Fertiggericht auf ihn warten. Oder kalte Nudeln, die er sich warm machen könnte. Seine Schwester hatte sich vermutlich im Zimmer eingeschlossen und weinte. Er würde sich nur emotionslos die Treppe hochschleppen und in sein Bett verkriechen. Die Decke über den Kopf ziehen und darauf warten, dass der Tag endlich vorbei war. Und die darauffolgenden auch.

Was ist nur mit mir los?

Corvin füllte seine Lunge mit frischer Luft, hielt sie kurz an und ließ sie dann wieder raus.

Es ist alles gut, du bekommst das in den Griff.

Corvin rückte seinen Rucksack zurecht und ging los, in Richtung der Fahrradständer.

In diesem Moment sah er eine dunkle Gestalt. Nur aus den Augenwinkeln, aber er hatte sie gesehen. Er hielt inne, starrte in die Richtung, in der er eben noch einen Schatten ausgemacht hatte.

Da! Der Landstreicher!

Mit einem Fernglas ausgerüstet beobachtete er die Schüler, die die Schule verließen.

Was zur Hölle?

Unauffällig bog Corvin nicht nach rechts zu seinem Fahrrad, sondern nach links zu dem Mann ab. War es überhaupt ein Mann?

Er trug, wie auch am Tag zuvor, dunkle Kleidung und eine Kapuze. Dazu die Sonnenbrille und zerschlissene Hosen. Jetzt, mit dem Fernglas in der Hand, wirkte er nicht mehr wie ein Landstreicher, sondern vielmehr wie ein kranker Stalker.

Corvin kam ihm näher. Irgendwoher kannte er ihn … doch ihm fiel nicht ein, woher.

Plötzlich drehte sich der Mann zu ihm um, starrte ihn direkt an. Vor Schreck blieb Corvin ruckartig stehen.

Doch, das ist ein Mann. Corvin war sich sicher.

Der Mann jedoch schien nicht erfreut, dass Corvin auf ihn zukam. Denn mit einem Mal drehte er Corvin den Rücken zu und ging strammen Schrittes in die entgegengesetzte Richtung.

Corvin fing sich wieder und trat die Verfolgung an. Es fühlte sich an wie in einem Thriller.

Noch wenige Meter, dann würde Kommissar Corvin den Bösewicht gefasst haben, ihm die Handschellen anlegen und hinter Gitter sperren.

Doch Corvin kam ihm nicht näher. Im Gegenteil: Der nicht identifizierbare Mann hatte ein ordentliches Tempo drauf und Corvin Schwierigkeiten, ihm zu folgen. Außer der morgendlichen Einheit Fahrradfahren, trug sein Lifestyle nicht wirklich zu einer ordentlichen Kondition bei.

Er begann zu röcheln, musste seine Schrittfrequenz jedoch erhöhen, wenn er ihm weiter folgen wollte.

»WARTEN SIE!«

Doch der Mann wartete nicht. Er begann sogar zu rennen. Adrenalin schoss in Corvins Blut.

Warum rennt er weg?

Corvin rannte nun ebenfalls. Der vollgepackte Schulrucksack, den er auf seinem Rücken trug, war ein zusätzlicher Ballast. Würde er nur öfter ins Fitnessstudio gehen. So, wie es seine Mitschüler taten.

Mittlerweile hatten sich Corvin und der Flüchtige ein gutes Stück von der Schule entfernt. Sie waren auf die Dorfstraße abgebogen, die erst mal ins Nichts führte.

Der Mann huschte in ein Gebüsch und verschwand aus dem Blickfeld von Corvin.

Verdammt, dachte er. Mit etwas Überwindung sprang auch Corvin in das Dickicht. Dornen schlitzten seine Hosen auf und bohrten sich tief in seine Haut, doch er ließ sich keinen Schmerz anmerken und arbeitete sich voran.

Nach einigen Metern hatte er das andere Ende erreicht und stolperte, völlig mit Blättern und kleinen Zweigen übersät, auf den Friedhof von Vielitzsee.

Doch wo war der Mann?

Hektisch drehte sich Corvin im Kreis.

Er hatte ihn verloren. Nirgendwo eine Spur. Wie war das möglich?

Außer den alten Bäumen, die im Wind schaukelten, und einem kleinen Eichhörnchen, das neugierig den Boden nach vergrabenen Nüssen absuchte, war keine Bewegung auszumachen.

Der Mann war weg, damit musste sich Corvin abfinden.

Aber konnte er etwas mit der Schattenseite zu tun haben? Sein Verhalten jedenfalls erzeugte durchaus Grund zur Annahme, dass der Mann etwas im Schilde führte. Warum sonst spionierte man Schülern mit einem Fernglas hinterher? Und rennt vor ihnen weg?

Corvin fühlte sich unwohl.

Zu allem Überfluss befand er sich nun auf einem Friedhof.

Er sah sich um. Diesen Ort kannte er sehr gut, auch wenn er lange nicht mehr hier gewesen war.

Noch im letzten Herbst erstrahlte der Friedhof in goldenen Farben, frisch heruntergefallene Blätter hatten den Boden wie ein gemütlicher Teppich vollständig überdeckt. Jetzt war dieser Ort nur kalt und leer. Wie man sich einen Friedhof eben vorstellt.

Für einen Moment musste sich Corvin orientieren, doch dann erreichte er es nach wenigen Schritten. Er stand vor dem Grab seines besten Freundes. Linus' Grab war nicht sonderlich gepflegt, Unkraut wucherte bereits durch die ehemals mühevoll eingegrabenen Zierpflanzen hindurch. Eine gelbe Plastiktüte hatte sich an dem verrosteten Kerzengehäuse verhangen. Eine dünne Moosschicht bedeckte Teile des Grabsteins, auf dem Linus' Sterbedatum eingraviert war.

*Linus Grau, * 30. März 2002 † 18. Oktober 2019.*

Darunter war mit verzierten Buchstaben geschrieben:
Bis wir uns wiedersehen.

Corvin spürte einen Kloß im Hals.

Irgendwann würde er hier auch liegen. Genau wie seine Eltern und seine Schwester. Alle Menschen waren vergänglich. Und auf lange Sicht völlig unbedeutend. Das zu realisieren, tat weh.

Ich könnte an deiner Stelle sein, Linus.

Dieser Gedanke schmerzte.

Er würde ihn nicht wiedersehen. Darin war sich Corvin sicher. Vielleicht in einem anderen Leben, zu einer anderen Zeit. Aber nie wieder ihn als Linus, nie wieder er als Corvin.

Und gerade als er sich abwenden wollte und sich schwor, diesen Friedhof nie wieder aufzusuchen, so sehr taten ihm die Erinnerungen weh, die ihm hier wieder in den Kopf gerufen wurden, legte sich plötzlich eine Hand auf seine Schulter!

Kapitel 21 | Nola

Friedhof

Mit weit aufgerissenen Augen starrte er sie schockiert an. Dabei war es das Letzte, was sie wollte. Diesem ängstlichen Kerl einen Schrecken einjagen.

Trotzdem war es passiert. Ihr tat das leid.

Sie fühlte sich sowieso schon schuldig, weil sie ihn seit Schulschluss verfolgte. Wobei sie das, angesichts der Tatsache, dass auch er jemandem hinterherspioniert hatte, eigentlich legitim fand.

Trotzdem war das nicht die feine Art. Ungefragt jemandem nachzugehen. Nola nahm ihre Hand wieder von seiner Schulter, um ihn nicht weiter zu verängstigen.

»Sorry.« Sie zuckte unsicher mit den Schultern und lächelte sanft.

»Ach, du bist es.« Der Junge, der noch immer so aussah, als würde er sich im nächsten Moment in die Hosen machen, war Corvin. Hätte Nola nicht zufällig beobachtet, wie er dem seltsam aussehenden Mann gefolgt war, den sie kurz zuvor ebenfalls entdeckt hatte, würde sie jetzt mit Sicherheit nicht hier stehen.

Doch auch sie hätte es brennend interessiert, wer sich hinter dem Fernglas und der Sonnenbrille verbarg.

»Du hast ihn nicht erwischt, oder?«

Corvin schüttelte missmutig den Kopf. »Nein. Hast du ihn auch verfolgt?«

Nola lächelte und erzählte, wie sie auf den Friedhof gefunden hatte. Corvin hörte ihr zu.

»Mist. Ich hätte auch so unauffällig sein müssen wie du. Dann wüssten wir jetzt, wer das war.«

»Kann schon sein.« Nola sah sich das Grab an, vor dem Corvin stand. Sie kannte es. Sie wusste, wer hier begraben lag. Aber konnte Corvin wissen, dass sie Linus *gut* gekannt hatte?

»Ist das Linus' Grab? Also von *dem* Linus?«

Corvin nickte. »Ja, genau. Hast du ihn kennengelernt?«

Er wusste es nicht. Vielleicht sollte er es auch nicht wissen.

»Ja, habe ich. Aber nur kurz, am Anfang des Schuljahres«, log Nola.

Corvin nickte wieder. »Richtig. War ja erst letzten Herbst. Es kommt mir manchmal so vor, als wäre Linus schon Jahre weg.« Eine tiefe Traurigkeit lag in seiner Stimme.

Nola wusste, wie sich Corvin fühlte. Sie hatte nie viele Freunde, durfte sich nie ein Haustier halten und war noch nie in einen Jungen verliebt gewesen. Noch nie, bis auf das eine Mal. Doch dieser Junge ist gegangen und Nola hatte ihn bis heute nicht wiedergesehen. Verlust bedeutete immer Schmerz. Und brauchte Zeit.

»Wie war er so? Also Linus.«

Corvin dachte für einen Moment nach, als wolle er sichergehen, dass er nichts Falsches sagte.

»Er war ein absolut genialer Freund.« Corvin lächelte.

»Linus war so was wie mein Spiegelbild. Er war anders, aber gleichzeitig fast genau wie ich. Wir hatten dieselben Interessen, uns verband ein ganz eigener Humor, wir hassten die gleichen Leute. Halt ein guter Kumpel.«

Nola vergrub ihre Hände in den Taschen. Ihr war kalt.

»Verstehe dich voll. So jemanden zu verlieren, ist immer schlimm.«

Corvin nickte nur.

»Was für gemeinsame Interessen hattet ihr denn so? Also habt ihr dann immer zusammen so Nerdzeug gemacht?« Sie lächelte, um deutlich zu machen, dass sie diese Frage nicht böse meinte.

»Ja. Wir hatten am Ende sogar unser eigenes Office und richtige Aufträge.«

»Wie meinst du das?«

Corvin dachte nach. »Also wir haben Webseiten gebaut. Zum Beispiel für Brautpaare, für unsere Nachbarn und sogar für die Stadtverwaltung.«

Nola kniff ihre Augen zusammen. »Also habt ihr Webseiten *programmiert*?«

Corvin nickte erst, schüttelte dann aber wieder den Kopf. »Ja und nein. Also die Webseite selbst, so wie sie dargestellt wird, ist eigentlich keine Programmierung. Mehr Design. Das, was aber im Backend läuft, das kann dann Programmierung sein. Haben wir auch gemacht, ja. Aber wir …«

Er hielt inne. Seine Stimme wurde zittriger.

»Ich habe nichts mit der Schattenseite zu tun, wenn du deswegen fragst.« Er wurde still.

»Nein, das denke ich gar nicht«, sagte Nola. »Es ist aber spannend zu hören, was ein Experte wie du über die Seite denkt.«

Corvin verkniff sich ein Lächeln, offensichtlich war er geschmeichelt. »Ich denke, die Programmierung der Seite war unkompliziert. An die privaten Daten von allen zu kommen, also das Hacking selbst, muss allerdings aufwendig gewesen sein.«

»Wie ginge so was?« Nola hörte ihm interessiert zu.

»Äh, keine Ahnung.« Corvin begann zu stottern.

»Kein Problem, Einstein. Musst ja nicht alles wissen.«

Corvin entspannte sich wieder. »Derjenige, der die Schattenseite ins Leben gerufen hat, muss ein ausgezeichneter Programmierer sein. Er muss wissen, wie man auf Server zugreift. Wie man Geräte hackt. Wie man eine Webseite strukturiert. Und er muss wütend gewesen sein. Auf Schüler wie Flavio und Mila.«

Nola hielt inne. Corvin hörte auf zu sprechen.

»Corvin, eine Frage.« Nola holte tief Luft.

»Bist du vielleicht wütend auf Flavio und Mila?«

Kapitel 22 | Seymon

Dianas Zuhause

Er wusste, dass es nicht richtig war. Er wusste auch, dass es ihn so lange belasten würde, bis er es gestand. Vor allem wusste er aber, dass er ohne nicht konnte. Treue war unmöglich. Und ein Mythos. Ein erfundenes Konstrukt der Gesellschaft.

Faktisch gab es kein Problem, mit mehreren Menschen gleichzeitig Beziehungen zu führen. Zumindest sexuelle Beziehungen. Aber die Gesellschaft verbot es ihm. Loyalität gegenüber dem Partner wurde ihm in die Wiege gelegt. Daraus gab es kein Entkommen.

Betrügst du deinen Partner, fühlst du dich schlecht.

Seymon tastete unter der Bettdecke nach seinen Boxershorts. Er wurde nicht fündig. Also tastete er weiter, entlang Dianas Busen.

»Hey«, flüsterte sie und gab ihm einen zärtlichen Kuss.

Er schob sie spielerisch zur Seite, bis er seine Unterhose in der Hand hielt und sie sich wieder anzog.

»Willst du auch eine?« Diana, eigentlich *Diana Kahle*, eine 22-jährige Referendarin aus Seymons Schule, schob sich eine

Zigarette in den Mund und streckte mit der anderen Hand Seymon die volle Schachtel entgegen.

Er lehnte ab. Stattdessen setzte er sich aufrecht und suchte mit seinen Augen den Boden nach seinen anderen Klamotten ab.

»Hat's dir denn wenigstens gefallen?« Diana musterte ihn interessiert, während sie sinnlich den Qualm inhalierte.

»Natürlich.«

Eigentlich hätte er sie jetzt geküsst. Würde sie nicht rauchen. So aber schmeckte sie, als würde er mit einem Schornsteinfeger rummachen.

»Ich muss wieder los, mein Vater wird sonst sauer.«

»Schon klar. Hast ja zu tun.« Frech pustete sie den Rauch in sein Gesicht.

»Ich weiß nicht, wie lange wir das noch machen können. Ist nur eine Frage der Zeit, bis Patricia das checkt.«

»Und wenn's so wäre?« Sie lächelte provokant. Ihre schwarzen Haare hatte sie zu einem Zopf zusammengebunden. Beim Sex waren ihre Haare noch offen. Seymon liebte es, wenn sie seine Brust streiften, während Diana auf ihm lag und rhythmisch ihr Becken bewegte.

Ihre blaugrauen Augen hatten dabei magnetische Anziehungskräfte. Sie war erfahren. Das älteste Mädchen, mit dem Seymon je etwas hatte. Er war stolz auf sich.

Vor drei Monaten hatte er sie nach privater Nachhilfe gefragt. Als sie daraufhin verwundert zurückgab, dass Seymon in ihrem Fach bereits volle Punktzahl habe, hatte Seymon nur genickt und ihr tief in die Augen geschaut.

Sie hatte sofort verstanden. Kaum mehr als vier Stunden später saß sie entkleidet auf ihm.

Jetzt, drei Monate später, hatten sich beide schon unzählige Male getroffen. Sooft es ging.

Seymon mochte den Sex mit ihr. Lieber als den mit Patricia. Patricia war zu unsicher. Zu unerfahren. Zu blümchenhaft. Und auch wenn sie in ihrem Erotikleben aktuell viel experimentierten, so gab es Seymon trotzdem keinen Kick.

Diana war ein Kick. Seine attraktive Nachbarin war ein Kick. Mila wäre noch mal ein Kick. Aber nicht die eigene Freundin, mit der man es treiben konnte, so viel man wollte.

»Was steht bei dir so an?« Diana hatte aufgeraucht.

»Am Freitag ist das wichtigste Fußballspiel meiner Karriere.« Seymon zog sich seine Socken an. »Gegen Union Berlin. Ich muss fit sein.«

»Dann sollten wir noch 'ne Runde starten.«

Seymon winkte ab. »Ich muss wirklich los.«

Er knipste das Licht auf dem Nachttischchen an.

Hose identifiziert.

Bevor Diana ihn wieder ausziehen konnte, schlüpfte er schnell in die blaue Jeans. Dabei fiel sein Handy auf den Boden. Diana hob es für ihn auf.

»Oh Mann, da hat jemand megaoft versucht dich anzurufen.«

Verwundert nahm Seymon ihr das Handy ab.

»Oh Shit.« Er entsperrte es – und tatsächlich.

Acht Anrufe in Abwesenheit. Von Nathan.

Außerdem waren da SMS. Ebenfalls von ihm.

NATHAN, 19.34 Uhr
Oh Gott, ruf mich sofort zurück!

NATHAN, 19.38 Uhr
Wo steckst du???

NATHAN, 19.38 Uhr
ES IST DRINGEND!!

NATHAN, 19.44 Uhr
Ich bin der Nächste, Seymon. Ich bin auf der Schattenseite …

NATHAN, 19.58 Uhr
Wenn du das hier liest, komm bitte sofort zu mir. Ich bin am Arsch, mein Leben ist vorbei.

Seymons Puls begann zu rasen. Das konnte nicht sein. Das konnte einfach nicht sein. Was hatte sein Kumpel getan? Wenn Nathan ein Wort geplaudert hatte, dann wäre auch Seymons Leben vorbei.

»Ich muss ganz dringend weg.« Seymon zog sich hektisch seinen Pullover über und steckte zwei verpackte Kondome, die noch auf dem Boden rumlagen, zurück in seine Tasche.

»Was ist denn los?« Diana sah ihn verwundert an.

»Es kann sein, dass ich ab morgen nicht mehr in die Schule komme.«

Mit diesen Worten verließ Seymon den Raum.

Kapitel 23 | Corvin
Corvins Zuhause

Er suchte das provisorisch angebrachte Holzregal ab, konnte ihn aber nicht finden. Nur einige Comichefte, ein verstaubter Roman namens *Die andere Verbindung* und eine wertlose DVD-Sammlung mit Disneyfilmen.

Auch der Kleiderschrank stellte sich als unbrauchbar heraus. Bloß einige Klamotten, die Corvins Mutter besorgt hatte, seine Skiausrüstung und eine verstimmte Gitarre, die er als Kind einmal gespielt hatte. Also blieb nur noch sein Bett übrig.

Corvin legte sich flach auf den Boden und griff mit seinem Arm einmal quer unter das Lattenrost. Er fühlte Staub und Essensreste.

Wie viele Spinnen berühre ich wohl gerade?

Er tastete sich voran, bis er schließlich einen Gegenstand aus Pappe fühlen konnte.

Corvin zog ihn unterm Bett hervor und tatsächlich – der alte Schuhkarton mit der Aufschrift »Erinnerungen« existierte noch immer.

Seine Oma hatte ihm, als er noch ein kleines Kind war, dazu geraten, eine solche Erinnerungsbox anzulegen.

»Du wirst dich später einmal sehr darüber freuen«, hatte sie prophezeit. Dabei hat sie ihm ihre alte Stoffpuppe gezeigt, bei der sich Corvin nicht sicher war, ob sie nicht vielleicht doch besser im Müll aufgehoben war.

Und dennoch behielt seine Großmutter recht.

Corvin freute sich in diesem Moment über die Erinnerungskiste. Das Treffen mit Nola am Friedhof hatte ihn nachdenklich gemacht.

Rache. Als Motiv. Ein Hacker. Mit Programmierkenntnissen.

Hätte Corvin nicht gesehen, wie Linus' lebloser Körper vom Krankenwagen abtransportiert worden war, wäre Corvin nicht Teil der Bestattungszeremonie gewesen – dann würde Corvin niemand anderen als Linus für die Schattenseite verantwortlich machen. Aber Linus konnte es nicht gewesen sein. Er war tot.

Doch wer war es dann?

Die Erinnerungsbox war völlig verstaubt. Kein Wunder. Sie hatte mindestens ein halbes Jahr unterm Bett gelegen. Ein Ort, an dem weder Corvin und erst recht seine Mutter nicht regelmäßig sauber machten.

Vorsichtig hob Corvin den Deckel an.

Fröhlich begrüßte ihn ein alter Teddy, den Corvin vor Urzeiten bereits ausgemistet hatte. Neben dem Teddy lagen einige kleine Spielzeuge und Sammelkarten, die Corvin damals nicht wegwerfen wollte.

»Meine Kinder werden das einmal spannend finden«, hatte er sich gegenüber seiner Mutter gerechtfertigt.

Doch in diesem Moment waren diese Spielzeuge nicht von Bedeutung. Sein Hauptaugenmerk galt einem kleinen, zusammengeknickten Zettel.

Er faltete ihn vorsichtig auseinander. Der alte Zeitungsartikel war noch immer gut lesbar. Corvin konnte sich noch gut an den Tag erinnern. An den Tag, als über Linus' Tod in dem Lokalblättchen berichtet worden war. Corvin hatte den Bericht ausgeschnitten und in die Box gelegt. Jetzt las er ihn nach langer Zeit erneut.

Tragisches Unglück in Vielitzsee

Am gestrigen Montag ist ein 17 Jahre alter Junge vom Balkon eines Wohnhauses in Vielitzsee zehn Meter in die Tiefe gestürzt und gestorben. Wie die Ermittlungen ergaben, hat sich Linus G. das Leben genommen. Warum der Schüler den Freitod wählte, ist noch völlig unklar. Für die Feuerwehrleute war die Bergung des Toten ein belastendes Ereignis. Feuerwehreinsatzleiter Karl-Heinz Raub sagte kurz nach dem Einsatz: »Einen solchen Einsatz hatten wir schon lange nicht mehr.« Mit allen verfügbaren Kräften seien Feuerwehr, Notarzt und ein Streifenwagen zum Unfallort gefahren, so Raub. Doch letztlich konnte er nur noch den Tod des Jungen feststellen. Selbstmord. Ein schwarzer Tag in der Berufslaufbahn des Feuerwehrmanns.

Corvin musste sich beinahe übergeben. So schlimm hatte er

den Artikel nicht im Kopf gehabt – und nun waren die Bilder, die Minuten dieser Tragödie wieder in seinem Kopf: das »tragische Unglück von Vielitzsee«. Ein Unglück ohne Konsequenzen. Es war einfach Pech. Ein Einzelfall.

Corvin spielte mit dem Gedanken, den Zeitungsausschnitt wegzuwerfen, faltete ihn dann aber wieder ordentlich zusammen und legte ihn zurück in die Box. Seine Aufmerksamkeit wurde auf ein Foto gelenkt, das unter dem Teddy hervorschaute. Er nahm es in die Hand und musterte es. Linus und er. Strahlend, mit einem Pokal in der Hand. Corvin hatte seinen rechten Arm um Linus' Schulter gelegt. Da waren sie gerade einmal sieben oder acht.

Sie hatten beim Jugend-Roboter-Wettbewerb den ersten Platz geholt, als jüngste Teilnehmer.

Corvins Augen wurden feucht, er konnte es nicht unterdrücken. Er vermisste die Zeiten, in denen er so sein konnte, wie er wollte. Und keiner hatte ihn dafür verurteilt. Er vermisste die Zeiten, in denen er mit Linus an gemeinsamen Projekten arbeiten konnte. *Projekte*, so haben sie es immer genannt. Immer neue Ideen, immer ein feines Näschen für den nächsten kreativen Zeitvertreib. In Zeiten ohne Smartphones und Streaming.

Corvin legte das Foto zurück und den Deckel wieder auf die Kiste. Gerade als er diese zurück unters Bett schieben wollte, fiel ihm ein, dass sich noch ein letzter interessanter Gegenstand in der Kiste befinden müsste.

Schnell holte er sie wieder hervor und durchwühlte sie. Und tatsächlich. Sein altes Handy! Zu seinem letzten Geburtstag hatte er sich ein neues zugelegt. Das alte war mit der Zeit zu langsam geworden. Und außerdem befanden sich zu viele schmerzvolle Erinnerungen darauf. Die wollte er nun aber wieder hervorholen, drückte den Powerbutton und wartete, dass das Handy wieder hochfuhr. Er wusste, dass auf diesem Smartphone die Wahrheit war, der Grund, warum Linus Grau heute nicht mehr lebte.

Kapitel 24 | Seymon

Nathans Zuhause

Und er las es noch ein letztes Mal, um sich wirklich sicher zu sein, dass er sich nicht verlesen hatte.

> 50.000 Aufrufe – und Nathan Messners Maske wird fallen.

Noch fehlten über 10.000 Aufrufe. Doch in der Geschwindigkeit, in der die Schattenseite neue Fans dazugewann, würde es nicht mehr lange dauern, bis Nathans Geheimnis gelüftet wird.

Seymon war, so schnell sein Fahrrad es zugelassen hatte, zu Nathan gefahren, der völlig panisch schon an der Tür auf ihn gewartet hatte.

Nun saßen die beiden in seinem Zimmer. Nathan war völlig neben der Spur.

»Und du weißt wirklich nicht, was die herausgefunden haben?« Seymon warf ihm einen strengen Blick zu.

»Ja, nein, ich … äh …«

So zerstreut hatte er Nathan noch nie erlebt.

»Hör mal zu, es ist doch ganz einfach. Hast du davon irgendwem erzählt?«

»NEIN!« Nathan wischte sich eine Träne von der Wange.

Er weint? Nathan hatte noch nie geweint.

»Ich schwöre bei Gott, ich habe niemandem von *deinem Zeug* erzählt. Und wenn doch, würde wohl eher dein Name auf der Website stehen und nicht meiner!«

Seymon musste ihm zustimmen.

»Denkst du, du wurdest gehackt?« Seymon setzte sich auf Nathans Bett, der Boden war zu hart.

»Was denn sonst?«

»Vielleicht geht ja nur ein Schwanzbild von dir rum. An welche Mädchen hast du so was verschickt?«

Nathan schüttelte den Kopf. »An gar keine. Noch nie.«

»Als ob.« Seymon hob skeptisch seine Augenbrauen. Er hatte schon oft solche Bilder versendet. Immer nur über Snapchat. So konnten keine Screenshots gemacht werden. Hoffte er zumindest.

»Wirklich.« Nathan ließ sich ebenfalls auf sein Bett fallen. Er starrte zur Decke. Unsicher pulte er dabei an seinen Fingernägeln.

»Alter, weißt du, wann du das letzte Mal so aufgeregt warst? Das war beim entscheidenden Elfmeterschießen letztes Jahr, erinnerst du dich noch?«

Nathan nickte.

»Im Finale, ein echt wichtiges Spiel. Du musstest schießen, hättest du den reingemacht, hätten wir gewonnen.« Seymon grinste.

»Ich war zu nervös«, gestand Nathan.

»Ja, das stimmt. Du warst so nervös, dass der Ball mindestens zehn Meter übers Tor geflogen ist.«

Jetzt grinste auch Nathan. »Die guten Zeiten.«

Die guten Zeiten.

Seymon verlor sich in seinen Gedanken. Er dachte an die Tage zurück, als er mit dem Fußball begonnen hatte. Als sein Bruder James sein Mentor werden wollte und später sein Manager. Sie haben sich ausgemalt, wie sie gemeinsam Karriere machen würden. Zusammen aus Vielitzsee wegzögen und dann nach Barcelona oder Manchester gingen. Seymon als Fußballer, James als sein treuer Manager. Und ihre Eltern würden sie besuchen, wären stolz auf ihre Kinder.

Doch nichts von dem hatte sich verwirklicht. Übrig blieben nur noch die Fetzen geplatzter Träume.

»Fuck, ich pack' das nicht.«

»Was?« Seymon schreckte auf.

»Ich packe den Druck nicht, wie viel fehlt noch?«

Seymon aktualisierte die Seite in seinem Browser. »Jetzt fehlen noch 7.000.«

Nathan begann zu zittern. »Ich weiß nicht, warum mich das so mitnimmt.«

Seymon konnte es verstehen. Flavios Leben hatte sich innerhalb eines Moments völlig verändert. Von einem beliebten Abiturienten war er zu einem Typen geworden, der von nun an nur noch »Kinderschänder« genannt wurde. Mila war psychisch krank und hatte ihre eigene Schwester aufs

Übelste hintergangen. Wer würde jetzt noch hinter ihr stehen?

Natürlich fühlte sich Nathan schlecht.

Doch wieso nur? Was hatte er getan?

»Kannst du dir wirklich nicht vorstellen, was los ist?« Nathan zuckte nur mit den Schultern. »Wir hätten das damals nicht tun dürfen!«

Seymon verstand nicht, was er meinte. »Von was redest du?«

»Von der Sache, Seymon. Mit Linus.«

Düstere Erinnerungen tauchten in Seymons Kopf auf. »Das hat damit doch nichts zu tun.«

»Ich denke schon.« Nathan tippte sich an seinen Kopf. »Erkennst du die Zusammenhänge nicht? Flavio. Mila. Jetzt ich. Wir waren alle betroffen.«

Seymon schluckte. Er wollte es nicht wahrhaben. Es konnte keinen Zusammenhang geben. Warum ausgerechnet jetzt? Warum auf diese Art?

»Seymon?« Wieder rollte eine Träne Nathans Wange herunter. Er wirkte völlig verändert.

»Ja?«

»Ich glaube, ich weiß es doch. Was da gleich über mich veröffentlicht wird.«

Seymon starrte Nathan ausdruckslos an.

Was, Nathan? Was ist mit dir?

Nathan fuhr sich nervös durch die Haare. »Es tut mir wirklich leid, Seymon. Ich wünschte, ich hätte es dir früher sagen können.«

Kapitel 25 | Nola

Kino

Es roch nach frischem Popcorn und verschütteter Zitronenlimonade. Sie liebte diesen Geruch. Er war universell, überall auf der Welt gleich. So roch Kino. Es fühlte sich an wie zu Hause.

In Berlin war sie regelmäßig ins Kino gegangen, mal mit einem Jungen, mal mit Klassenkameraden, meistens aber mit ihrer Mutter. Am liebsten sah sie sich Horrorfilme an. Oder Psychothriller. Hauptsache, man fürchtete sich. Und Besucher schrien. Dann war Nola voll in ihrem Element. In diesem Augenblick stand sie mit Sophia in der viel zu langen Schlange, um sich Nachos mit Käsesoße zu holen. Das war Tradition.

»Schau mal, da vorn ist Goldberg!« Sophia deutete auf einen Jungen mit Locken und Zahnspange, der hinter der Kasse stand.

»Stimmt. Wusste gar nicht, dass der hier im Kino arbeitet.« Nola sah sich ihre Platzkarte an.

14H. Dark Dungeon 2.

Vermutlich ein super schlechter Film, die Kritiken waren

vernichtend. Genau so, wie Nola es mochte. Ein schlechter Plot, mäßig gut animierte Monster, ein offenes Ende und an jeder Ecke ein Jump-Scare. Mehr brauchte ein guter Horrorfilm für sie nicht.

»Endlich, sie machen eine zweite Kasse auf.« Sophia tippelte unruhig mit ihrem Fuß auf den Boden.

»Okay, ich möchte mich wirklich nicht unbeliebt machen. Wir gehen heute das erste Mal zusammen ins Kino.« Nola hob spaßhaft schützend ihre Hände vors Gesicht. »Aber ich möchte dir unbedingt davon abraten, hier jetzt nervös zu werden. Das ist definitiv Energieverschwendung. Wenn du magst, sage ich dir den Langnese-Eiscreme-Werbespot einfach auswendig auf. Soll ich?«

Sophia musste lachen. »Nein, schon gut. Hast ja recht. Außerdem geht's ja jetzt voran!«

Tatsächlich, lange würden die beiden nicht mehr auf ihre Nachos warten müssen.

»Wieso hängst du in der Schule eigentlich immer alleine rum?« Sophia musterte Nola interessiert.

Die zuckte nur mit den Schultern: »Keine Ahnung. Ich bin eher Einzelgängerin.«

»Aber ist das nicht langweilig?«

Nola sah Sophia skeptisch an. »Ist Schule nicht immer langweilig?«

Sophia musste wieder lachen. »Ja, okay, du hast recht.«

In diesem Moment winkte Goldberg sie zu sich ran. Schneller als gedacht.

»Oh, hey! Wie geht's euch?« Goldberg schien sich zu freuen, die beiden zu sehen.

Sophia antwortete. »Ganz gut. Wir sehen uns Dark Dungeon an, ist der gut?«

»Ich weiß nicht, in letzter Zeit komme ich selbst gar nicht dazu, mir die Filme anzusehen.« Er kratzte sich nachdenklich am Kopf. »Was darf's denn sein?«

»Nachos mit doppelter Käsesoße und Jalapenos.« Davon träumte Nola sogar nachts manchmal. Ihr absolutes Lieblingsessen.

Sophia bestellte sich noch etwas Popcorn. Als Goldberg ihnen ihre Snacks servierte und sie gehen wollten, hielt er sie zurück.

»Habt ihr das eigentlich mitbekommen?« Nervös sah er zu einem Mann, der vermutlich sein Chef war. Der diskutierte gerade mit einer Frau. »Nathan ist das nächste Opfer. Und ich habe jetzt mega Angst, dass ich auch gehackt wurde!«

Sophia schüttelte den Kopf. »Quatsch, Goldberg. Was hast du denn schon gemacht?«

Goldberg lächelte nur unsicher. Nola sah ihm seine Verzweiflung an.

Jeder Mensch hatte Geheimnisse.

Jeder Mensch wusste Dinge, die niemand anderes wissen sollte.

Nola war da nicht ausgeschlossen.

»Wisst ihr, was krass ist?« Noch einmal sah Goldberg zu seinem Chef, der diesmal zurücksah.

»Erzähl.« Sophia aß bereits von ihrem Popcorn, als wäre

ihre Konversation bereits Teil des Unterhaltungsprogrammes.

»Es gibt Gäste, die mich nach Flavio fragen. Die kenne ich aber gar nicht, gehen auch nicht auf unsere Schule.«

Sophia zuckte nur mit den Schultern. »Ist doch klar, die Seite hat fast fünfzigtausend Views. Muss sich ja rumsprechen.«

»Ja, aber …«, Goldberg versuchte, so schnell wie möglich zu sprechen, »das ist doch megakrass. Die fragen mich, ob ich den *Pädo-Flavio* kenne. So nennen sie ihn. Das ist doch erschreckend!« In diesem Moment kam sein Chef zu ihm und flüsterte ihm etwas ins Ohr.

Goldberg schluckte.

»Tut mir leid, muss jetzt weitermachen. Viel Spaß beim Film!«

Nola und Sophia verabschiedeten sich und gingen in Saal 4. Die Werbung hatte noch nicht begonnen.

»So. Du und deine Mutter seid also letzten Sommer nach Vielitzsee gezogen?«

Nola nickte missmutig. »Jap. Ins wunderschöne Vielitzsee.«

»Aus dem Kaff will jeder raus, glaub mir. Kann dich voll verstehen.« Sophias Popcorn war jetzt schon halb aufgefuttert.

»Nur, dass es bei uns genau andersrum lief. Wir *haben* in Berlin gewohnt und wohnen *jetzt* in diesem Dorf.« Nola verdrehte die Augen.

»Ja, schon. Aber du kannst ja nach dem Abitur wieder zurückziehen. Wo wohnt denn dein Vater?«

Nola zuckte zusammen. Schlechtes Thema.

»Ich habe keinen Vater«, log sie.

Sophia lachte, weil sie das für einen Witz hielt. Dann wurde sie ernst. »Okay, Moment. Also du meinst, er ist tot?«

Nola schüttelte den Kopf. »Nein, das nicht. Aber ich habe ihn nie kennengelernt. Hat sich während der Schwangerschaft meiner Mutter verpisst.«

»Oh, Shit.« Sophia stellte ihr Handy in den Flugmodus.

»Und du hast keinen Plan, wer dein Vater sein könnte?«

Nola durchzuckte es erneut. Noch kannte sie Sophia nicht gut genug. Noch stand zu viel auf dem Spiel. Noch konnte sie ihr nicht die Wahrheit sagen.

Denn würde sie Sophia tatsächlich erzählen, wer ihr genetischer Vater war, würde diese mit Sicherheit vom Kinositz fallen und ihr gesamtes Popcorn verschütten.

Kapitel 26 | Corvin

Corvins Zuhause

Mit zittrigen Fingern hielt er sein Handy fest.

PIN? 000000. Ganz einfach.

Sein Hintergrundbild stellte einen Drachen von *Game of Thrones* dar. Keine neuen Benachrichtigungen. Logisch, seine SIM-Karte war nicht eingelegt.

Doch das war auch nicht sein Plan.

Er wollte sein altes Handy durchsuchen. Nach Hinweisen. Einem Foto, einer Datei, einer Nachricht. Irgendetwas, das er übersehen hatte.

Corvin glaubte nicht mehr an Zufall. Es musste einen Zusammenhang geben, zwischen den Opfern der Schattenseite und dem, was passiert war.

Als Erstes klickte Corvin auf seine alten WhatsApp-Verläufe. Die letzten Chats waren mit Verwandten, die ihm Geburtstagsgrüße gesendet hatten. Danach hatte er sein Smartphone gewechselt.

Davor hatte er mit seiner Schwester geschrieben, dann einem Typen aus dem Internet, den er bei *League of Legends* kennengelernt hatte, außerdem mit einem Bekannten aus seinem Physikkurs und – Linus.

So wenige Kontakte habe ich also nur, dachte sich Corvin.

Er überlegte, ob er es tun sollte. Und entschied sich dafür. Er tippte den Chat mit Linus an. Die letzten Nachrichten waren von Linus' Todestag, dem 18. Oktober 2019.

Es war schmerzhaft, diese Nachrichten durchzulesen.

Als Linus sie getippt hatte, lebte er noch. Jetzt war er tot.

Linus
Wie sieht's aus? Kommst du nun ins Office? 😊

CORVIN
Ich muss noch zu Ende essen.

Linus
Wir können was bestellen. Komm einfach her, muss dir was erzählen. 💭

CORVIN
Worum geht's?

Linus
Kann ich dir nicht schreiben. Aber du wirst es dann sehen.

CORVIN
Hoffentlich nicht schon wieder dieses Thema ...

Linus
Doch. Aber du wirst mich verstehen!

CORVIN
Esse noch auf, bin in 20 Minuten da.

Nicht viel später war Linus tot. Und das war ihre letzte Kommunikation über das Internet.

Corvin nahm einen großen Schluck aus der Wasserflasche, die immer neben seinem Bett stand.

Wie war das nur passiert?

Corvin verließ den Chat und tippte auf die Fotogalerie. Vielleicht gab es hier einen Hinweis.

Er scrollte nach unten. Vorbei an Screenshots von Programmiercodes. Vorbei an Fotos, die Corvin auf Familienausflügen, der Geburtstagsfeier seines Opas und dem jährlichen Sommerurlaub nach Italien zeigten. Auch vorbei an abfotografierten Tafelbildern oder Hausaufgaben. Bis zum Frühjahr letzten Jahres.

Hier wurde Corvin langsamer.

Irgendwo mussten sie sein. Bildschirmfotos von dem Vorfall. *Dem Vorfall*, der die Leben von Linus und Corvin völlig verändern sollte.

Verändern in ein Leben, das immer lebensunwürdiger werden sollte.

DA!

Corvin erkannte die Screenshots wieder. Aufgenommen wurden sie von Linus' Handy. Linus hatte ihm die Screenshots damals zugeschickt. Corvin erinnerte sich noch genau.

Der Chatverlauf, den Corvin in diesem Moment vor sich sah, war vom Nachmittag nach *dem Vorfall.*

Es war der Nachrichtenverlauf zwischen Linus und einem Jungen, den er und Corvin nur allzu gut kannten.

ER
Linus, Linus. Gut nach Hause gekommen? 🙂

Linus
Bitte lass mich in Ruhe.

ER
Wie hat dir unser ganz persönliches Programm gefallen? 😉

Linus
Bitte!! Ich verspreche euch, ich werde niemals etwas sagen. Ich bin still.

ER
Das glauben wir dir gerne.
Dürfen wir dir trotzdem zeigen,
was unsere Starfotografen heute alles geshootet haben? 📷😮

Linus
Ich will es nicht sehen.

ER
Komm schon. Wir hatten
doch alle so viel Spaß!
Ich schicke es dir jetzt! 😵

Corvin wischte nach rechts.

Zum Foto.

Das war ein Fehler.

Dieses Foto hatte er längst aus seinem Gedächtnis verdrängt, hatte es nie wiedersehen wollen.

Nie wieder, für immer. Doch jetzt war es wieder da, wie ein grausamer Fluch, den Corvin bis ans Ende seiner Tage mit sich tragen sollte.

Auf dem Foto war Linus abgebildet.

Unverkennbar Linus. Gelocktes, oranges Haar, Sommersprossen und eine Nickelbrille – das rechte Glas hatte einen Riss, die Bügel waren verbogen. Am Kopf hatte Linus eine Platzwunde, seine Augen waren feucht und stark gerötet. Seine Unterlippe angeschwollen, sein Hals partiell rot und an anderen Stellen weiß, vermutlich weil er wenige Sekunden zuvor mit massiver Kraft gewürgt worden war. Ein noch schlimmerer Anblick bot sein Körper.

Linus trug keine Kleidung, nicht einmal Unterwäsche. Er war völlig nackt. Er war blass wie eine Leiche, sein Blut komplett in seinen Kopf gelaufen. Kratzer und Schrammen zierten seine Brust. Sein Arm war in einer verkrümmten Position. Sein Glied war zwangsweise ebenfalls auf dem Foto abgelichtet.

Linus wurde nicht die Wahl gelassen. Er hatte keine Chance.

Unter dem Foto stand noch eine letzte Nachricht.

ER
Ich hoffe, die Botschaft ist klar.
Sagst du ein Wort, landet das
Bild auf Instagram.

Corvin las die Nachricht noch mal und noch mal.

Und sah sich das Bild an. Und wieder die Nachricht. Dem Chat war es zwar nicht zu entnehmen, aber Corvin erinnerte sich noch genau an den Verfasser. Wusste, wer Linus von diesem Tag an das Leben zur Hölle gemacht hatte. Niemand anderes als Nathan.

Kapitel 27 | Seymon

Nathans Zuhause

Noch immer zitterte sein Freund. Und noch immer wusste er nicht, was der Grund dafür war. Für das alles.

Wovor sein Freund solche Angst hatte. Was für ein Geheimnis er bei sich trug. Und warum er es bisher nie brüderlich mit ihm geteilt hatte. So machten es Freunde schließlich. Geheimnisse teilen. Doch waren sie überhaupt noch Freunde? Seymon war sich nicht mehr sicher. Seymon war sich generell nicht mehr sicher, was er glauben sollte. Ihm kam alles wie ein gruseliger Albtraum vor, aus dem man schweißgebadet aufwachen würde und anschließend Schwierigkeiten hätte, wieder einzuschlafen.

Wie zwei bröckelige Steinskulpturen saßen sich Seymon und Nathan nun schon seit mehreren Minuten schweigend gegenüber. Hart genug, um nicht völlig zusammenzubrechen, aber von großen Rissen durchzogen.

Ein Handy klingelte. Seymon fuhr erschrocken zusammen. Nathan nahm den Anruf an und murmelte unverständlich seinen Namen.

Seymon tippte mit dem Zeigefinger an sein Ohr.

Nathan verstand und schaltete den Lautsprecher ein, sodass Seymon mithören konnte.

»Sind Sie noch dran, Nathan?«

Nathan stimmte zu.

»Hören Sie bitte zu. Hier spricht July Wassermann, ich bin Kriminalpolizistin und gemeinsam mit meinem Kollegen Stiehl für den Fall *Schattenseite.net* eingeteilt. Können Sie mir folgen?«

Wieder stimmte Nathan zu.

»Wie geht es Ihnen gerade, Nathan?«

»Es gab schon bessere Tage.« Er schwächelte.

»Das können wir nachvollziehen. Wir geben Ihnen volle Deckung, soweit es uns möglich ist. Die brandenburgische IT-Kommission sitzt bereits mit Hochdruck an der Löschung der Webseite.«

Nathan atmete schwerfällig. Er musste vor Wut kochen.

Aber das konnte Seymon nachvollziehen. Inwiefern wurde mit *Hochdruck* gearbeitet? Was sollte *Rückendeckung* bedeuten, wenn die gesamte Schule am nächsten Tag ein Geheimnis von Nathan wusste, das er nicht mal seinem besten Freund hatte anvertrauen wollen?

Hatte die Polizei überhaupt den Hauch einer Ahnung, mit was sie es zu tun hatte?

»Verstehe. Danke.« Mehr brachte Nathan nicht heraus.

»Sie werden von uns hören. Bis dahin alles Gute.«

Aufgelegt.

Ein verschenkter Anruf.

Wieder wurde geschwiegen.

Keiner wollte etwas sagen.

Wenige Sekunden später klopfte es plötzlich.

»Ja?«

Nathans kleine Schwester steckte ihren Kopf durch die Tür. Ihr Name fiel Seymon nicht mehr ein. Damit hatte er schon immer Schwierigkeiten.

»Gleich ist es so weit.« Sie strahlte übers ganze Gesicht.

»Was?« Nathan schaute sie irritiert an.

»Gleich wirst du endlich mal Opfer.« Sie ballte schadenfreudig ihre Fäuste. »Ich kann es offen gesagt kaum erwarten.«

Was zur Hölle?

Seymon starrte sie entgeistert an. Als könne sie Gedanken lesen, ergänzte sie: »Du weißt nicht, wie es ist, Nathan als großen Bruder zu haben. Und du willst es auch nicht wissen.«

Seymon war nicht zum Lachen zumute. »Aha.«

»Wahnsinnige Begeisterung, ich merke schon.« Sie knallte die Tür hinter sich zu. Öffnete sie aber gleich wieder. »Übrigens bist du in dem neuesten Video von so 'nem News-YouTuber. Hat der gerade hochgeladen.«

»Was?« Nathan sah erschrocken auf.

»Ja. Der hat fast 'ne halbe Million Abos. Keine Ahnung, woher der hiervon weiß. Der denkt aber, glaube ich, dass das ein Spaß ist. Hat nämlich zu allen gesagt, dass sie mal draufklicken sollen.«

Seymon fuhr sich nervös durchs Haar. »So ein Wichser.«

»Das muss sofort gelöscht werden!«, schrie Nathan. »DAS MUSS GELÖSCHT WERDEN! ES MUSS GELÖSCHT WERDEN!«

Seymon versuchte ihn zu beruhigen, doch keine Chance. Nathan schrie, schmiss seinen Stuhl um und dann jegliche Blätter, Hefte, Stifte und den Computermonitor von seinem Schreibtisch. Seine Augen schienen sich in ein höllisches Rot zu verfärben. Seine Stimme war heiser.

Nathan ließ Dampf ab. Und wie.

»HEY!« Seine Schwester ließ ihn kurz innehalten.

»Jetzt krieg dich aber mal wieder ein!«

Ihr Handy vibrierte. Sie holte es aus ihrer Tasche, ihre Augen funkelten. »Jetzt ist es eh zu spät. Viel Spaß.«

Hämisch grinsend schloss sie die Tür. Ihr fröhliches Pfeifen war noch für mehrere Sekunden zu hören.

Nathan und Seymon blieben zurück. In einem chaotischen Zimmer, mit großen Fragezeichen über den Köpfen.

Was ist nur los?

»Shit, Alter.« Langsam ließ sich Seymon zurück auf Nathans Bett fallen. »Tut mir echt leid.«

Nathan regte sich noch immer nicht. Für mehrere Sekunden stand er einfach nur da und starrte in die Leere. Schließlich schien er die Kontrolle zurückzugewinnen und legte sich ebenfalls auf das Bett.

»Mir tut's leid.«

Seymon sah ihn an.

»Ich hätte es dir erzählen müssen. Irgendwann. Aber irgendwie hat es nie wirklich gepasst.«

Seymon wusste nicht, wie er reagieren sollte.

»Schau es dir an.«

»Wie?«

»Die Seite. Schau sie dir an. Ich denke, ich weiß, was da über mich veröffentlicht wurde.«

Seymon schüttelte den Kopf. »Nein, vergiss es. Ich mach das nicht. Nicht, wenn das *dein* Geheimnis ist. Es geht mich nichts an.«

Nathan atmete tief ein. »Doch, jetzt geht es dich was an. Jetzt geht es die ganze Welt etwas an.«

»Ich weiß nicht … wir können auch erst mal nur hier sitzen.«

»JETZT MACH SCHON!« Nathan entsperrte sein Handy und warf es auf Seymons Schoß. »Schattenseite.net. Ganz einfach.«

Wieso gab es diese Website? Wer hatte Spaß daran, all das Unausgesprochene und Wohlbehütete eines Schülers einem fremden Publikum zu offenbaren? Gegen ein paar billige Klicks. Wer auch immer dahintersteckte, war ein Sadist, der Teufel, das Böse in Person.

Nathan drängelte unruhig. Und Seymon wollte ihn nicht länger quälen. Also gab er es in die Suchleiste ein.

Schattenseite.net

Sein erster Blick fiel auf die Aufrufe. 55.000. Der YouTuber hatte beste Arbeit geleistet. Und wusste nicht einmal, dass er das Leben eines ihm völlig fremden Menschen durch diesen dämlichen Aufruf im Bruchteil weniger Sekunden völlig auf den Kopf gestellt hatte.

Natürlich war es ihm nicht bewusst. Genau wie es über fünfzigtausend anderen Menschen nicht bewusst war.

Immerhin waren sie nur Einzelne von vielen. Einzelne von vielen, die die Website besuchten, die, Voyeuristen gleich, einen völlig nackten Teil des Lebens einer ihnen unbekannten Person ausspionierten und sich davon wie Geier nährten. Sie allein würden nicht die Schuld tragen, ein Klick mehr oder weniger würde nichts ändern.

Die Masse war dumm. Immer. Unterm Strich war die Masse immer dumm. Einzelkämpfer und Ausnahmetalente, die gab es. Von Sokrates über Nietzsche und Darwin bis hin zu Einstein und Goethe. Sie hoben den Schnitt. Das wusste Seymon. Doch das Volk war dumm. Vielleicht gehörte er selbst auch dazu. Zu den Dummen. Doch damit war er nicht allein. Er war unter Milliarden.

»Was steht da nun?«

Seymon kniff seine Augen zusammen und scrollte ganz nach unten. Vorbei an Flavio und Mila. Bis zu Nathan.

Er brauchte einige Sekunden, um zu realisieren, dass gleich mehrere Daten von Nathan veröffentlicht worden waren. Das erste schien ein Browserverlauf zu sein. Klein, aber dennoch identifizierbar, konnte Seymon das Google-Profilbild von Nathan in der oberen rechten Ecke des Browserverlaufs erkennen. Vermutlich also keine Fälschung. Seymon ließ seinen Blick über den Verlauf wandern.

LETZTE WOCHE

13:05 Uhr | www.google.com

13:05 Uhr | www.facebook.com

13:08 Uhr | www.youtube.com

13:09 Uhr | www.facebook.com/seymon.huth

13:12 Uhr | www.google.com

13:13 Uhr | www.google.com/search?q=gay+porn

13:13 Uhr | www.pornhub.com/gay

13:14 Uhr | www.pornhub.com/watch141551241mov

13.17 Uhr | www.facebook.com/seymon.huth

13.18 Uhr | www.pornhub.com/gay

13:18 Uhr | www.pornhub.com/watch77333573mov

13:35 Uhr | www.facebook.com

Irritiert sah Seymon auf.

Was hatte er gerade gesehen? Was hatte das zu bedeuten? Wieso besuchte Nathan diese Seiten? Und sein Facebook-Profil? Noch bevor er Nathan darauf ansprach, klickte er das zweite Bild an.

Diesmal handelte es sich um einen Screenshot aus dem App Store.

»Heruntergeladene Apps« war die Überschrift. In kleiner Schrift stand darunter eine E-Mail-Adresse.

nathan.messner@yahoo.com

Seymon schaute die Apps durch, die Nathan sich zuletzt heruntergeladen hatte.

LETZTE APP-DOWNLOADS

- MyHomeWorkout
- Dropbox
- Stickyman Run 4
- Notes
- Grindr
- PlanetRomeo
- YouTube
- LocalGuide

Seymon las sich die Liste noch mal durch. Und noch mal.

Grindr und *PlanetRomeo.*

Das waren …

Das kann nicht sein.

Nathan tippte Seymon an die Schulter. Er weinte. Und sprach. »Seymon, ich wollte es dir schon vor Ewigkeiten sagen. Ich bin schwul. Und in dich verliebt.«

MITTWOCH

11. März 2020

Kapitel 28 | Nola

Nolas Zuhause

Ein schrilles Klingeln. Zweimal. Dann nahm sie laute Schritte wahr. Und sie konnte hören, dass die Tür geöffnet wurde. Irgendwer sagte etwas. Irgendwer antwortete etwas.

Dann wurde die Tür wieder zugeschlagen.

Nola ließ sich wie ein nasser Sack aus dem Bett fallen, indem sie sich, in ihre Bettdecke eingerollt wie ein Burrito, weit genug über die Bettkante beugte.

Plumps.

Dann befreite sie sich aus ihrem provisorischen Schlafsack und taumelte schlaftrunken zum Fenster, um einen letzten Blick zu erhaschen. Auf die Person, die sie vor wenigen Sekunden aus dem Schlaf geklingelt hatte.

Sie konnte nur noch seine schwarz-gelbe Jacke erkennen. Dazu eine gelbe Mütze. Das konnte nur Felix Polzer gewesen sein, der einzige Briefträger, der ihnen je Post zugestellt hatte.

Auch der einzige, der jedes Mal klingelte, anstatt die Briefe und Päckchen, wie jeder normale Auslieferer, einfach in den dafür vorgesehenen Briefkasten zu werfen.

Nola hatte er schon Dutzende Male aus dem Schlaf gerissen. Und schon Dutzende Mal hatte ihn Nola dafür verflucht. Sie hatte sogar schon vor Wut in ihre Bettdecke gebrüllt, doch der Briefträger bekam davon nichts mit.

Heute war Nola jedoch dankbar für den Weckservice. Denn alternativ wäre ihre Mutter in den nächsten Minuten in ihr Zimmer gekommen, um sie für die Schule aus dem Bett zu jagen. Und dabei ging sie nicht sehr sanft vor.

Nola hasste das. Noch mehr hasste sie jedoch den Ton ihres Handyweckers. Sie hasste jede Form von Wecker.

In der Natur gibt es so etwas schließlich auch nicht. Allerdings auch keine Boxspringbetten.

Schritte. Die Treppen hoch.

Dann wurde Nolas Tür geöffnet.

»AH!« Erschrocken wich Nolas Mutter einen Schritt zurück. »Du bist ja schon wach!«

Nola nickte missmutig.

Ihre Mutter hielt ein Paket in den Händen. »Hier, das ist gerade für dich angekommen.«

Nola nickte dankend und wollte es entgegennehmen, doch ihre Mutter zog es wieder zurück.

»Was ist das?«

»Was geht dich das an?« Nola ließ sich wieder zurück aufs Bett sinken. Dieser Morgen begann definitiv zu hektisch.

»Das geht mich sehr wohl was an. Denn das ist offensichtlich Erwachsenenware.« Sie setzte einen ernsten Blick auf.

Nola musste grinsen. »Du bist keine strenge Mutter und das weißt du!«

Nun musste auch ihre Mutter lachen. »Okay, du hast ja recht. Darf ich trotzdem wissen, was da drin ist? Ich musste eben meinen Ausweis vorzeigen, damit ich es entgegennehmen konnte. Das ist aber doch kein …?«

Ihre Mutter machte ein zweideutiges Handzeichen.

»NEIN, Mama!« Nola lachte. »So was würde ich niemals bestellen, iiih. Jedenfalls niemals, solange wir hier zusammenwohnen!«

Nolas Mutter atmete beruhigt auf und setzte sich zu Nola ans Bett. Sie überreichte das Paket.

»Danke.« Nola schnitt das Klebeband mit den Fingernägeln auf, so wie sie es immer bei Paketen tat.

Dann öffnete sie es. Zuerst konnte sie nur Luftpolsterfolie erkennen. Doch dann entdeckte sie es.

»Was willst du denn mit so was?« Entgeistert starrte ihre Mutter sie an.

Nola nahm die Machete aus der Kiste und begutachtete sie. Scharf. Glänzender Stahl. Ein fester Griff aus Leder.

»Das ist wirklich hochwertig.« Sie umklammerte die Machete, als wolle sie sich direkt durch ein dichtes Buschwerk schlagen.

»Und noch mal, Nola: Was willst du mit so was?«

Nola zuckte mit den Schultern. »Einfach so.«

Verwundert sah ihre Mutter sie an. »Wie *einfach so*? Kein normales Kind bestellt sich eine Machete!«

»Ich bin ja auch kein *normales* Kind.« Nola grinste frech.

»Und außerdem habe ich mir das nicht selber bestellt. Das war ein Geschenk.«

»Und wer schenkt dir so was?«

»Ein Freund.« Eigentlich *er*.

Kopfschüttelnd stand ihre Mutter wieder auf. »Mach bloß keinen Mist damit. Ich will nicht meinen Job verlieren.«

Nola legte die Machete zurück in die Packung. »Ist doch nicht schlimm, wenn ich unsere Lehrer umlege, oder?«

»Das ist kein Problem.« Lachend verließ ihre Mutter den Raum. Nola hielt sie auf: »Warte! Gibt es eigentlich Neuigkeiten?«

»Wovon?«

Nola suchte ihren Kleiderschrank nach einem Handtuch ab, um eine Dusche zu nehmen. »Von dem Typen, dem die Schattenseite gehört. Habt ihr ihn?«

Entrüstet starrte ihre Mutter zu Boden. »Leider bisher nicht. Wir geben unser Bestes, es ist sogar schon ein Sonderkommando eingeschaltet. Aber unsere Gegner gehen nicht aus der Deckung.«

Handtuch gefunden. Nola nahm es heraus.

»Habt ihr denn keine Idee, wer dahinterstecken könnte?«

Ihre Mutter schüttelte den Kopf. »Leider nicht. Zwei Möglichkeiten gelten aktuell als am wahrscheinlichsten.«

Nola schaute interessiert auf.

»Entweder ist das ein wirklich großes Team aus Hackern, vielleicht sogar international. Womöglich ist Vielitzsee eine Art Test für sie, um neue Software auszuprobieren.«

»Glaube ich nicht.« Nola schüttelte den Kopf.

»Oder es ist jemand von hier. Den wir noch nicht auf dem Schirm haben.«

»Aber wie kann das so schwer sein? Wie viele Einwohner hat Vielitzsee denn?«

»Es könnte ja auch jemand aus dem Umfeld sein. In der Summe wohnen in ganz Brandenburg über 2,5 Millionen Menschen. Im näheren Umfeld kommen wir auf über 100.000. Die Nadel im Heuhaufen.«

Sie legte eine kurze Denkpause ein.

»Aber eigentlich hast du recht. So schwer kann das nicht sein. Das Profil ist einfach: jemand mit Motiv und guten PC-Kenntnissen. So viele kann es davon eigentlich nicht geben.«

Nolas Kopf begann zu rattern. Hatte sie etwas übersehen? Was, wenn sie den Hacker längst kannte? Wenn sie sich vertan hatte und doch das Offensichtliche der Wahrheit entsprach?

»Nola?«

Nola schreckte auf.

»Kennst du vielleicht jemanden, auf den das zutrifft?«

Nola sah ihrer Mutter tief in die Augen.

»Nein, Mama. Keine Ahnung.«

Kapitel 29 | Corvin

Corvins Zuhause

Ungläubig starrte er auf den Bildschirm seines Smartphones. Die Buchstaben waren leicht unscharf. Als hätte sich ein halbtransparenter Schleier um seinen Kopf gewickelt. Er rieb sich den Schlaf aus seinen Augen. Jetzt konnte er es besser erkennen. Am Inhalt hatte sich jedoch nichts geändert.

Wie ist das möglich, dachte er.

In der verdächtig bekannten Form war die neue Überschrift der Seite:

> Gratulation, ihr seid großartig! Doch es wird noch großartiger. Bereits bei 100.000 Aufrufen! Freuen Sie sich schon, Herr Dr. Herms?

Herr Dr. Herms.

Der Schuldirektor Herms?

Erst Flavio, dann Mila, dann Nathan … und jetzt sein Direktor? Für Corvin erschloss sich der Zusammenhang nicht. Welche Verbindung hatten diese Menschen? Und was hatte Dr. Herms angestellt, sodass er Opfer dieses Hackingangriffs werden konnte?

Obwohl Corvin bereits vor einer halben Stunde aus dem Bett gekrochen war, wurde er das Gefühl nicht los, sich noch immer im Ruhemodus zu befinden.

Er trank einen Schluck kalten Orangensaft. Vitamine und Energie. Die konnte er jetzt gut gebrauchen.

Seine Eltern waren bereits zur Arbeit gefahren, wo Marianna steckte, konnte Corvin nicht sagen.

Zwei Brote sprangen aus dem Toaster, Corvin zuckte zusammen.

War ich schon immer so schreckhaft?

Er strich etwas Marmelade auf beide Scheiben, klappte sie dann zusammen und packte die Mahlzeit in eine grüne Brotbox.

Dann griff er nach seinem Rucksack und überprüfte, ob er für diesen Schultag alles beisammenhatte.

Einen Kugelschreiber, Hefte, einen USB-Stick für eine Präsentation über Methangas, eine halbvolle Flasche Wasser. Jetzt noch die Brotbox. Alles beisammen.

Schwerfällig erhob sich Corvin, schritt in den Flur, schlüpfte in seine beigen Sneakers, zog sich seine Winterjacke über und verließ das Haus.

Draußen war es kühl, maximal zehn Grad. Der Horizont war orange gefärbt. Einige Frühlingsvögel spielten ein Konzert.

Bewohner des Dorfes, die nicht in die Schattenseite verwickelt waren, mussten diesen Morgen als wunderschön empfinden. Bewohner, die nicht so viele Sorgen hatten. Die keinen Freund für immer verloren hatten.

Corvin inhalierte die frische Luft.

Dann tippte ihn jemand von hinten an. Erschrocken drehte er sich um. Hinter ihm stand seine Schwester, die sich lautlos angeschlichen haben musste.

»Alter, erschreck mich doch nicht so.«

Knapp entschuldigte sich Marianna bei ihm. Sie sah schon etwas besser aus. Ihre Augen wirkten nicht mehr verweint, ihre Haare waren wieder gemacht und sie trug sogar ihre Lieblingsjeans. Ein gutes Zeichen.

»Wie geht es dir? Habe dich gestern gar nicht mehr gesehen.«

Sie überlegte kurz, bevor sie antwortete: »Eigentlich ganz gut. Habe gestern noch lange mit Mama und Papa geredet.«

Corvin hob währenddessen sein Fahrrad auf, das er am Vortag schon wieder nur in die Hecke geschmissen hatte.

»Die sind soweit jetzt wieder beruhigt. Darf mich halt nur nicht mehr auf irgendwelchen Seiten anmelden. Und nur noch mit Freunden schreiben, die ich auch echt kenne.«

Corvin nickte. »Vernünftig.«

»Ja.« Marianna ging zur Garage. Sie hatte ihr Fahrrad ordnungsgemäß abgestellt.

»Die Frage ist jetzt vielleicht etwas doof. Aber weißt du, wie es Flavio geht?«

Hoffentlich scheiße, dachte sich Corvin.

»Hoffentlich besser«, sagte Corvin. »Aber ich weiß es nicht. Er ist ja nicht mehr zur Schule gekommen.«

Seine Schwester verließ die Garage wieder.

»Ja. Manche aus meiner Klasse haben mir erzählt, dass er ins Ausland geflüchtet ist.«

»Quatsch. In dem Alter flüchtet niemand ins Ausland!«

Corvin stieg auf sein Fahrrad, Marianna tat es ihm gleich. Die beiden fuhren los, nebeneinander her. Corvin ging diese Frage nicht aus dem Kopf, also musste er sie stellen. »Hattest du eigentlich wirklich vor, dich mit ihm zu treffen? Ich meine. Er hat verdammte Handschellen bestellt.«

Seine Schwester antwortete nicht.

Stille. Nur die gleichmäßige Reibung der Dynamos an den Reifen war zu hören.

»Na gut, musst du nicht sagen. Tut mir leid.«

»Doch, ich hätte ihn getroffen. Ich habe mich irgendwie verknallt. Keine Ahnung, der Altersunterschied war mir eben egal.«

»Aber wie kann dir das egal sein? Das kann gefährlich sein.«

Seine Schwester legte einen Zahn zu. »Er ging mit dir in eine Klasse. Warum ist das gefährlich?«

Corvin geriet ins Stottern. Er hatte Schwierigkeiten, mit ihr mitzuhalten. »Na weil … weil … er eben älter ist.«

»Aha.« Seine Schwester bog ab. Verließ den direkten Weg zur Schule. Vermutlich zu Emily, einer Freundin. Im Sommer hatten sie vor der Schule schon öfter einen Abstecher zu ihr gemacht, um sie abzuholen.

Jetzt ließ Corvin sie allein. Sie würde sich zurechtfinden, er hatte andere Sorgen.

Nach fünf Minuten hatte er die Fahrradständer erreicht. Zum Glück wartete an diesem Morgen keine cholerische Mila auf ihn. Die traute sich vermutlich gar nicht mehr zur Schule.

Selber schuld.

Corvin schloss sein Fahrrad ab und betrat den Schulhof. Erst jetzt erkannte er, dass ein Polizeiwagen direkt vor der Schule geparkt hatte. Das Blaulicht war eingeschaltet. Eine Traube von Schülern stand um den Wagen herum. Für einige das Highlight des Jahres.

Unsicher ging Corvin auf sie zu. Genau in dem Moment, als der Direktor aus der Schule trat. Herr Dr. Herms!

Dicht gefolgt von der Polizei, seine Hände waren mit Handschellen an seinen Rücken fixiert. Er hatte eine düstere Miene aufgesetzt und versuchte gleichzeitig, die Fassung zu bewahren.

Das ist wirklich das Highlight des Jahres.

Die Autorität der Schule wurde vor seinem eigenen Gefolge abgeführt – nach aller Manier und sogar in Handschellen.

Die Schüler johlten und klatschten. Wie Tiere. Im Schatten der Polizei waren sie auf einmal stark. Besaßen den Mut, sich zu widersetzen.

Was für ein peinlicher Anblick.

Corvin sah sich weiter um. Und tatsächlich! Noch jemand zog Corvins Aufmerksamkeit auf sich. Einige Meter abseits, direkt am Notausgang des Schulgebäudes, stand Co-Direktor

Schneider, ein hagerer Typ mit Brille. Corvin kannte ihn gut, denn er war der einzige Informatiklehrer der Schule. Doch in diesem Moment wurde Corvin unsicher, ob er den stellvertretenden Direktor *wirklich* kannte. Denn Arnold Schneider rieb sich die Hände und lächelte schadenfroh. Corvin ahnte, warum: Von jetzt an war er nicht mehr nur *stellvertretender* Direktor.

Kapitel 30 | Seymon

Fitnessstudio

Noch fünf Züge, dann würde er seinen eigenen Rekord brechen. Noch einmal den vollen Fokus auf den eigenen Körper legen.

Vier.

Schweiß tropfte ihm ins Auge, sodass ein brennender Schmerz ihn beinahe zum Loslassen verleitet hätte. Doch Seymon wollte es schaffen.

Drei.

Er biss seine Zähne zusammen. Klimmzüge waren hart. Die Ausführungen mussten korrekt sein, sonst könnte er sich verletzen. Den Schweregrad konnte er nicht anpassen, er musste sich dem eigenen Körpergewicht fügen. Dafür waren Klimmzüge effizient und trainierten mehrere Muskelgruppen gleichzeitig.

Zwei.

Gleich hatte er es. Gleich hatte er siebenundzwanzig Klimmzüge hintereinander absolviert. Perfekte Ausführungen. Der Rücken stabil, die Körperhaltung gerade.

Noch eine letzte. Ein letztes Mal nach oben ziehen. Doch

seine Arme wurden schwach. Er spürte, dass seine Muskeln übersäuern würden.

Keine Ausrede! Dafür hatte er Booster und Proteinshakes. Nur kurz noch hängen lassen, dann würde sich Seymon ein letztes Mal hochziehen.

»Hey!« Ein braunhaariges Mädchen grüßte ihn. Seymon hatte irgendwann schon einmal mit ihr gequatscht. Sie trug ein knalliges, rosafarbenes Top und eine fast transparente Leggings, in der sich ihr wohlgeformter Po deutlich abzeichnete. Doch diese Beobachtung hatte ihren Preis.

Denn er fiel!

Und hatte es nicht geschafft.

»FUCK!«

Patricia reichte ihm sein Handtuch. »Ich habe deinen Blick genau gesehen, du Arsch.«

Seymon rollte mit den Augen.

Wann hatte er das letzte Mal Sex? *Gestern Abend?*

»Tut mir leid, aber wenn sie direkt in mein Blickfeld läuft?«

Patricia stieg auf einen kleinen Metallhocker und zog sich, mit Seymons Hilfe, ebenfalls an der Stange hoch.

»Wer war das denn überhaupt schon wieder?«

»Keine Ahnung, kenne sie nicht.«

Patricia schaffte gerade einmal drei. Mit Hilfestellung. Stolz strich sie sich mit ihrem Schweißband, das sie an ihrem Handgelenk trug, über ihre Stirn. Schweiß hatte Seymon jedoch keinen gesehen.

»Aha. Und deswegen grüßt sie dich?«

Seymon antwortete nicht. Auf diese Diskussion ließ er sich

nicht ein. Zu oft hat er schon diese Art von Streitgespräch geführt. Gebracht hatte es nie etwas.

»Wo guckst du denn jetzt schon wieder hin?«

Seymon ertappte sich selbst dabei, wie er einem weiblichen Personalcoach mit orangefarbenen Haaren und knapper Shorts sehr intensiv bei ihren Squads zusah.

»Hör auf, meine Blicke zu verfolgen! Ich ruhe mich nur aus!« Genervt stand er auf und ging noch einmal an die Stange, um sich auszuhängen und alle Muskeln zu entspannen.

Patricia stellte sich provokant vor ihn, um ihm das Blickfeld abzuschneiden. »Jetzt kannst du nur noch mich bewundern.« Sie küsste ihn. Sie schmeckte nach Salz, also hatte sie doch geschwitzt. Oder war es sein eigener Schweiß?

Sie gab ihm einen kleinen Schubser, doch Seymon konnte sich halten. »Sag mal, fühlst du dich eigentlich gut vorbereitet für Freitag?«

Natürlich war er gut vorbereitet. Er ging jeden Tag trainieren und hatte sich die letzten 40 Pokalfinalübertragungen im Internet angesehen.

Dennoch war er geschwächt. Durch die letzten Vorkommnisse. Und durch den Druck, der auf ihm lastete. Schon seit Wochen. Er verursachte Kopfschmerzen und einen monotonen Tinnitus. Wie auch in diesem Moment.

»Alles okay. Ich denke, wir können das echt schaffen.«

Er stieß sich von der Stange und ging in den Freihantelbereich. Patricia folgte ihm, obwohl sie hierfür gewöhnlich keine Übungen machte.

»Du wirkst aber nicht sehr glücklich.«

Gerade als Seymon antworten wollte, wurde seine Aufmerksamkeit erneut auf eine Frau gelenkt. Eine Frau, die er sehr gut kannte. Und wusste, wie sie aussah – auch ohne Sportleggings und Croptop. Und ohne Unterwäsche. Es war Diana!

Seymon wusste nicht, dass sie ebenfalls hier trainierte. Andererseits befanden sie sich im einzigen Fitnessstudio kilometerweit. Und von alleine hatte Diana bestimmt keinen derart definierten Körper bekommen.

Das ergab Sinn.

Hoffentlich entdeckt sie mich nicht …

Noch bevor Patricia sich beschweren konnte, begann Seymon mit der ersten Übung. Er versuchte dabei möglichst unauffällig zu sein, damit Diana nicht auf die Idee kam, zu den beiden rüberzukommen.

»Sag mal, was ist jetzt eigentlich mit dir und Nathan?«

Patricia setzte sich auf die Hantelbank neben Seymon.

»Was soll sein? Alles in Ordnung!«

»Das klang gestern Abend aber noch anders. Du hast mir geschrieben, dass er in dich verknallt sei.«

Wütend unterbrach Seymon sein Workout. »Ja, was weiß ich. War halt eine ganz komische Situation. Aber keine Ahnung, ob das alles überhaupt stimmt.«

Patricia beugte sich zu ihm, als wollte sie vermeiden, dass sie jemand hört. »Du meinst, dass er schwul ist?«

»Ja.« Seymon trank einen Schluck aus seiner Wasserflasche, beobachtete parallel Diana, die gerade ihren Bauch trainierte.

»Er wird schon schwul sein. Das war zwar überraschend, aber irgendwie … habe ich mir das eh schon immer gedacht.«

»Wirklich?«

»Ja.«

Patricia machte große Augen.

»Ich meine … er hatte nie eine Freundin und irgendwie … war er manchmal anders drauf als die anderen Jungs. Jedenfalls wenn wir über Mädchen quatschen wollten. Das ging irgendwie nie.«

»Was habt ihr denn über Mädchen gequatscht?« Seymon nervten ihre Fragen.

»Lass uns doch bitte einfach trainieren.«

Patricia stimmte beleidigt zu und griff sich irgendeine Hantel, ohne eine Idee davon zu haben, was sie damit anstellen könnte.

»Aber für dich ist das echt okay, dass Nathan schwul ist?«

Seymon sah sie irritiert an. »Was? Natürlich. Was sollte mich denn daran stören? Ist doch nicht meine Entscheidung. Und auch nicht seine. Ist halt so, Ende.«

Er wollte sich gerade sein Handtuch schnappen, um das Training zu beenden, als Patricia von hinten angetippt wurde. Von einer Person in Sportleggings und Croptop!

Überrascht drehte sich Patricia um. »Oh, Frau Kahle! Sie trainieren auch hier?«

Diana nickte. »Du kannst mich gerne Diana nennen. Sind ja nicht in der Schule. Nicht wahr, Seymon?«

Seymon begann irritiert zu stottern. Wie sollte er jetzt reagieren? Seymon war ein guter Lügner, doch das ging zu schnell. Was sollte er Patricia erzählen? Woher könnte er Diana so gut kennen, dass sie sich bereits duzten?!

»Was ist denn los, Schatz? Ist was?« Patricia nahm seine Hand.

Diana fuhr dazwischen.

»Patricia, hat Seymon es dir etwa noch nicht erzählt?!«

Kapitel 31 | Nola

Vor Corvins Haus

Sie klingelte. Mehrfach. Doch in der Einfahrt stand kein Auto und die Garage war verschlossen.

Keine Chance.

Sie musste ihn verpasst haben.

Sie schnappte sich einen kleinen Kieselstein und schmiss ihn vorsichtig an das Fenster. Doch auch hier rührte sich nichts.

Entweder war Corvin bereits zur Schule gefahren oder die Adresse aus der Klassenliste falsch. Doch solange Corvin tatsächlich »Marcks« mit Nachnamen hieß, musste sie, zumindest dem Klingelschild zufolge, richtig sein.

Nola wollte ihn sprechen. Musste ihn sprechen.

Ihn mit ihren verworrenen Gedanken konfrontieren. Und den Fragen, die ihr im Kopf rumschwirrten.

Ist Corvin der Programmierer der Schattenseite?

Es wollte ihr nicht mehr aus dem Kopf gehen.

Plötzlich öffnete sich die Tür des nebenan liegenden Wohnhauses. Sophia und ein kleinerer Junge traten gehetzt in die Kälte.

»Schnell, Tommy, mach schon!« Unsanft schubste Sophia den Jungen vor sich her. Vermutlich ihr kleiner Bruder.

»Guten Morgen!«

Erst jetzt drehte sich Sophia um und entdeckte zu ihrer Überraschung ihre erst kürzlich gewonnene Freundin Nola.

»Was machst du denn hier? Holst du mich etwa ab?«

Nola lachte und zeigte auf Corvins Haus. »Eigentlich wollte ich Corvin abholen. Aber der ist wohl schon ausgeflogen.«

Sophia nickte. »Ja, der schafft es immer fünf Minuten früher raus. Keine Ahnung, wie der so gut aus dem Bett kommt.«

Sophia stieg auf ihr Fahrrad. »Wo ist deins? Wir müssen langsam los, sonst kommen wir zu spät.«

Nola hob ihren rechten Fuß. »Das ist mein Transportmittel. Habe leider immer noch kein Fahrrad. Aber ich laufe einfach nebenher.«

Sophia winkte sofort ab. »Quatsch. Steig einfach auf, ist kein Problem. Hier hinten.« Sie legte ihre Jacke auf den Gepäckträger.

Wie ein weiches Kissen. Wie lieb von ihr!

Nola setzte sich auf den Gepäckträger, und die wackelige Fahrt ging los. Nola kannte das. Noch von früher. Als sie immer mit Marco mitfuhr, noch spät in der Nacht durch das beleuchtete Berlin.

»Was wolltest du denn von Corvin?« Tommy hatte offensichtlich aufgepasst.

»Kennst du ihn auch?«, fragte Nola zurück.

Stolz nickte Tommy. »Er ist mein Nachhilfelehrer. Der coolste, den man haben kann!«

Sophia lachte. »Außerdem sind wir schon seit Jahren Nachbarn. Früher haben unsere Familien gemeinsame Ausflüge gemacht. Heute läuft man sich leider höchstens mal über den Weg … die Zeiten sind wohl vorbei.«

Nola musste schlucken. Früher hatte sie sich nichts sehnlicher gewünscht, als in einer *echten* Familie aufzuwachsen. Mit Geschwistern, die einen überall hinbegleiteten, und einem Vater, der abends mal eine leckere Pizza mitbringen und spontan einen Filmabend veranstalten würde. Und Familienausflüge mit Nachbarn und Freunden. Das war Nolas größter Traum. Ihr größter Traum, bis sie erwachsen wurde. Bis ihr klar wurde, dass sie niemals Geschwister haben würde. Oder einen Vater. Bis zum letzten Sommer, als sich auch diese Einschätzung schlagartig änderte.

»Also, Tommy hat dich was gefragt. Und mich würde es auch interessieren.«

Nola schreckte auf. Sie waren bereits fast an der Schule.

»Was?«

»Corvin. Was du von ihm wolltest.«

»Sage ich dir später, okay? Wir müssen ihn erst einmal finden.«

Sophia nickte und trat noch etwas kräftiger in die Pedale.

Als sie zwei Minuten später die Schule erreichten, wurden sie von einer aufgewühlten Meute empfangen, deren Gesprächsfetzen deutlich darauf hindeuteten, dass heute schulfrei sei.

»Der Direktor wurde gefeuert!«, rief einer.

»Nicht gefeuert, verhaftet!«, ergänzte ein anderer.

»Wir haben frei, wir haben frei!«, jubelte ein dritter.

Nola sah sich um. Auf dem Schulgelände stand ein Polizeiwagen. Der ihrer Mutter. Auf den ersten Blick konnte Nola sie jedoch nicht ausmachen. Auch sonst war nicht viel zu erkennen.

»Mist, so finden wir ihn nie.« Nola stieg frustriert vom Rad. »Vielleicht ist er schon längst wieder zurückgefahren.«

Sophia verabschiedete sich von Tommy, der mit ein paar Schulkameraden davonfuhr.

»Ne, mach dir keine Sorgen. Wenn er wieder zurückgefahren wäre, wäre er uns ziemlich sicher entgegengekommen. Er ist also noch hier. Steig mal wieder auf.«

Nola folgte ihren Anweisungen, und Sophia fuhr mit dem Fahrrad um das Schulgelände herum.

»Hier ist er letztens schon mal langgelaufen und hat so ’nen creepy Typen verfolgt.« Nola zeigte in Richtung Friedhof.

Sophia staunte. »Corvin? Wusste gar nicht, dass der solche Sachen macht.«

»Ja. Und genau das ist der Punkt. Wie würdest du Corvin beschreiben?«

Sophia drehte sich für einen Moment zu ihr um. »Vielleicht als Nerd. Und auch als Außenseiter. Jedenfalls ziemlich unberechenbar. So was irgendwie.«

Nola lächelte. »Korrekt. Genau diesen Eindruck hatte ich

auch von ihm. Und genau so ein Typ wird gesucht – von der Polizei.«

Sophia trat auf die Bremse. »Moment, du meinst Corvin steckt hinter der Schattenseite?«

»Ich weiß es nicht. Aber er weiß es. Und deswegen müssen wir ihn sprechen.«

Sophia bog erneut nach links ab. Nun befanden sie sich genau auf der Rückseite der Schule, die zu dieser Stunde einen großen Schatten auf die Mädchen warf. Hier gab es keine Wohnhäuser oder anderen Gebäude, nur Einöde und totes Feld.

Nola kannte diesen Platz gut. Hier stand sie regelmäßig mit anderen Schülern, um heimlich zu rauchen. Das war nämlich den Regeln zufolge auf dem Schulgelände strengstens untersagt. Doch die Schüler kannten das Loch im Zaun, das diesen Ort von der Schule trennte.

»Ist er das nicht?« Sophia zeigte gerade vor sich.

Nola beugte sich an Sophia vorbei. Und tatsächlich.

Etwa fünfzig Meter vor ihnen stand Corvin, der sie überrascht anstarrte.

Sophia fuhr die letzten Meter auf ihn zu, dann stiegen die beiden ab.

»Was macht ihr denn hier?« Corvin kratzte sich unsicher am Kopf.

»Dasselbe könnten wir dich fragen. Oder wolltest du zum Stressabbau eine rauchen gehen?« Nola kramte eine angebrochene Zigarettenschachtel hervor und streckte sie Corvin entgegen.

»Ich rauche nicht, danke.«

Nola zündete sich eine an. »Ich normalerweise auch nicht. Nur ein paar Mal am Tag, sonst echt nicht.«

Corvin lächelte verunsichert.

»Aber ehrlich, was machst du hier?«

Corvin sah sich kurz um, als würde er die Antwort darauf selber suchen. »Wir haben schulfrei bekommen, weil Dr. Herms verhaftet worden ist. Ich weiß aber nicht, warum. Jedenfalls wollte ich nicht umsonst zur Schule gefahren sein, also bin ich hierhergekommen.«

Nola sah irritiert zu Corvin. In ihr herrschte Chaos. Ihre Gedanken waren ungeordnet. Konnte dieser Junge wirklich einer der meistgesuchten Verbrecher Brandenburgs sein? Dieser hagere Junge mit zerzaustem, braunem Haar und einem derart farblosen Gesicht, dass selbst Graf Dracula einen Schrecken bekommen hätte. Konnte dieser Junge wirklich der Hacker von der Schattenseite sein?

»Was ist denn so besonders an diesem Ort?« Sophia sah Corvin misstrauisch an.

Corvin schüttelte den Kopf. »Gar nichts, dieser Ort ist überhaupt nicht besonders. Im Gegenteil … Letztes Jahr im Frühling … da hat hier ein Verbrechen stattgefunden. Ein Verbrechen, das nie aufgeklärt wurde. Und auch nie aufgeklärt werden wird.«

Sophia wollte weiter nachhaken, doch Corvin winkte ab.

»Tut mir leid, ist eine alte Geschichte. Nicht der Rede wert. Gleiche Frage zurück: Was macht ihr hier?«

Sophia sah Nola erwartungsvoll an.

»Ich wollte mit dir sprechen, Corvin. Dich etwas fragen. Ist es okay für dich, wenn Sophia dabei ist?«

Verwundert schaute Corvin erst zu Sophia, dann wieder zu Nola. »Ich denke schon. Fühlt sich an wie ein Verhör.« Er lächelte schüchtern.

»Warst du schon mal in einem?« Nola ging einen Schritt auf ihn zu.

»Nein, zum Glück noch nicht.«

»Hast du wirklich Glück. Vielleicht sollten wir uns trotzdem an die Regeln halten, die es dort gibt.«

Corvin schaute Nola eingeschüchtert an.

»Keine Falschaussagen, keine Lügen. Verstanden?«

Corvin nickte. »Alles klar. Ich bin ehrlich.«

Nola dachte für einige Sekunden nach. Sollte sie ihn erneut damit konfrontieren? Andererseits. Jetzt kannten sie sich besser. Jetzt würde er die Wahrheit sagen, Nola war sich sicher.

»Corvin, ich frage dich erneut: Bist du der Betreiber von *Schattenseite.net*?«

Kapitel 32 | Seymon
Fitnessstudio

Seymon wusste nicht, was er tun sollte. Er fühlte sich so, als wäre er in eine Falle getappt, aus der es kein Entkommen gab. Hatte sie das wirklich gerade gesagt? Wieso tat sie ihm so etwas an? Er war fassungslos. Und enttäuscht. Und hatte Angst vor den Konsequenzen.

Doch jetzt half nichts mehr. Die Wahrheit wäre früher oder später sowieso ans Licht gekommen. Dennoch druckste Seymon nur unbeholfen rum. »Ich, ich … also.«

Mehr schaffe ich nicht.

Patricia starrte ihn misstrauisch an, sagte aber gar nichts. Diana brach schließlich die unangenehme Stille.

»Also, Seymon hat es dir noch nicht erzählt?«

»Was erzählt?« Patricia musste spätestens jetzt ahnen, worum es ging.

Diana jedoch schüttelte nur den Kopf. »Oder weißt du es selber noch nicht, Seymon?«

Jetzt war auch er irritiert. Sprach sie überhaupt von ihrer Affäre mit ihm?

Er schüttelte stumm den Kopf.

»Mein Gott, seid ihr Schlafmützen. Ich dachte, deswegen seid ihr hier. Ihr habt doch frei. Wegen Dr. Herms.«

Erleichtert stieß Seymon die Luft aus, die er seit einigen Sekunden angehalten hatte.

Die zweideutigen Anspielungen hast du mit Absicht gemacht, dachte er sich.

»Ehrlich gesagt machen wir nur die ersten beiden Stunden blau«, gestand Patricia, »Machen wir jeden Mittwoch so. Was ist denn mit Dr. Herms?«

Diana lachte. »Lebt ihr denn völlig hinterm Mond? Er wurde heute Morgen verhaftet. Wegen der Schattenseite.«

Seymon stieß ein erleichtertes Seufzen aus.

Das war knapp.

»Ne, ich habe die Seite seit gestern Abend nicht mehr besucht. Was gibt's denn?« Entspannt setzte er sich auf die Hantelbank zurück.

»Völlig krank. Dr. Herms ist ein richtiger Psycho, das übertrifft echt alles. Hätte ich nicht von ihm gedacht. Der war ja schon Direktor, als ich selbst noch zur Schule gegangen bin.«

Patricia staunte. »Du bist auch mal in Vielitzsee zur Schule gegangen?«

»Ja. Keine Ahnung, warum ich jetzt schon wieder hier festsitze.« Sie zwinkerte Seymon zu, der lenkte jedoch zurück auf das Thema. »Und er wurde wirklich *verhaftet*?«

Diana nickte. Dann begann sie, in dem Sportrucksack zu wühlen, den sie bis dahin auf dem Rücken getragen hatte.

»Ja. Er hat sich an Minderjährige rangemacht. Wie dieser

Flavio. Nur, dass Dr. Herms über fünfzig ist. Und die Jungs auch nicht unbedingt auf freiwilliger Basis zu sich nach Hause gelockt hat.«

»Jungs?« Patricias Mund stand offen.

Diana schien mit ihrer Suche abgeschlossen zu haben und brachte ein Handy zum Vorschein. Sie tippte kurz darauf rum.

»Wartet, ich kann es euch zeigen.« Für einen Augenblick konzentrierte sie sich nur auf ihr Smartphone. »Aber ja, das waren tatsächlich überwiegend Jungs, mit denen er geschrieben hat. Mit so was hätte wirklich keiner gerechnet.«

Auch Patricia schien überrascht. »Ist ja völlig verrückt. Aber wenn man ehrlich ist … bisher war es ja nur gut, was die Schattenseite ans Licht gebracht hat. Geschieht eben all den Leuten recht.«

Seymon war sich nicht sicher.

Er spürte ein flaues Gefühl in seinem Magen. Wie war es möglich, dass bereits vier Menschen die Kontrolle über ihre düstersten Geheimnisse verloren hatten? Hatte er überhaupt selbst noch die Kontrolle über seine eigenen? Hatte nicht ein jeder Mensch das Recht auf Geheimnisse und deren Diskretion?

Seymon konnte es nicht sagen.

James hätte darauf eine Antwort gehabt.

Er liebte es zu philosophieren. Und fantasieren. War immer der Klassenbeste, in allen geisteswissenschaftlichen Fächern. Und allen anderen Fächern.

Doch James stand 200 Kilometer entfernt in einer Arztpraxis und absolvierte ein Praktikum. War angehender Mediziner.

Seymon dagegen musste sich mit der Angst rumschlagen, jemand könnte hinter die Affäre mit seiner Lehrerin kommen.

Erst als Diana ihm das Handy direkt vor die Nase hielt, erwachte Seymon aus seiner Tagträumerei.

Die Schattenseite war geöffnet.

»Hat schon über 110.000 Aufrufe. Ist doch megakrass, oder?«

Diana wackelte so sehr mit ihrer Hand, dass Seymon die genaue Zahl nicht erkennen konnte. Doch sie war sechsstellig, so viel konnte er erkennen. Wie war das möglich?

Inzwischen hatte sich Patricia erneut eine Hantel gegriffen und fuchtelte wie wild damit herum. »Oh, Mann! Es ist so spannend, wer als Nächstes dran sein wird.«

»Weiß man aber noch nicht.« Diana setzte sich neben Seymon, hielt ihm das Handy noch immer vors Gesicht. »Allerdings soll heute Abend noch ein Überraschungskandidat veröffentlicht werden. Wenn die Seite 200.000 Aufrufe knackt.«

Patricia sprang vor Freude in die Luft. »Wahnsinn! Dann mal Daumen drücken, dass die Aufrufe erreicht werden. Ist das spannend!«

»Entspann dich!« Seymon warf ihr einen vorwurfsvollen Blick zu. »Für diese Leute ist das sicherlich gar nicht cool.«

Patricia tätschelte ihn verständnisvoll. »Bestimmt wegen Nathan, richtig? Kann ich verstehen. Er hat ja nicht mal was gemacht.«

Eigentlich schon, dachte sich Seymon. *Doch was weißt du schon.*

Inzwischen versuchte er zu erkennen, was über Dr. Herms veröffentlicht wurde.

Offensichtlich wieder mehrere Dokumente. Oder Bilder. Oder Screenshots, Seymon erkannte es nicht genau.

»Hier, den Scheiß musst du dir auf jeden Fall geben.«

Diana scrollte kurz etwas herum, legte ihm dann das Handy auf den Schoß. Seymon hob es an und las sich den Chatverlauf durch, der scheinbar zwischen Dr. Robert Herms und einem Typen namens Billie stattgefunden hatte.

»Billie ist in der Sechsten, er ist in meinem Mathekurs. Ich kann das einfach nicht fassen.« Diana schüttelte den Kopf.

Seymon schaute zurück auf das Bild.

ROBERT
Hallo Billie, stimmt es, was mir deine Klassenlehrerin heute erzählt hat? ☺
LG Herr Dr. Herms

BILLIE
Es tut mir leid, Herr Herms.
Ich verspreche, dass ich nicht mehr im Unterricht stören werde.

ROBERT
Du weißt, dass ich ansonsten mit deinen Eltern sprechen muss? ☺

BILLIE
Ja, das haben Sie mir ja schon gesagt. Es tut mir wie gesagt leid.

ROBERT
Das reicht leider nicht. Ich kann dir aber einen Kompromiss anbieten, es muss aber unter uns bleiben. Also nicht deinen Eltern erzählen, in Ordnung? ☺

BILLIE
Okay, versprochen. Was denn?

ROBERT
Schick mir doch einfach mal ein Foto von dir. ☺

BILLIE
Was soll das bringen? Check ich nicht.

ROBERT
Dann kann ich sehen, ob du gerade keinen Unsinn machst, wie in der Schule. Das würde mir helfen, dir zu glauben. ☺

BILLIE
Ähm, okay. Jetzt direkt?

ROBERT
Ja, jetzt direkt. Geh doch gerne mal vor deinen Badezimmerspiegel. Und dann ziehst du einfach dein –

Seymon sah auf. Weiter wollte er nicht lesen. Weiter konnte er nicht lesen.

Unfassbar.

»Davon gibt es einfach noch vier weitere Chats. So ein Freak!« Diana nahm ihm das Handy wieder ab.

»Hätte ich bei meinem Bewerbungsgespräch gewusst, dass er so was in seiner Freizeit macht …«

Vor Seymons Augen drehte sich alles.

»Er hat es so verdient! Die Schattenseite ist der Wahnsinn!«

Patricia sprang freudig in die Luft. Mindestens zwei Meter. Und machte zehn Klimmzüge. Alles drehte sich, immer schneller. Entblößte Hintern tanzten vor Seymon.

Diana machte zwanzig Klimmzüge hinterher. Eine Gruppe von Billies grüßte Seymon. Er konnte sich nicht länger halten, ließ die Klimmzugstange los und fiel viele Meter in die Tiefe – in den Mund von Nathan. Dieser freute sich, er liebte ihn schließlich.

Diana war dort. Und James. Sie sangen und tanzten und sprangen. Ihre Schatten waren riesig.

Was passiert hier?

Ärzte rannten an Seymon vorbei. Zigaretten wurden in seinen Mund geschoben. Eine hübsche Kellnerin servierte ihm Handschellen. Sein Vater lachte. Seine Mutter lachte. Und schluckte eine Tablette. Und baute einen Unfall. Und starb.

Alles drehte sich.

Das Fitnessstudio.

Ein kühles Tuch wurde ihm an die Stirn gedrückt.

»Seymon, alles in Ordnung?«

Er versuchte sich zu orientieren, hatte jedoch Schwierigkeiten. Offensichtlich lag er in Patricias Arm.

»Du bist umgekippt!«

Er kniff seine Augen noch einmal fest zusammen.

»Er muss definitiv mehr Wasser trinken, bestimmt ist er dehydriert.« Diana war also noch immer bei ihnen.

Langsam rappelte Seymon sich auf.

»Nicht so schnell, Schatz.«

Patricia half ihm wieder auf die Beine. Schwächelnd sah er sich nach den Umkleiden um. Und wurde fündig.

»Bist du sicher, dass du das schaffst?«

Seymon nickte nur und humpelte los. Vorbei an Fitnessfreaks und Ausdauerläufern, an Sportskanonen und Bodybuildern. Direkt in die Herrenumkleide zu seinem Spind.

Mit seiner Magnetkarte schloss er auf, wühlte in seinem Rucksack – und fand die Plastikdose mit den kleinen, weißen Kapseln. Er warf sich direkt zwei in den Mund, würgte sie runter und ließ sie auf sich wirken.

Jetzt war alles still.

Es drehte sich nichts mehr. Die Kabine war ruhig. Keine Ärzte, keine tanzenden Freunde oder Brüder.

Nur Flavio mit einem blauen Auge und …

Seymon hielt inne. Flavio?

»Alter, was machst du denn hier?«

Erst jetzt bemerkte Flavio auch Seymon. Erfreut stand er auf und umarmte seinen Kumpel. Er wirkte geschwächt, seine Stimme war leicht kratzig. »Ich mach hier Sport, so wie du. Wie geht's dir?«

Seymon ignorierte die Frage und betrachtete fasziniert das blutunterlaufene Auge.

»War irgendein Spast. Ich kannte ihn nicht. Der ist mit so 'ner Assikarre mit seinen Kollegen bei uns vors Haus gefahren und hat mich rausgelockt. Bei uns zu Hause, checkst du?«

Seymon nickte schockiert.

»Die sind komplett gestört. Irgendwer hat meine Adresse geleakt. Die bezeichnen mich als Pädo und Vergewaltiger. Kannst du dir vorstellen, wie sich das anfühlt, Mann?« Er kratzte sich nervös an der Brust. »Meine Zeit ist abgelaufen, Dicker!«

»Hast du 'nen Plan?«

»Ich verpisse mich. Ehrlich. Ich ziehe nach Berlin oder so. Weg von hier.«

Seymon nickte. »Klingt fair. Schreib mir, okay?«

Flavio legte seine Hand auf Seymons Schulter und schaute ihn eindringlich an. »Seymon, ich hoffe, du weißt, was hier gespielt wird.«

»Wie bitte?«

Flavio grinste.

»Ich. Mila. Nathan. Der Herms. Ich denke, wir beide wissen, wer der Nächste sein wird. Es kann nur einer sein.«

Seymon zuckte zusammen. »Nein. Du irrst dich. Auf keinen Fall!«

Aus Flavios Grinsen wurde ein provokantes Lachen.

»Oh doch, Seymon. Und morgen wird es die ganze Welt wissen!«

Kapitel 33 | Corvin

Hinter der Schule

Er wusste nicht, was er antworten sollte. Doch er wusste, dass er sich mit jeder weiteren Sekunde, die er darüber nachdachte, mehr und mehr verdächtig machte. Unsicher schaute er die beiden Mädchen an.

Wieso hatten sie ihn unter Verdacht? Und wieso war er sich selber plötzlich so unsicher?

Doch je länger er darüber nachdachte, desto absurder erschien ihm, dass er der Betreiber der Schattenseite sein konnte, ohne dass er davon den Hauch einer Ahnung hatte. Er war kein Schlafwandler. Und litt nicht an Amnesie. Ausgeschlossen, dass er die Seite veröffentlicht hatte …

»Nein.«

Die Antwort schien die beiden Mädchen nicht zufriedenzustellen. Sophia und Nola wandten ihre eisernen Blicke noch immer nicht ab.

»Nein, ich bin nicht der Betreiber der Schattenseite. Versprochen.«

Corvin spürte Nolas Enttäuschung. Sie warf ihre Zigarette auf den Boden und trat sie aus. »Okay, kein Problem.« Sie klopfte ihm auf die Schulter. »Ist ja sogar gut. Ich hätte dir eigentlich auch nicht zugetraut, so ’nen kranken Scheiß durchzuziehen.«

Corvin war sich nicht sicher, ob er das als Kompliment deuten sollte. Trotzdem war er froh, nicht mehr in ihrer Schusslinie zu stehen. Er wollte sich verabschieden, als plötzlich eine Erinnerung in seinem Kopf aufblitze.

»Da ist aber etwas.«

Die beiden Mädchen, die sich bereits abgewendet hatten, blieben stehen und drehten sich wieder zu ihm um.

»Herr Schneider. Ich habe ihn gesehen. Gerade als Dr. Herms von der Polizei abgeführt wurde. Er hat gelächelt, wirklich. Er hat sich offensichtlich richtig gefreut.«

Nola war verwirrt. »Wer ist denn jetzt Herr Schneider?«

»Der stellvertretende Direktor an unserer Schule.« Corvin biss seine Zähne zusammen. »Und Informatiklehrer. Von ihm habe ich mein grundlegendes Wissen über Programmierung.«

»Okay, aber noch mal zurück: Du meinst, er hat sich darüber gefreut, dass Dr. Herms verhaftet wurde?« Sophia starrte ihn ungläubig an.

»Ja, so was. Traurig schien er darüber definitiv nicht zu sein.«

Nola schien nicht sonderlich überzeugt. »Okay, ist aber vielleicht auch logisch. Herr Schneider mag in diesem Fall zwar nicht der loyalste stellvertretende Direktor sein, aber ich würde mich auch freuen, wenn ich von nun an das Sagen hätte. Er wird wohl jetzt, zumindest fürs Erste, der neue Direktor sein.«

»Sicher verdient man dann auch mehr«, ergänzte Sophia.

Nola nickte. »Ja. Das muss aber noch lange nicht heißen, dass er die Schattenseite programmiert hat.«

Corvin musste ihr zustimmen. Das Motiv war zwar deutlich – Geld, Macht, Ansehen –, aber längst kein Beweis dafür, dass Herr Schneider ein Psychopath war, der mehrere Schüler und anschließend sogar den Direktor hackt, nur um an dessen Position zu kommen.

Selbst wenn er in der Lage dazu wäre, an diese Art von privaten Daten zu kommen, müsste er wohl kaum ein großes Spiel daraus machen und zusätzlich eine Website programmieren. Er hätte die Chatverläufe, die beweisen, dass sich sein Vorgesetzter an Minderjährigen vergreift, auch anonym der Polizei zukommen lassen können. Erst recht ergab es keinen Sinn, mehrere Schüler öffentlich auflaufen zu lassen. Denn das Ansehen der Schule litt darunter deutlich. Für Herrn Schneider als neuen Direktor also erst einmal eine Mammutaufgabe, das Image seiner Schule wiederherzustellen.

Außerdem war da noch etwas anderes.

Etwas, das Corvin nicht aus dem Kopf ging, seit er das erste Mal von der Schattenseite gehört hatte. Und von dem er längst hätte jemandem erzählen müssen.

Bevor er darüber weiter nachdenken konnte, packte ihn jemand an der Schulter. Erschrocken drehte sich Corvin um und blicke direkt in das grimmige Gesicht eines Polizisten.

»Corvin, wir müssen reden.«

Kapitel 34 | Seymon

Seymons Zuhause

Ein Wassertropfen fiel auf das vollgekritzelte Blatt Papier. War es Schweiß oder eine Träne?

Er wusste es selbst nicht.

Alles Buchstabensalat. Nichts wollte Sinn ergeben.

Ganzheitliche Rationalisierungskonzepte.

Was sollte das sein? Morgen musste er es wissen. Morgen war der große Tag. Seine Leistung musste stimmen. Er musste beweisen, dass er sich das alles merken konnte.

Investitionen, Kostensenkungen, Verringerung der Durchlaufzeiten, Zeiteffizienz und Flexibilität.

Wenn er diese Wörter morgen nicht mehr im Kopf hatte, gab es Punktabzug.

Bei Punktabzügen drohte eine schlechte Note. Eine schlechte Note senkte den Schnitt. Ein gesunkener Schnitt bedeutete verringerte Berufsmöglichkeiten. Verringerte Berufsmöglichkeiten konnten zu schlechter Jobwahl führen. In einem schlechten Job gab es ein geringeres Einkommen. Geringes Einkommen hieß schlechte Lebensqualität. Und schlechte Lebensqualität führte unweigerlich zum frühen Tod.

In dieser Klausur musste er punkten. In seinem Leben musste er punkten.

Seymon zerknüllte das mittlerweile vollgeschriebene Blatt und warf es auf einen Haufen weiterer zerknüllter Papierbälle.

Wirtschaft machte ihn fertig. Wie beinahe jedes andere Schulfach. Schon früher in der Grundschule hatte Seymon Schwierigkeiten. Er war einer der Letzten, die lesen und schreiben konnten. Immer wieder verdrehte er Buchstaben und hatte Verständnisprobleme. An welcher Stelle begannen Sätze, an welcher hörten sie auf?

Und als sich die anderen Kinder mittags, wenn die Schule vorbei war, verabredeten, um miteinander verstecken zu spielen oder Sammelkarten zu tauschen, hockte Seymon alleine in seinem Zimmer und musste Bücher abschreiben. So lange, bis er sie verstand. So lange, bis er so gut lesen und schreiben konnte wie sein großer Bruder James, der diese Fähigkeiten bereits in der Vorschule besessen hatte. Ehe Seymon das ebenso gut konnte wie sein Bruder, hätte sein Vater ihn niemals mit den anderen Kindern spielen lassen.

Und exakt so fühlte sich Seymon auch in diesem Moment. Wie gefangen in seinen eigenen vier Wänden, dazu verdammt, sich Wissen anzueignen, das er nie wieder im Leben brauchen würde, aber trotzdem darüber entscheiden sollte, wie sein Leben sich später gestalten könnte.

Unglücklich blätterte Seymon durch die Seiten des alten Wälzers, den sie Anfang des Schuljahres ausgehändigt bekommen hatten. Eigentlich viel zu schwer, um ihn dreimal die Woche mit zig weiteren Büchern zur Schule zu schleppen. Von wegen, *digitales Zeitalter.*

Er blätterte zwölf Seiten weiter, bis zu der Stelle, an der er eine Markierung hinterlassen hatte. Bis hierhin musste er morgen top informiert sein.

Das wird eine lange Nacht.

Er nahm einen großen Schluck von seinem Proteinshake und wollte gerade mit seinem Kugelschreiber ansetzen, als er hörte, wie die Haustür aufgeschlossen wurde.

Sein Vater. Er musste sich heute früher freigenommen haben, denn normalerweise war er bis spät abends weg. Gemeinsame Zeit verbrachte er mit Seymon kaum. Nur wenn James zu Besuch war, nahm sich ihr Vater frei.

»Besondere Anlässe, sonst nicht.«

Seymon konnte sich nicht erinnern, dass sein Vater sich einmal für ihn freigenommen hatte.

Brauchte er aber auch nicht.

Wenn es nach Seymon ging, musste sein Vater abends gar nicht mehr nach Hause kommen.

Seymon lauschte. Sein Vater schien zu telefonieren.

Vorsichtig schlich er sich an seine Zimmertür und öffnete diese einen Spalt, um besser verstehen zu können, worum es in dem Telefonat ging. Vielleicht war es ja interessant. Alle Male interessanter als das *Rationalisierungskonzept von Taylor und Ford in der frühen Sowjetunion der 20er-Jahre.*

»Wir werden das definitiv wiederholen, ja.«

Sein Vater lief gerade durch den Flur, Seymon konnte ihn gut verorten.

»Nein, mach dir keine Sorgen. Von mir erfährt das keiner.«

Gespannt lauschte Seymon, gab dabei keinen Laut von sich.

»Natürlich bin ich nicht sauer. Dann eben morgen wieder. Ich verstehe ja, dass du momentan viel zu tun hast.«

Mit wem telefoniert er?

»In Ordnung, pass auf dich auf. Morgen nach der Arbeit komme ich dann aber wirklich zu dir.«

Wohin soll er kommen?

»Mach's gut, bis morgen!«

Er legte auf, zog seine Jacke aus und kam die Treppen rauf!

Leise schloss Seymon die Tür, hechtete zu seinem Schreibtischstuhl und tat gerade rechtzeitig wieder so, als würde er seit Stunden intensiv lernen, als sein Vater das Zimmer betrat.

»Guten Abend, Seymon.«

»Hallo.« Seymon drehte sich um und tat überrascht. »Was machst du denn schon hier?«

Sein Vater lächelte. »Habe mir früher freigenommen. Besonderer Anlass.«

»Ach wirklich? Wieder eine Überraschungsfeier für James?«

Er schüttelte den Kopf. »Nein, Quatsch. Ich dachte, wir könnten mal etwas starten. Gemeinsam.« Log er ihn gerade an?

»So Vater-Sohn-mäßig. Was sagst du? Wollen wir Fußball schauen?«

Seymon war irritiert. So etwas hatte sein Vater ihn noch nie gefragt. »Ich, ähm.« Er deutete auf seinen Schreibtisch. »Ich muss noch ’ne Menge lernen. Du weißt doch, morgen schreibe ich Wirtschaft.«

Die Miene seines Vaters wurde düsterer. »Verstehe, das hat natürlich absolute Priorität. Sehr vernünftig, Seymon. Leg dich ins Zeug, dann wird was aus dir.« Er wollte den Raum bereits verlassen, aber Seymon hielt ihn zurück.

»Mit wem hast du eben telefoniert?«

»Bitte?« Ertappt schaute sein Vater ihn an.

»Mit wem du eben telefoniert hast. Beim Reinkommen.«

»Sind die Wände etwa so dünn?« Gequält lachte sein Vater. »Das war beruflich. Ein Arbeitskollege, nichts Wildes.«

Seymon nickte. Sein Vater log ihn tatsächlich an.

»Okay, alles klar. Dann sehen wir uns beim Essen.«

Sein Vater nickte und verließ den Raum. Seymon drehte sich wieder zu seinem Schreibtisch, als die Tür noch einmal geöffnet wurde.

»Du, Seymon. Weißt du eigentlich was von dieser … dieser Schatten … ähh … Schattensache?«

»Schattenseite?«

»Ja, richtig. Weißt du was darüber?«

Seymon schüttelte den Kopf. Jetzt wusste sogar sein Vater davon. Sein Vater, der mit den Begriffen *Snapchat* oder *Instagram* ebenso wenig anfangen konnte wie mit schlechten Schulnoten oder geschwänzten Trainingsstunden beim Fußball.

»Alles klar, kein Problem. Habe darüber heute was gelesen.« Sein Vater kratzte sich am Kopf.

»Fühlst du dich eigentlich fit?«

Seymon zuckte gleichgültig mit den Schultern.

»Du solltest fit sein. Am Freitag hast du ein wichtiges Spiel. Gesundes Essen und viel Schlaf, so lautet die Devise. Verstanden?«

Seymon knirschte mit den Zähnen. Er hasste Anweisungen. Vor allem, wenn sie aus dem Mund seines Vaters kamen.

»Ich muss noch Wirtschaft lernen. Keine Ahnung, ob ich genug Schlaf bekomme.«

Sein Vater schüttelte nur verständnislos den Kopf. »Vielleicht dann einfach mal an deinem Zeitmanagement schrauben, wie wäre das? Etwas weniger Zeit mit deinen Freundinnen verbringen, etwas mehr Zeit an deinem Schreibtisch sitzen. Ist doch eine einfache Rechnung. Einfach machen. Machen, machen, machen.« Mit diesen Worten schloss sein Vater die Tür. Hoffentlich ein für alle Mal.

Zurück ließ er einen verzweifelten Seymon, der nicht wusste, wo ihm der Kopf stand.

Die Klausur, das Fußballspiel, die Situation mit Patricia und die Schattenseite. Seymon hätte nicht sagen können, wie es schlimmer kommen könnte, wenn nicht im nächsten Moment sein Handy vibriert hätte.

Nathan hatte ihm eine SMS geschickt und ihn darin aufgefordert, sofort die Schattenseite zu besuchen. Seymon folgte der Aufforderung und stellte fest, dass all seine Befürchtungen begründet waren. Sein eigener Name stand auf der Schattenseite, darunter der Kommentar, dass er bei 500.000 Aufrufen den schrecklichsten Tag seines Lebens erleben würde. Seymon war das nächste Opfer. Und nur wenige Stunden davon entfernt, seine düstersten Geheimnisse an die Weiten des Internets zu verlieren.

Kapitel 35 | Corvin

Hinter der Schule

Er versuchte, sein Zittern zu unterdrücken, doch er hatte endgültig die Kontrolle über seinen Körper verloren. Jetzt musste er wie ein Schwerverbrecher wirken, der auf frischer Tat ertappt worden war.

Dabei hatte er, solange er sich richtig erinnerte, nicht einmal etwas Verbotenes getan.

Das einzige Verbrechen, das Corvin je begangen hatte, war, eine Kaugummipackung aus dem Supermarkt zu klauen. Corvin hatte danach ein derart schlechtes Gewissen, dass er sich am nächsten Morgen zurück in den Laden geschlichen hatte, sich erneut eine Packung Kaugummis griff, diese ordnungsgemäß bezahlte und noch ein drittes Mal in den Laden ging, um die bezahlte Packung zurück ins Regal zu legen.

Ausgleichende Gerechtigkeit, eine simple Rechnung.

Nola und Sophia starrten Corvin verwundert an, während Erich Stiehl seine Frage zum dritten Mal wiederholte. »Corvin, hast du nun fortgeschrittene Programmierkenntnisse oder nicht?«

Corvin nickte. »Doch, ich kenne mich aus.«

»Sehr gut.« Der Kommissar machte sich ein paar Notizen.

Unsicher warf Corvin einen Blick zu den Mädchen. Nola war völlig blass.

Weshalb?

Sophia kam einen Schritt näher. »Ist das eine offizielle Befragung?«

Kommissar Stiehl lächelte. »Das ist eine *offizielle* Befragung, richtig.«

Sophia ließ sich nicht abschütteln. »Muss die Befragung nicht auf der Polizeiwache stattfinden?«

Der Mann kratzte sich am Kinn. »Corvin, möchtest du mit mir auf die Wache fahren?«

Corvin schüttelte den Kopf.

Eigentlich will ich jetzt nach Hause fahren.

»Ich will dich auch nicht ausquetschen, alles halb so wild. Eigentlich möchte ich nur von dir wissen, ob du noch mehr Leute kennst, die sich für Programmierung interessieren.«

Corvin dachte nach. »Nicht viele. Mein Informatiklehrer, Herr Schneider.«

»Arnold Schneider, der stellvertretende Direktor?«

Kommissar Stiehl hatte seine Hausaufgaben gemacht. Corvin bestätigte seine Vermutung. »Durch ihn bin ich überhaupt erst zur Programmierung gekommen. Er hat aktuell einen Kurs mit einigen Schülern.«

Der Kommissar machte fleißig Notizen.

»Ich kann aber wirklich nicht sagen, wie deren Skills sind.«

Einige Sekunden vergingen, bis Kommissar Stiehl seinen Kugelschreiber wieder hinter das Notizheft klemmte.

»Und *Skills* steht für so was wie Erfahrung, richtig?«

Corvin nickte. »Ja, das ist Englisch.«

»Jugendslang, alles Jugendslang. Meine Güte, gehen die Jahre ins Land.« Stiehl kratzte sich am Kinn.

»Alles klar, danke, Corvin. Das hilft uns auf jeden Fall weiter. Hier sind wir jetzt erst mal durch.«

Hatte der Kommissar ihn deswegen aufgespürt? Damit Corvin ihm von seinem Informatiklehrer erzählen konnte?

»Sie verdächtigen mich, richtig?«

Überrascht sah der Kommissar ihn an. »Dich? Ich denke erst einmal nicht. Oder gestehst du deine Tat?« Er lachte. Corvin dagegen musste schlucken.

»Erst einmal müssen wir uns über die Fakten bewusst werden. Solange wir keine Beweise haben, können wir niemanden verdächtigen.«

Corvin nickte nachdenklich.

»Wobei mich natürlich Folgendes trotzdem interessieren würde.« Kommissar Stiehl tippte auf Corvins Brust. »Wärst du dazu in der Lage? Könntest du so eine Website programmieren?«

»Dürfen Sie das überhaupt fragen?«, grätschte Sophie rein. Der Kommissar presste seinen Zeigefinger gegen seine Lippen. »Pscht.«

Er schaute zurück zu Corvin. »Was sagst du? Könntest du?«

Corvin schüttelte den Kopf. »Nein.«

Mit einem Seufzen ließ Kommissar Stiehl sein Notizheft in seiner Jackentasche verschwinden. »Na dann. Vergessen wir das alles. Kann ich euch nach Hause bringen? Mein Wagen steht direkt um die Ecke.«

Corvin schüttelte den Kopf. Auch Sophia lehnte ab. »Wir sind mit dem Fahrrad hier, alles gut.«

Stiehl schaute zu Nola. Diese blickte kurz zu Corvin, dann zu Sophia und zuckte unsicher mit den Schultern. »Okay, warum nicht.«

»Bist du sicher? Ich kann dich auch wieder mit dem Fahrrad mitnehmen?«

Nola lachte gequält. »Alles gut, danke, Sophia. Meine Mutter arbeitet doch auch bei der Polizei, ich habe nichts zu befürchten.«

Kommissar Stiehl klatschte in die Hände, zündete sich dann eine Zigarette an und ging los. Nola folgte ihm.

»Tschüss, bis morgen!«

Bis morgen, Nola. Pass auf dich auf.

Gemeinsam mit Sophia trat Corvin den Rückweg an.

Diesen Tag würde er so schnell nicht vergessen.

Der Schuldirektor, der seine minderjährigen Schüler zu intimen Fotos überredete, war verhaftet worden. Herr Schneider machte sich zu einem Verdächtigen. Er selbst war verdächtigt worden, und das sogar von seiner langjährigen Nachbarin. Und er wurde von der Polizei befragt. So voll waren seine Tage schon lange nicht mehr.

Etwa zehn Minute später erreichten Corvin und Sophia ihr Zuhause. Mittlerweile dämmerte es und ein kühler Wind drang unter Corvins Strickjacke. Er fröstelte.

»Möchtest du noch mit zu mir kommen?«

Hatte sie ihn das tatsächlich gefragt?

»Mit zu dir?«

Sie schmunzelte. »Ja, mit zu mir.«

Entweder spielte ihm sein Verstand einen Streich oder Sophia hatte ihm gerade zugezwinkert.

»Ähm, klar. Ich stelle nur kurz mein Fahrrad in die Garage.«

Corvin wühlte nach seinem Schlüssel, was sich mit eingefrorenen Fingern als schwierig herausstellte, schloss das Tor der Garage auf und schmiss sein Fahrrad in die Dunkelheit.

Hektisch verschloss er das Tor wieder und folgte Sophia, die bereits an der Haustür auf ihn wartete.

»Schuhe aus?«

Sophia lachte. »Du warst doch schon öfter hier.«

Ich Idiot.

Corvin öffnete seine Schnürsenkel und schlüpfte aus seinen Sneakers. Im Haus roch es nach Früchtetee. Fast weihnachtlich.

»Komm jetzt, wir gehen in mein Zimmer.«

Sophias Zimmer. Dort ist er noch nie gewesen. Im Wohnzimmer tatsächlich einige Male. Sophias Familie veranstaltete jedes Jahr ein gemeinsames Nachbarschaftsgrillen. Ab und zu hatte Corvin dabei auch das Haus betreten. Und wenn er Tommy Nachhilfe gab, dann musste er durch den Flur und ging sogar die Treppen hoch.

Allerdings bog er dann immer direkt nach rechts in Tommys Zimmer ab.

Dieses Mal jedoch folgte er Sophia nach links – in ihr Zimmer.

Corvins Herz begann, schneller zu schlagen.

Das ist kein Date, sie will nur mit mir abhängen.

Er versuchte, cool zu bleiben, doch in seinem Kopf skizzierte sich eine Fantasie nach der anderen.

Wir gehen rein. Sie legt sich aufs Bett. Und will, dass ich mich zu ihr lege. Und küsst mich. Und zieht meinen Pullover aus.

Wir gehen rein. Sie sagt, ich soll mich aufs Bett legen. Ich lege mich auf den Rücken. Sie krabbelt zu mir und greift an meinen Hosenstall.

Wir gehen rein. Sie zieht sich die Hose aus. Und die Unterhose. Und legt sich unter die Bettdecke. Und klopft mit den Händen aufs Bett.

Wir gehen rein. Sie drückt mich gegen die Tür, steckt mir ihre Zunge in den Hals, greift mir in meinen Schritt.

Wir gehen rein, sie legt sich ins Bett, ich lege mich zu ihr, sie nimmt meine Hand und führt sie in ihre Hose.

Sophie ging voran, Corvin folgte ihr. Sie verschloss die Tür und legte sich aufs Bett.

Corvin sah sich um. Ihr Zimmer sah anders aus als erwartet. In seiner Vorstellung hatte sie haufenweise Poster von

Popstars an den Wänden, einen großen Schrank, überfüllt mit bunter Kleidung. Und einen Schreibtisch voller Skizzen und Zeichnungen. Auf dem Boden Wäsche, irgendwelche Magazine und natürlich ein weicher Teppich.

Doch stattdessen entpuppte sich Sophia als Minimalistin. Ihre Bettwäsche war simpel weiß, es gab zwei Kopfkissen. Keine Teddybären oder Wolldecken.

Es gab zwar einen Schreibtisch und auch einen Kleiderschrank, beide aber ordentlich und unauffällig. Der Boden wirkte kalt, statt eines Teppichs gab es nur glänzendes Laminat. Die Rollläden waren heruntergelassen, eine kleine Lavalampe warf ein diffuses, orangeblaues Licht in den Raum.

»Setz dich ruhig zu mir, der Schreibtischstuhl ist zu ungemütlich.«

Corvin konnte sich ein Grinsen nicht unterdrücken.

»Was ist los? Noch nie mit einem Mädchen in einem Bett gesessen?« Sophia sah ihn herausfordernd an.

Corvin begann zu stottern.

»Das war ein Witz. Komm jetzt her!«

Ein drittes Mal ließ Corvin sich das nicht sagen und setzte sich zu ihr. Aus diesem Blickwinkel wirkte ihr Zimmer gar nicht mehr ungemütlich. Er fühlte sich sogar eigentlich ziemlich wohl.

»Gibt's eigentlich Neuigkeiten auf der Schattenseite?«, fragte Sophia. Corvin zuckte nur mit den Schultern. »Kein Plan. Habe lange nicht mehr nachgesehen.«

Sophia zückte ihr Handy. Sie tippte etwas ein, wartete einige Sekunden und erschrak.

»Das gibt's doch nicht, guck dir das an.«

Corvin las den Text, der auf der Website abgedruckt war.

500.000 Aufrufe und Seymon Huth wird den schrecklichsten Tag seiner Zeit erleben.

»Wie verrückt ist das denn?« Sophia schüttelte den Kopf. »Das ergibt alles gar keinen Sinn. Ich habe so Angst, dass die mich auch gehackt haben.«

»Wurdest du nicht.«

Corvin zuckte zusammen. Hatte er das gerade wirklich gesagt?

Auch Sophia schien deutlich überrascht. »Wie … wie meinst du das?«

Corvin versuchte sich zu sammeln.

Die richtigen Worte, die richtigen Worte.

»Ich denke … ich denke nicht, dass du gehackt wurdest.«

»Du denkst das oder du weißt das?«

Sophias Blick fühlte sich wie eine geladene Waffe an, die auf ihn gerichtet war.

»Ich … ich denke das. Ich glaube, es gibt ein System.«

Sophia war noch immer nicht überzeugt. »Corvin, du kannst einem manchmal echt Angst machen. Ich schwöre dir, das klang eben kurz so, als wüsstest du das.«

»Was?«

»Als wüsstest du, dass ich nicht gehackt wurde.«

Sophia sah ihn an. Er sah sie an.

»Woher soll ich das denn bitte wissen?«

Sophia dachte kurz nach. Dann flüsterte sie: »Vielleicht weil du doch der Hacker bist. Und dazu noch ein guter Lügner.«

In Corvin zog sich alles zusammen. Sein Kopf begann zu schmerzen, seine Zunge brannte.

Er kniff seine Augen fest zusammen und holte tief Luft. Dann sah er wieder zurück zu Sophia. Lächelte kurz. Öffnete den Mund. »Okay. Ja. Vielleicht weiß ich doch mehr über die Schattenseite, als ich zugegeben habe.«

Kapitel 36 | Nola

In einem Hobbykeller

Es roch im ganzen Raum nach Rosenwasser, das sich mit dem Mief eines Kellers mischte. Die Wände waren mit einer Tapete aus den 80er-Jahren verkleidet. Eine Ledercouch und zwei Matratzen boten die einzigen Sitzmöglichkeiten. Und außer der kleinen Nachttischlampe, die provisorisch direkt neben eine Steckdose gestellt worden war, befand sich in diesem Raum rein gar nichts.

Kälte und Einsamkeit. Das erzählte dieses Zimmer.

So stellte es sich Nola im Puff vor. Keine Bilder an den Wänden, keine Regale und Schränke. Dafür aber die Matratze in Kingsize-Größe.

Und weit hergeholt war das auch nicht. Zwar befand sich Nola in keinem Freudenhaus, aber die Sinnhaftigkeit dieses Raums kam der eines Puffs schon sehr nah.

Hier würde sie gleich körperlich werden. Mit *ihm*. Gegen Geld. Oder ein anderes Geschenk, das Nola sich wünschte. Der einzige Unterschied zu einer Prostituierten bestand darin, dass sie jederzeit aufhören konnte. Dass sie sich ihren Partner ausgesucht hatte. Dass sie von niemandem gezwungen wurde.

Jedenfalls gab sich Nola dieser Illusion hin. Das half ihr beim Einschlafen. Doch stimmte das überhaupt? Oder war sie längst Opfer ihrer eigenen Zwänge geworden, gegen die sie nicht ankommen konnte?

Andererseits.

Wo unterscheide ich mich von anderen Mädchen? Mädchen, die Beziehungen mit Typen führen, die sie sowieso nicht glücklich machen. Die nur mit ihnen schlafen, um sich nicht alleine zu fühlen und um sich dem täuschenden Gefühl der wahrhaftigen Liebe hinzugeben. Ich bekomme wenigstens Kohle. Und Geschenke. Die Mädchen vielleicht Tripper und später eine eiskalte Abfuhr.

Nihilistische Ansichten. Dem war sich Nola bewusst. Aber was blieb ihr anderes übrig. Immerhin kletterte gerade ein durchtrainierter Mann zu ihr aufs Bett, würde in den nächsten Minuten ihren Körper streicheln und sie anschließend ausziehen.

Jetzt würden die meisten Mädchen zusammenbrechen, dachte sich Nola. *Angst haben. Eingehen. Und es dennoch über sich ergehen lassen.*

Aber nicht sie. Für sie war das ein Spiel. *Das Spiel mit ihm.*

Sie ließ sich darauf ein, ließ seine Finger über ihren Körper gleiten und genoss seine Nähe und die Kraft, die von ihm ausging.

»Kannst du mir demnächst noch einmal einen Gefallen tun?« Sie flüsterte verführerisch.

Er hielt kurz inne, fuhr dann aber weiter mit seiner Hand über ihre Schultern.

»Um was für ein Geschenk geht es?« Sein Atem roch nach Zigarette.

Sie überlegte, wie sie ihm klarmachen konnte, dass sie eine Pistole brauchte.

Kein Mädchen würde sich so ein Geschenk wünschen, dachte sie. Und genau konnte sie sich selbst nicht erklären, woher ihr großes Interesse für Waffen rührte.

Vielleicht, weil so viel Macht von ihnen ausging.

Vielleicht, weil man sich stärker mit ihnen fühlte.

Vielleicht, weil der Kick des Verbotenen süchtig machte.

Definitiv bin ich nicht normal. Das war ihr klar.

Er küsste ihre Ohren.

Sie stieß ihn vorsichtig weg. Sie hasste Küsse.

»Also? Was möchtest du haben?«

Nola dachte kurz nach, zierte sich aber nicht lange, ihm die Wahrheit zu sagen.

»Eine Pistole. Eine echte SFP9.«

Ihr Gegenüber nahm die Hände von ihr. »Was willst du denn damit? Ehrlich, das geht auf keinen Fall.«

»Bitte, bitte, bitte.« Sie legte ihre Hände auf seine Brust. »Ich will sie einfach nur haben.«

Er räusperte sich kurz, stand dann auf. Zog seine Hose aus. Und seine Unterwäsche.

»Nein, Nola. Die Machete war schon zu viel. Eine Pistole wäre ordnungswidrig.«

Nola biss sich auf ihre Lippen.

»Was du gleich mit mir machst, ist ordnungswidrig.«

Er kroch wieder auf sie zu, doch sie wich zurück. »Was ist nun?«

»Nein.«

Enttäuscht schloss Nola die Augen. Und stand auf. »Okay, dann nicht.« Sie ging zu ihrem Mantel, zog ihn sich über und wollte gerade den Raum verlassen, als er sie an ihrer Schulter festhielt.

»Du kannst jetzt nicht gehen.«

Nola lächelte. »Oh doch, *Daddy*. Wenn ich keine Geschenke bekomme, dann bin ich ein *trauriges Mädchen*.«

Er griff fester zu. Es tat beinahe weh. Doch Nola blieb cool. »Nur ein kleines Geschenk.«

Er seufzte. Und ließ sie los. »Ich habe keine Ahnung, wie ich die für dich auftreiben soll. Aber ich werde es versuchen.«

Nola strahlte triumphierend, legte ihren Mantel ab und stieß ihren Unterstützer spielerisch auf die Couch.

Sie beugte sich direkt vor ihn, sodass er tiefe Einblicke in ihr Dekolleté hatte. »Ich bin mir sicher, dass du das schaffst. Du hast schließlich in deinem Job den besten Zugang.«

DONNERSTAG

12. März 2020

Kapitel 37 | Seymon

Seymons Zuhause

Schweißgebadet wurde er wach. Er hatte Orientierungsschwierigkeiten. Mal wieder. Um ihn herum drehte sich alles. Mal wieder. Sein Tinnitus pfiff in schmerzhafter Lautstärke durch seine Ohren. Mal wieder.

Sein Kopf fühlte sich schwer an.

Verschlafen rieb er sich seine Augen.

»Betriebsdatenerfassung«, konnte er lesen. Und kam langsam zu sich. Sah sich um.

Er saß an seinem Schreibtisch.

Warum?

Und wieso lag sein Wirtschaftsbuch vor ihm?

Plötzlich wurde es ihm klar. Er musste eingeschlafen sein! Wie viel Uhr war es?

03:07 Uhr. Das war zu spät!

Seymon realisierte, dass er beim Lernen eingeschlafen sein musste. Dabei hatte er nicht einmal die Hälfte der Seiten durchgearbeitet.

Seine Herzfrequenz beschleunigte sich.

Was, wenn ich es nicht schaffe? Wenn ich durchfalle?

Noch panischer wurde Seymon, als er realisierte, dass am gestrigen Tag noch etwas viel Schlimmeres passiert war. Er war der Nächste! Sein Name war auf der Schattenseite aufgetaucht. Das war kein Albtraum, sondern die bittere Realität.

Ohne zu zögern griff er nach seinem Handy, öffnete seinen Browser und rief die Seite auf.

370.000 Aufrufe.

Ihm blieb Zeit.

Nicht mehr viel, aber ihm blieb Zeit. Und die brauchte er.

Noch etwas wackelig auf den Beinen, aber entschlossen, stand Seymon auf und humpelte aus seinem Zimmer. Vorbei an der Vitrine mit seinen Pokalen, Auszeichnungen und Urkunden.

1. Platz als Elfmeterkönig

Rekordzeit im Sprint bei den Bundesjugendspielen

Mathewettbewerb Gold Platz

Torschützenkönig 2018/2019

Nachwuchspreis 2019

Bester kleiner Bruder

Seymon lächelte. Diesen Pokal hatte er von seinem Bruder bekommen. Vor einigen Jahren, als James weggezogen war.

Er hatte seine Umzugskartons gepackt, seinen Wagen beladen, sich verabschiedet und war davongefahren. Und als Seymon dann wenige Minuten später zurück in sein Zimmer kam, stand er da. Der Pokal.

Bester kleiner Bruder.

Seymon verließ sein Zimmer und ging die Treppen hinunter in seine Küche. Er stellte sich auf einen Stuhl und suchte mit seiner Hand das Regal nach der kleinen Dose mit den Zauberpillen ab. Und wurde fündig.

Er schmiss sich gleich zwei in den Mund, würgte sie hinunter und stellte die Dose zurück an ihren Platz.

Dann schlich sich Seymon wieder nach oben.

Er fühlte, wie sein Körper an Kraft gewann. Sein Puls wurde niedriger. Das Piepsen hörte auf. Nichts drehte sich mehr. Seymon war endlich wieder vollkommen bei Sinnen. Mehr noch. In diesem Moment hatte er das Gefühl, er könne das Haus atmen hören. Es lebte. Und Seymon lebte auch!

Seymon tippelte durch den Flur, vorbei an seinem Zimmer, direkt in das von James.

Dort angekommen schloss er die Tür und ging auf ein mit Ordnern vollgepacktes Regal zu.

Mit seiner Handytaschenlampe leuchtete er die Rückseiten ab, um deren Beschriftungen zu entziffern. Bis er fand, was er suchte.

Er holte einen sauber geführten Aktenordner mit der Beschriftung *Wirtschaft* heraus.

Er blätterte einige Sekunden wie wild durch die Seiten. Dann hatte er sie. Die richtigen Unterlagen. Den Freifahrtschein.

Er hatte es ohne versucht. Doch er wäre gescheitert. Jetzt musste er es tun, es gab kein Zurück.

Seymon setzte sich, die Blätter in seiner Hand, auf das

leere Bett und knipste das Nachttischlämpchen an. Wort für Wort ging er die Lösungen der Wirtschaftsklausur 2010 durch und war seinem Bruder für alles dankbar, der, als er selbst noch Schüler war, durch Zufall herausgefunden hatte, dass das Gymnasium Vielitzsee alle Klausuren in jeglichen Fächern im Zehnjahresrhythmus wiederverwertete.

James war der Einzige, der je hinter das System gekommen war. Und von diesem Tag an hatte James die Kontrolle gewonnen. Über seine Noten. Seine Schullaufbahn. Sein Leben. Ein Geniestreich der ersten Klasse. Und ein Verbrechen, das niemals ans Tageslicht kommen durfte.

Kapitel 38 | Corvin

Corvins Zuhause

Seit Tagen hatte er schon nicht mehr geträumt. Oder konnte sich zumindest nicht daran erinnern. Und auch jetzt fühlte es sich so an, als wäre er mit aller Kraft aus der endlosen Leere eines schwarzen Loches katapultiert worden.

Erschrocken starrte er seine Mutter an, die mindestens genauso erschrocken zurücksah.

»Du siehst aus, als hättest du die Nacht durchgemacht.«

Corvin war viel zu müde, um zu antworten. Er griff mühevoll zu seiner Uhr.

7.48 Uhr. Wieder verschlafen.

»Stellst du dir jetzt schon gar nicht mehr den Wecker?«

Corvin grummelte irgendetwas zurück, das seine Mutter unmöglich hätte verstehen können.

»Du kannst froh sein, dass ich heute selber verschlafen habe. Sonst wäre ich längst auf der Arbeit.«

Beim Verlassen des Zimmers griff sie sich noch zwei, drei Kleidungsstücke von Corvins Zimmerboden und schmiss sie in den Wäschesack, den sie vor einigen Jahren in den Raum gestellt hatte, in der Hoffnung, Corvin würde nun selbstständig seine schmutzige Wäsche dorthin entsorgen. Weit gefehlt.

Als seine Mutter den Raum verlassen hatte, rappelte Corvin sich auf und schlüpfte schlaftrunken in die Klamotten, die vom Vorabend noch auf seinem Stuhl lagen.

Er dachte an den gestrigen Tag zurück. Und Sophia. Spät war es geworden. Zwar konnte man das Treffen nicht wirklich als Date bezeichnen, aber Corvin hatte den Abend als wunderschöne Zeit in Erinnerung. Dafür schuldete er Sophia jetzt eine Erklärung. Er hatte ihr versprochen zu erzählen, was er über die Schattenseite wusste.

Doch in diesem Moment schien das alles wieder fern, denn Corvins Augen wurden immer schwerer …

Heute muss ich unbedingt früher ins Bett, dachte er und malte sich bereits aus, wie er sich zurück in sein warmes, weiches Bett legte.

Doch auch das bloße Nachdenken darüber konnte ihn nicht von der Pflicht befreien, nach draußen in die Kälte zu gehen, auf sein Fahrrad zu steigen und zur Schule zu radeln.

Also trödelte er nicht weiter, schnappte sich seinen Rucksack und ging die Treppe hinunter.

Im Esszimmer saßen bereits sein Vater und seine Schwester an einem spärlich gedeckten Tisch und nahmen ihr Frühstück zu sich.

Aus dem Nebenraum nahm Corvin die Stimme von zwei Männern wahr – vermutlich Mitarbeiter der Glaserei, die seine Eltern am Vortag bestellt hatten, damit die eingeworfene Glasscheibe endlich repariert wurde.

»Morgen, Schlafmütze«, begrüßte ihn Marianna.

Corvin nickte nur. Ihm war nicht nach sprechen zumute.

»Corvin, setz dich mal bitte kurz zu mir«, sagte sein Vater, und Corvin folgte der Bitte.

In der einen Hand hielt sein Vater ein Toast, von dem Marmelade auf den Teller tropfte. Mit der anderen Hand bediente er das Smartphone von Marianna, die, ihrem Blick nach zu urteilen, ganz und gar nicht glücklich darüber war.

»Ich würde gerne eine Firewall installieren. Oder so einen Virenscanner oder so was.«

Corvin warf einen Blick auf den Bildschirm. Sein Vater befand sich in den Haupteinstellungen und spielte gerade mit der Bildschirmhelligkeit herum. Er wirkte völlig überfordert.

»Das sind zwei komplett unterschiedliche Dinge«, erklärte Corvin. »Warum willst du das denn machen?«

Sein Vater sah ihn an, als hätte er gerade gefragt, ob er schon mal Gras geraucht habe.

»Na, ich will nicht, dass Marianna auch geknackt wird.«

»Geknackt?«, wiederholte Marianna.

»Geknackt. Gehackt. Nennt es, wie ihr wollt.«

Corvin schüttelte den Kopf. »Hacking und Viren sind aber wirklich etwas völlig anderes. Ein Virenschutz schützt dich im Zweifel auch nicht davor, gehackt zu werden.«

Inzwischen hatte sein Vater es vollbracht, das Hintergrundbild von Marianna zu verändern.

»Scheiße, ich find mich nicht zurecht. Wurde das Programm jetzt installiert?«

Schadenfroh grinsend nahm ihm Corvin das Handy ab und rief den App-Store auf, um zwei Apps zu installieren, die grundlegende Schutzfunktionen boten.

»Sie ist damit aber trotzdem nicht komplett vor Hacking geschützt. Sie sollte einfach generell aufpassen, wo sie ihre Passwörter eingibt und auf welchen Seiten sie sich anmeldet.«

Sein Vater nickte eifrig, als wäre es sein Einfall gewesen. »Richtig. Marianna, hörst du zu?«

»Ja.«

Corvin gab ihr das Handy zurück und widmete sich dann wieder seinem Vater. »Wie kommst du genau jetzt dazu, ihr so etwas zu installieren?«

Schon wieder sah ihn sein Vater verständnislos an. »Wir sollten uns schützen. Es reicht ja, dass Marianna darunter leiden musste, dass jemand anderes gehackt wurde. Muss ja nicht sein, dass sie selbst auch noch Opfer einer solchen Attacke wird.«

Corvin stimmte ihm zu.

»Wir hatten gestern eine Mitarbeiterversammlung im Betrieb. Da haben die uns ausdrücklich gewarnt.«

»Auf deiner Arbeit?«

Erst jetzt realisierte Corvin, welch großes Ausmaß die Schattenseite erreicht hatte. Längst ging es nicht mehr um eine kleine Hackingattacke auf irgendwelche Schüler Brandenburgs.

Schattenseite.net war *das* Verbrechen.

»Richtig, auf meiner Arbeit. Es gab einen Workshop rund um das Thema.« Sein Vater nahm einen Schluck aus seiner Kaffeetasse. Dann griff er zu seiner Zeitung und blätterte bis zum Wirtschaftsteil, den er am liebsten las.

Wirtschaft!

Corvin schreckte hoch. »Verdammt«, schimpfte er, »ich schreibe heute eine Wirtschaftsklausur.« Dass er keine Sekunde dafür gelernt hatte, sagte er lieber nicht.

Panisch griff er nach seinem Rucksack, verabschiedete sich flüchtig von den anderen und verließ das Haus – und stieß dabei beinahe mit Felix Polzer zusammen. Felix Polzer, dem unheimlichen Briefträger, der auch in diesem Moment eine beängstigende Grimasse zog.

»Guten Morgen, Corvin.« Er lachte und wühlte in seiner Tasche.

»Ähh, guten Morgen, Herr Polzer.«

Corvin wollte sich an ihm vorbeidrängen, doch der Briefträger versperrte ihm den Weg.

»Nicht so flink, Bürschchen. Möchtest du nicht wissen, ob ihr Post bekommen habt?«

Corvin wusste nicht, was er antworten sollte.

Eigentlich wartete eine Wirtschaftsklausur auf ihn.

Nein, ich will nicht wissen, ob meine Eltern Post bekommen haben.

»Ähh, klar. Ich warte.«

Geduldig harrte Corvin aus, während der Briefträger laut schnaubend weiter in der Tasche wühlte.

»Moment.«

Corvin nickte brav.

»Wissen es eigentlich auch andere?« Der Briefträger suchte noch immer nach der Post.

»Ich weiß nicht, was Sie meinen. 'Tschuldigung.«

Felix Polzer lachte nur laut. Dann schien er fündig geworden zu sein.

Zwei Briefe. Er drückte sie Corvin in die Hand.

»Bitte schön.«

Corvin bedankte sich, drehte sich um und warf die Briefe in den dafür vorgesehenen Briefkasten, damit seine Eltern sie dort später vorfanden.

Als er sich umdrehte, in der Erwartung, der unheimliche Mann sei inzwischen weitergegangen, hatte sich Corvin getäuscht.

Felix Polzer stand, noch immer grinsend, auf dem Eingangsweg.

Seine Narbe glänzte in der Morgensonne.

»Es weiß also niemand?«

Corvin warf ihm nur einen fragenden Blick zu.

Der Briefträger lachte laut auf und drehte sich dann um, um zu gehen.

»Ich habe es mir schon fast gedacht, Corvin. Ich bin also der Einzige, der weiß, dass du es warst!«

Kapitel 39 | Seymon
Klassenzimmer

»Zusammenfassend lässt sich sagen, dass die Rationalisierung eine wesentliche Voraussetzung der Automation des Fertigungsprozesses darstellt.«

Langsam machte sein Kugelschreiber schlapp. Das war jedoch kein Problem, denn soeben hatte er den letzten Aufgabenbereich abgearbeitet.

Die Nachtschicht hatte sich gelohnt. Sein Durchhaltevermögen würde sich auszahlen. Zwar tränten seine Augen seit einigen Minuten, und sein Kopf fühlte sich an wie nach einer Woche Dauersuff, doch immerhin konnte er mit ziemlicher Sicherheit von einer sehr guten Abschlussnote in Wirtschaft ausgehen.

Seymon sah sich um.

Nathans Platz war leer. Flavios Platz war leer. Milas Platz war auch leer.

Traurig.

Die Übrigen waren noch voll auf ihre Klausuren fokussiert, krakelten und kritzelten auf ihren Blättern, strichen ganze

Absätze durch und schlugen die Hände über den Köpfen zusammen. Pure Verzweiflung

Aber logisch, dachte sich Seymon. *Das ist keine einfache Klausur. Weder heute, noch vor zehn Jahren.*

Wusste man allerdings, auf was der Lehrer hinauswollte, war es ein Kinderspiel.

Seymon dachte darüber nach, die Klausur bereits jetzt seiner Lehrerin auszuhändigen, um sein Handy zurückzubekommen.

Vor Arbeiten und Tests mussten sie diese nämlich in den Flugmodus schalten und am Lehrerpult abgeben, damit niemand in Versuchung kam, seine Ergebnisse zu manipulieren.

Doch bereits jetzt abzugeben, wäre zu auffällig. Beinahe unmöglich war es, in der kurzen Zeit derart gute Ergebnisse zu erzielen. Also musste Seymon ausharren.

Andererseits wollte er den Zählerstand unbedingt wissen. Wie weit er noch von der 500.000 entfernt war, wenn diese Zahl nicht sogar schon längst erreicht war.

Als Seymon an diesem Morgen von seinem Vater zur Schule gefahren worden war, fehlten noch etwa 50.000 Aufrufe. Keine große Zahl, wenn man bedachte, dass alleine in der letzten Nacht beinahe das Doppelte hinzugekommen war.

Inzwischen wusste Seymon nicht mehr, wie er sich fühlen und was er denken sollte. Ihm war nicht kalt und nicht warm. Er war nicht müde und nicht wach. Weder hungrig noch satt. Und er wollte hier weg. Nicht nur weg von der Schule, sondern weg von diesem Ort. Weg von den Leuten, die er seit Jahren kannte, ihm aber in diesem Moment allesamt fremd vorkamen. Er wollte weg von seinem Vater und raus aus dem Kaff, das ihn in nächster Zeit vermutlich mit völlig anderen Augen betrachten würde.

Ein Finger tippte auf Seymons Schulter. Erschrocken fuhr er herum.

Frau Hierse, seine Wirtschaftslehrerin, betrachtete skeptisch seine Arbeit.

»Schon fertig, Seymon?«, flüsterte sie.

Seymon schüttelte den Kopf. »Nicht wirklich. Ich muss noch einige Ausbesserungen vornehmen.«

»Sieht aber schon nach einer ganzen Menge aus. Sie haben wohl gut gelernt.«

Ihr ironischer Unterton irritierte Seymon.

»Ja, habe ich. Allerdings muss ich wirklich noch einige Passagen neu formulieren.«

Frau Hierse schien diese Aussage zu ignorieren, denn kurzerhand griff sie sich seine Klausur und gab Seymon ein Handzeichen. Er sollte ihr folgen. Jetzt.

Seymons Herz begann, schneller zu schlagen.

Ist sie dahintergekommen? Weiß sie, dass ich betrüge? Hat es ihr die Schattenseite verraten?

Ängstlich folgte Seymon seiner Lehrerin aus dem Klassenraum. Auf dem Flur blieb sie schließlich stehen. Sie schloss die Tür des Klassenzimmers und warf noch einmal einen letzten Blick auf die Klausur.

»Keine schlechten Ansätze, Seymon. Schade, dass diese Klausur vermutlich gar nicht gewertet wird.«

Erschrocken sah Seymon sie an. »Wieso das denn?«

Als würde jedes von Seymons Worten starke Schmerzen in ihrem Kopf auslösen, kniff Frau Hierse gequält ihre Augen zusammen. »Ich muss Sie bitten, mir zu folgen. Die Polizei möchte mit Ihnen sprechen.«

Nicht wieder die Polizei!

»Ist es wegen der Schattenseite?«

Frau Hierse gab ihm keine Antwort, sondern ging einfach los. Doch Seymon bewegte sich keinen Schritt. Nicht, bis er wusste, worum es ging.

»Seymon, folgen Sie mir bitte jetzt. Die Polizei wartet bereits im Direktorenzimmer.«

Seymon schüttelte eingeschüchtert den Kopf. »Was ist mit den anderen Schülern? Die können nicht unbeaufsichtigt bleiben.«

»Lassen Sie das meine Sorge sein. Und jetzt hören Sie und kommen mit!«

Doch Seymon dachte nicht daran.

»Woher wollen Sie das überhaupt wissen? Sie waren doch die ganze Zeit im Klassenraum.«

Seine Lehrerin setzte ein spöttisches Grinsen auf. »Erstens bin ich nicht abgeschnitten von der Welt, ich besitze auch ein Mobilfunkgerät, das Nachrichten empfangen kann. Und zweitens werde ich mich mit Ihnen auf keine Diskussion einlassen. Folgen Sie mir, oder es wird schwerwiegende Konsequenzen mit sich tragen.«

Seymon folgte ihr nicht. Es hatte ihn Schweiß und Tränen gekostet, für diese Klausur ausreichend vorbereitet zu sein. Die Herangehensweise sei dahingestellt. Doch nun wollte seine Lehrerin die Klausur für ungültig erklären. Und das nur, weil die Polizei ihn während des Unterrichts sprechen wollte.

Seymon sah das nicht ein.

»Ich werde mich keinen Zentimeter bewegen, bis Sie mir nicht erklären, was hier los ist. Warum meine Klausur nicht gewertet wird.«

Für einige Sekunden sagte seine Lehrerin gar nichts. Sie stand nur regungslos da und schien darüber nachzudenken, wie sie auf seine Forderung reagieren sollte.

Dann ging sie vorsichtig auf Seymon zu. Schritt für Schritt. Bis sie überraschend dicht vor seinem Gesicht stand. Er konnte ihren Atem spüren.

»Beginnen Sie, endlich Verantwortung zu übernehmen«, flüsterte sie.

Seymon spürte, wie sich in ihm alles zusammenzog. Und drehte.

»Wie … wie meinen Sie das?«, stotterte er.

Insgeheim wusste er, worauf seine Lehrerin anspielte.

Frau Hierse setzte noch einen drauf: »Begreifen Sie verdammt noch mal, dass Sie nicht alleine auf der Welt sind. Dass all ihre Taten Folgen haben!«

»Nein!«, schrie Seymon. Wie wild schüttelte er den Kopf. Und ballte seine Fäuste. Spürte, wie er die Kontrolle über seinen Körper verlor.

Das Salz, das Frau Hierse in diesem Moment auf seine niemals heilenden Wunden streute, verursachte einen tiefen Schmerz, der seinen gesamten Körper durchströmte.

»Hören Sie mir zu!« Frau Hierse beugte sich direkt an sein Ohr. »Gehen Sie jetzt zur Polizei und akzeptieren Sie die Konsequenzen für Ihr Handeln. Und seien Sie nicht so feige wie der Rest Ihrer Familie.«

KLATSCH.

Seymon war wie in Trance. Er hatte seine Lehrerin geschlagen. Gerade hatte er tatsächlich seine Lehrerin geschlagen. Und jetzt lag sie am Boden. Und weinte. Und hielt sich die Hand vors Gesicht.

Aufgeschreckte Schüler stürmten aus benachbarten Klassenräumen auf den Flur. In der Ferne hörte Seymon jemanden seinen Namen rufen. Eine andere Lehrerin kam Frau Hierse zu Hilfe. Eine Traube Menschen hatte sich um sie versammelt. Sie alle wirkten unscharf und durchsichtig, wie eine Horde Geister.

Ihre Stimmen waren dumpf und durcheinander.

Erst als jemand kräftig an ihm rüttelte, kam er wieder zu sich. Kriminalpolizist Stiehl sah ihn grimmig an.

»Das hättest du lieber nicht tun sollen, Freundchen.«

Er packte ihn kräftig am Arm und schob ihn vor sich her.

Seymon blickte noch einmal nach hinten.

Sah sich den Schaden an, den er angerichtet hatte.

Frau Hierse lag noch immer am Boden. Ihr wurde ein Wasser gereicht, ihre rechte Gesichtshälfte war gerötet. Die gemusterte Brille, die sie immer trug, lag zerbrochen neben ihr.

Seymon konnte den Hass in ihren Augen deutlich spüren.

Wie war das nur passiert?

Der Kommissar schob ihn weiter vor sich her. Seymon sammelte noch einmal alle Kräfte.

»ES TUT MIR LEID!«

Die Schüler, die sich im Flur versammelt hatten, sahen ihn nur verständnislos an. Und verängstigt.

Seymon Huth – der Schüler, der seine eigenen Lehrer verprügelt.

Und auch Frau Hierse zeigte keine Form der Vergebung. Sie rappelte sich nur langsam wieder auf. Zitterte am ganzen Körper. Und rief Seymon etwas zu, das ihm durch Mark und Bein ging. Und an das er eigentlich nie wieder erinnert werden wollte.

»Ihre Mutter hat meine Tochter getötet, Seymon. Und das werde ich Ihrer Familie niemals vergessen!«

Kapitel 40 | Nola

Klassenzimmer

Erst hatte die Lehrerin das Klassenzimmer verlassen.

Dann war Unruhe ausgebrochen.

Und schließlich konnte man Schreie hören.

Ein Teil ihrer Mitschüler war nach draußen gerannt, um sich das Spektakel anzusehen.

Was auch immer passiert war.

Nola allerdings hielt das für nicht sonderlich klug. Sie hatte nicht viel für die Klausur gelernt. Trotzdem wollte sie diese unter keinen Umständen noch einmal schreiben, nur weil sie während des Unterrichts den Klassenraum verlassen hatte. Das würde als Täuschungsversuch gewertet werden.

Allerdings hatte sich das im nächsten Moment vermutlich sowieso erledigt, denn einige Schüler begannen, durch den Raum zu schreien.

»Was ist denn da los?«, fragte Bernadette, eine kleine, hagere Schülerin mit großer Brille.

Als hätte man die Frage auch noch vor dem Klassenzimmer gehört, steckte Riccarda, die vor einigen Sekunde nach draußen verschwunden war, ihren Kopf durch die Tür und schrie:

»Ihr werdet das nicht glauben! Angeblich hat Seymon Frau Hierse geboxt!«

Nola ließ ihren Stift fallen.

Das sind einmal interessante Neuigkeiten, dachte sie.

Ein weiterer Schüler steckte seinen Kopf ins Klassenzimmer. Nola kannte ihn nicht, vermutlich jemand aus der Parallelklasse.

»Habt ihr es denn noch nicht mitbekommen?« Der Junge wirkte völlig aufgebracht. »Seymons Schattenseiteneintrag ist eben erschienen. Deswegen ist die Polizei da!«

Gleich mehrere Schüler sprangen auf und hechteten zum Lehrerpult, um sich ihr Handy zu schnappen.

Nola musste sich gar nicht erst die Mühe machen. In wenigen Sekunden würde sie sowieso erfahren, worum es ging.

Die Erste, die eine Reaktion zeigte, war Patricia. Erschrocken hielt sie sich die Hand vor den Mund.

»Was ist denn los?«, fragte Mathilda. Doch Patricia reagierte nicht. Wortlos stand sie auf und verließ den Raum.

Armes Ding.

Eine Papierkugel traf Nolas Kopf. Irritiert drehte sie sich um. Sophia winkte ihr zu.

Nola warf ihrer Klausur einen letzten, traurigen Blick zu. Sie musste sich wohl oder übel mit dem Gedanken anfreunden, diese Arbeit in den nächsten Tagen erneut zu schreiben. Sie stand auf und zog ihren Stuhl zu Sophias Tisch.

»Soll ich's dir vorlesen?« Sophia wedelte mit ihrem Handy.

Nola nickte. »Gerne. Was hat Seymon verbrochen?«

»Scheinbar hat er gleich mehrere Sachen *verbrochen*. Aber bisher haben die erst eine Sache veröffentlicht. Alles Weitere soll dann in einer Stunde folgen. Vermutlich, um die Spannung hochzuhalten.«

»Keine schlechte Taktik«, gab Nola zu. »Gleich noch mehr Aufmerksamkeit für die Seite.«

Sophia nickte. »Ja. Und jetzt hör zu. Ist aus einer E-Mail, die irgendein Dealer an Seymon geschrieben hat. Schon ein halbes Jahr alt.« Sophia tippte auf ihren Bildschirm. »Also pass auf, der Typ begrüßt Seymon, schreibt dann irgendwas von einem Übergabedatum. Bestimmt irgendein krasser Gangster, wie immer in den Filmen. Vielleicht gehört der ja sogar zu 'nem richtigen Drogenkartell oder so. Und dann hat er …«

»Kann ich es nicht schnell selbst lesen?« Nola angelte sich Sophias Handy. »Schon gut, ich wollte es ja nur spannend machen.«

Nola betrachtete das Foto. Tatsächlich schien es sich um einen gespeicherten E-Mail-Verlauf zu handeln. Der Absender war nicht bekannt, Seymons E-Mail-Adresse als Empfänger jedoch schon.

Nola überflog den Inhalt der Nachricht.

Hi Seymon,

bitte lösch die Nachricht, sobald du sie gelesen hast.

Und entferne sie aus deinem Papierkorb.
Montag, 18.25 Uhr bei dir im Park. Das Zeug wirkt diesmal noch besser als das letzte Mal. Einer meiner besten Männer bringt es vorbei.
Bring das Geld dann bar mit.
Und melde dich, wenn du was Neues brauchst. Egal was.

GL

Tatsächlich.

Das musste die Nachricht eines Dealers sein, Sophia hatte recht. Doch was hatte Seymon sich bestellt?

Und war die Polizei wirklich deswegen hier?

Noch bevor Nola Zeit hatte, sich darüber den Kopf zu zerbrechen, betrat ein hektischer Corvin das Klassenzimmer.

Er sah verschlafen und aufgescheucht aus.

Hat er die Klausur etwa verschlafen?

Schnurstracks ging er auf Nola und Sophia zu.

»Was hat dich denn gebissen?«

Corvin ignorierte Sophias Frage. »Kommt mit mir raus. Ich muss euch was erzählen.«

Skeptisch starrte Nola ihn an. »Willst du jetzt doch gestehen, oder was?«

Corvin schüttelte den Kopf. »Nicht ganz. Aber fast.«

Kapitel 41 | Seymon

Zimmer des Direktors

Mittlerweile fühlte es sich so an, als wäre er jeden Tag hier. Im Direktorenzimmer. An der Einrichtung hatte sich noch nichts geändert, auch wenn von nun an Herr Schneider und nicht mehr Herr Dr. Herms auf dem Schreibtischstuhl mit Lederbezug Platz nahm. Noch immer dieselben langweiligen Zertifikate, die an den Wänden hingen.

Noch immer dieselbe bedrückende Aura, die diesen Raum erfüllte. Noch immer dasselbe ermüdende Gefühl, das er empfand, wenn er hierher beordert wurde.

Endlich ließ der breit gebaute Kommissar Seymons Arm los. Als würde er ihm nicht über den Weg trauen, stellte er sich in die Tür, um Seymons Fluchtweg zu versperren.

»Jetzt ist er völlig durchgedreht. Hat körperliche Gewalt an einer Ihrer Lehrerinnen ausgeübt. Was ist hier nur los?«

Fassungslos sackte Herr Schneider in seinem Stuhl zusammen.

Neben ihm stand Kriminalpolizistin Wassermann, die sich Notizen machte. »Inwiefern *Gewalt ausgeübt*?«

Stiehl zuckte mit den Schultern. »Ich habe es nicht gesehen. Vermutlich ein Schlag ins Gesicht. Was sagst du?«

Seymon drehte sich zu dem Polizisten um, um sicher zu sein, dass er mit der Frage gemeint war.

Grimmig starrte Stiehl ihn an.

»Ja, das ist korrekt.«

Herr Schneider seufzte niedergeschmettert und stand auf. »Entschuldigen Sie bitte, ich werde nach meiner Kollegin sehen müssen.« Er verließ den Raum.

Geknickt starrte Seymon zu Boden. Das hatte er nicht gewollt. Nicht so. Er hatte die Kontrolle verloren. Und ist gewalttätig geworden. Er saß jetzt erneut im Zimmer des Direktors und wurde von der Polizei verhört. So weit hatte er es also gebracht.

»Es tut mir wirklich leid.«

»Das kannst du dir sparen. Macht es nämlich auch nicht besser.« Stiehl stellte sich neben seine Kollegin, die sich noch immer Notizen machte.

»Seymon, weißt du, warum du *eigentlich* hier bist?«

Seymon schüttelte den Kopf.

»Vor einer Stunde ist ein Eintrag auf der Schattenseite über dich veröffentlicht worden.« Sie blätterte einige Seiten in ihrem Notizheft, bis sie einen zusammengeknickten Zettel fand. Sie faltete ihn auseinander und reichte ihn Seymon.

Unsicher warf er einen Blick darauf. Es handelte sich um den Ausdruck eines E-Mail-Verlaufs, der Seymon mehr als bekannt vorkam.

Er spürte, wie sich ein Kloß in seinem Hals bildete.

Es war also tatsächlich passiert. Er war gehackt worden. Und wurde nun öffentlich an den Pranger gestellt.

»Nimm bitte erst einmal Platz.« Kommissarin Wassermann deutete auf den Stuhl neben Seymon. Er folgte ihren Anweisungen.

»Kommt dir diese E-Mail vielleicht bekannt vor?«

Seymon schüttelte den Kopf.

»Uns anzulügen bringt dich nicht weiter.«

»Sie haben keine Beweise.«

Für einen Moment reagierte die Kommissarin gar nicht, dann setzte sie sich auf den Schreibtisch.

»Hör mal, Seymon. Wenn du im Austausch mit einem Drogendealer bist, dann ist das die eine Sache. Wenn du diese Drogen aber selber konsumierst, dann kann das lebensgefährlich sein.«

Wieder reagierte Seymon nicht, was Kommissar Stiehl zum Anlass nahm, sich wieder selbst ins Spiel zu bringen. »Wir haben übrigens sehr wohl Beweise.«

Er wühlte erst in seiner Tasche, pfefferte dann eine kleine Dose direkt vor Seymon auf den Tisch. Stiehl schraubte die Dose auf und entleerte sie. Heraus kullerten ein Dutzend kleiner Kapseln.

Woher hatten sie die?

»Hättest du nicht gedacht, was? Wir haben heute schon etwas Vorarbeit geleistet.« Stiehl grinste. »Haben wir in deinem Spind gefunden. Einfacher als gedacht.«

Seymon schluckte. Ihm gingen die Ausreden aus.

»Sie können mich hier nicht ausfragen. Nicht ohne die Erlaubnis meines Vaters.«

»Schwachsinn!« Der Polizist schrie beinahe. »Du bist volljährig und hast mutmaßlich eine Straftat begangen. Du hast zwar das Recht zu schweigen, aber empfehlen würde ich es dir nicht.«

Seymon ließ seinen Blick wieder zu Boden wandern.

Er hatte versagt. Er hatte auf ganzer Linie versagt.

Es würde nicht lange dauern, und sein Vater würde von alldem wissen. Und dann auch sein Bruder.

Er schämte sich.

»Wenn du jetzt ehrlich zu uns bist, wird deine Strafe vermindert ausfallen.« Das Handy der Kommissarin vibrierte. Sie warf einen kurzen Blick darauf, dann legte sie es zurück auf den Tisch. »Was kannst du uns über diese Droge sagen?«

Seymon schwieg. Sollte er wirklich auspacken? Oder bestand die Möglichkeit, dass die Anklage fallen gelassen würde? Weil sie nicht ausreichend Beweise hatten. Ein Fremder hätte die Dose in seinen Spind befördern können – ohne dass er davon wusste.

Die E-Mail könnte gefakt worden sein.

Er selbst hätte völlig unschuldig sein können.

»Wenn du nichts sagen möchtest, ist das auch kein Problem. Versteh nur bitte, dass wir dann einen Drogentest machen müssen. Und wir werden für einige Tage dein Handy und deinen Computer konfiszieren.«

Das war's. Gameover. Seymon hatte verloren. Spätestens

bei dem Drogentest würden alle Stricke reißen. Seymon hatte eindeutig verloren.

»R75.«

Irritiert starrten die beiden Polizisten ihn an.

»R75. So nennt der Typ die Substanz, die er mir verkauft.«

Wassermann zückte ihren Kugelschreiber. »Weißt du, wofür *R75* steht?«

Seymon schüttelte den Kopf.

»Wer verkauft es dir denn?«, fragte Stiehl energisch.

»Vielleicht erzählst du einfach einmal, womit das alles angefangen hat.« Die Polizistin schenkte Seymon ein sanftes Lächeln.

Er nickte. Für einen Moment dachte er darüber nach, wo er anfangen sollte. Dann gestand er. »Ich mache das noch nicht lange, echt nicht. Vielleicht ein Jahr. Seit der Leistungsdruck in der Schule immer größer wurde. Und im Sport natürlich.«

»Beim Fußball?«, unterbrach ihn Stiehl.

»Ja. Anfangs habe ich im Internet einfach nur nach Möglichkeiten gesucht, länger wach zu bleiben. Booster, Koffeintabletten, so was. Damit mir nach der Schule Zeit fürs Fußballtraining blieb und ich nachts trotzdem noch wach war, um für die Schule zu lernen.«

Verständnisvoll nickten die Polizisten.

»Das hat aber ziemlich schnell nicht mehr gereicht. Ich war zwar länger wach, aber mein Kopf war trotzdem leer. Ich war nicht mehr konzentrationsfähig und döste dafür in der Schule immer wieder ein. Ein Kumpel hat mir dann den

Tipp gegeben, dass ich mich einmal im Darknet umsehen sollte.«

Stiehl leckte sich über die Lippen, er schien sich unfassbar an der Geschichte zu ergötzen. »Keine gute Idee.«

»Allerdings. Ich habe mich in diversen Foren umgehört und schließlich einen User kennengelernt, der ebenfalls aus Brandenburg kam. Er hat von einer chemischen Substanz geschrieben, die genau das bewirken würde, nach dem ich seit Wochen suchte.«

»R75«, schlussfolgerte Wassermann.

Seymon nickte. »Ich habe ihn nie persönlich getroffen. Er schickt immer nur irgendwelche Mittelsmänner, die dann das Geld entgegennehmen und mir dafür den Stoff bringen.«

Wieder vibrierte das Handy der Polizistin. Sie ignorierte es. »Weißt du denn, was *R75* ist?«

»Nicht genau. Irgendeine Mixtur aus Ritalin, Modafinil und Amphetamin. Mehr hat er mir auch nicht gesagt, ist wohl seine eigene Rezeptur.«

Die Polizistin nickte. »Jedenfalls definitiv ordentliches Gehirndoping zum Wachwerden und Steigern der Konzentration. So etwas ist, wenn überhaupt, rezeptpflichtig. Vielleicht sogar nicht mal das. Wir werden die Tabletten jedenfalls erst mal im Labor untersuchen lassen.«

Zum wiederholten Male vibrierte das Handy der Polizistin. Genervt warf Seymon einen Blick auf den Bildschirm, der in diesem Moment aufleuchtete.

RAINER
Dann bin ich um 16.00 Uhr bei dir, wie besprochen. Ich freue mich auf dich!

Seymon zuckte zusammen.

Rainer.

Es fiel ihm wie Schuppen von den Augen.

Gestern noch hatte sein Vater mit jemandem telefoniert, mit dem er sich für heute verabredet hatte.

Nach der Arbeit.

Deswegen hatte sein Vater die Polizistin vor wenigen Tagen mit dem Vornamen angesprochen. Sie mussten sich gekannt haben, sehr gut sogar.

Und aus diesen Gründen bekam die Polizistin, July Wassermann, genau in diesem Moment eine Nachricht von einem *Rainer.* Sehr wahrscheinlich von keinem Geringeren als Seymons Vater: *Rainer Huth.*

Seymon konnte es nicht fassen.

»Ist das mein Vater?« Er deutete auf das Smartphone. Erschrocken steckte die Kommissarin das Handy wieder ein. »Wie bitte?«

Seymon sprang auf. »Ob das mein Vater ist, der Ihnen geschrieben hat?!«

»Junge, setz dich wieder hin!« Stiehl schob sich am Tisch vorbei und wollte erneut die Tür versperren, doch Seymon kam ihm zuvor. »Beantworten Sie mir die Frage! Daten Sie meinen Vater?«

Die Polizistin schwieg.

»Das geht dich nichts an.« Stiehl packte ihn am Arm, doch Seymon riss sich los. »Wie können Sie das tun?! Wo bleibt Ihr verdammter Respekt?! Mir gegenüber! Meinem Bruder gegenüber! Meiner *Mutter* gegenüber!«

Völlig verdattert stotterte July Wassermann wirres Zeug. Stiehl schaffte es, Seymons Arm zu fixieren.

»Sie sollten Ihre Energie lieber dazu nutzen, diesen verdammten Hacker zu finden, anstatt sich von meinem Vater durchficken zu lassen!« Seymon riss sich aus den Griffen des Polizisten, stieß die Tür auf und rannte davon.

Kapitel 42 | Corvin

Vor der Schule

Zügig ging er mit den beiden Mädchen nach draußen. Es war an der Zeit. Spätestens jetzt war es an der Zeit, ehrlich zu sein. Damit rauszurücken, was er die ganze Zeit als schweren Ballast mit sich herumtrug.

Felix Polzer hatte es endgültig aus ihm herausgekitzelt.

»Ich bin also der Einzige, der weiß, dass du es warst!«

Corvin war dieser Satz nicht mehr aus dem Kopf gegangen. Nicht, nachdem er sich flüchtig von dem skurrilen Postboten verabschiedet hatte. Nicht, nachdem er mit dem Fahrrad zur Schule gefahren war. Und auch nicht, nachdem er – anstatt die Klausur zu schreiben – hinter die Schule gefahren war, um sich noch einmal den Ort anzusehen, der vermutlich Auslöser von all den schrecklichen Dingen der letzten Tage war.

Felix Polzers Satz ging Corvin nicht mehr aus dem Kopf.

Was hatte er damit nur gemeint?

»Corvin, was ist nun?«

Sophia blieb stehen. Gerade hatten sie das Schultor erreicht. Corvin kontrollierte, ob ihnen jemand gefolgt war.

»Lasst uns zu der Bank da vorne gehen!« Corvin deutete auf die gegenüberliegende Straßenseite.

Die Mädchen stimmten ihm zu und wenige Sekunden später saßen alle drei auf einer maroden Holzbank gegenüber dem Schulgebäude.

»Was meintest du eben damit? Du würdest *fast* gestehen?« Nola sah ihn mit großen Augen an.

Noch bevor Corvin antworten konnte, kam eine weinende Patricia aus dem Schulgebäude gestürmt.

»Oh ne, nicht das auch noch.«

Sophia zuckte nur mit den Schultern. »Ist doch klar, die hat bestimmt mega Schiss wegen Seymon.«

»Warum?«, fragte Nola.

»Auf der Schattenseite stand doch, dass noch was kommt. Vielleicht geht's ja um sie. Oder eher *um eine andere.*«

Nola nickte. »Also ich würde es Seymon zutrauen. Der hat sicher noch ein paar andere am Start.«

Inzwischen hatte sich Patricia in ihrer Verzweiflung zu den Fahrradständern gesetzt und ihr Gesicht in ihren Händen vergraben. Ihr Schluchzen konnte Corvin dennoch deutlich hören.

»Wisst ihr was, Leute? Ich gehe mal zu ihr rüber.« Sophia stand auf. »Aber wehe, ich erfahre gleich nicht, was los ist.« Dann ging sie über die Straße.

»Nett von ihr.« Corvin beobachtete, wie Sophia Patricia aufhalf und mit ihr zurück ins Schulgebäude ging.

»Stimmt. Sophia ist wirklich mega in Ordnung.« Nola lächelte, wurde dann aber wieder ernster. »Jetzt aber los, Corvin. Was willst du loswerden?«

Alles. Am liebsten möchte ich alles loswerden.

Aber das konnte Corvin nicht. Das Einzige, was Corvin in diesem Moment tun konnte, war, ehrlich zu sein. Und das wollte er. Endlich.

»Du hast mir doch erzählt, dass du Linus kanntest.«

Nola nickte zaghaft. »Ja. Flüchtig.«

»Okay. Also Linus und ich … wir waren wirklich gute Freunde. Um ganz ehrlich zu sein, war er sogar mein einziger Freund. Und ich sein einziger. Wir haben beinahe jede freie Minute zusammen verbracht.«

»Und was genau hat das mit der Schattenseite zu tun?«

Corvin schloss seine Augen.

»Im Frühjahr 2019 gab es einen Vorfall … Etwas, das Linus und mich extrem verärgert hat.« Corvin hielt kurz inne. »Wir waren wahnsinnig wütend. Am liebsten hätten wir es jeder einzelnen Person aufs Bitterste heimgezahlt und dann …«

Nola unterbrach ihn. »Corvin, Moment! Eins nach dem anderen, sonst checke ich gar nichts. Von was für einem Vorfall redest du?«

Corvin öffnete seine Augen wieder. Er starrte Nola für einige Sekunden nachdenklich an. »Na gut, ich fange von vorne an. Du musst mir aber gut zuhören, okay?«

Nola nickte artig.

»Wie gesagt: Frühjahr 2019. Linus und mir ging es verhältnismäßig gut. In der Schule schrieben wir gute Noten und in unserer Freizeit hatten wir einige interessante Programmieraufträge. Alles so weit in völliger Ordnung. Eines Abends jedoch hat mir Linus erzählt, er hätte etwas in der Schule mitbekommen, das sonst niemand anderes wusste.«

Neugierig folgte Nola Corvins Ausführungen.

»Seymon und früher auch sein großer Bruder würden bei Klassenarbeiten betrügen. Sogar in großem Stil. Und Linus hätte dafür handfeste Beweise! Beweise, die für Seymon großen Schaden anrichten könnten. *Den* Seymon, der uns seit Jahren terrorisierte, in der Schule fertigmachte und dessen Freunde sich keine Chance nehmen ließen, uns zu demütigen.«

Nola nickte eifrig.

»Das war gefundenes Fressen! Unsere Chance, verstehst du? Also hat Linus noch am selben Abend eine Drohung an Seymon verfasst. Würden er oder einer seiner Freunde uns noch einmal auf die Nerven gehen, würden wir ihn auffliegen lassen.«

»Okay, krasse Aktion. Das hätte ich euch gar nicht zugetraut.«

Traurig blickte Corvin zu Boden. »Ich hätte mich das auch niemals getraut. Aber Linus, er hatte den Mut. Leider war das trotzdem ein Riesenfehler.«

»Warum, was ist dann passiert?«

Corvin holte tief Luft. »Am nächsten Schultag ließ uns Seymon dann spüren, was es bedeutete, sich mit dem Falschen anzulegen. Nach dem Unterricht hat er Linus hinter die Schule bestellt … Der wollte erst gar nicht dorthin gehen, doch Nathan und Flavio haben ihm keine Wahl gelassen. Also ging Linus hinter die Schule.«

Corvin legte eine kurze Pause ein.

»Jetzt mach es doch nicht so spannend, Mann!«

»Ist ja gut. Also, Linus ist an diesen Ort hinter der Schule gegangen. Da, wo wir uns gestern getroffen haben. Du erinnerst dich?«

Nola nickte.

»Seymon, Nathan und Flavio. Gegen Linus. Im Grunde hatte er keine Chance. Seymon schlug mehrfach auf Linus ein. Erst in den Bauch, sodass sich Linus nicht mehr bewegen konnte. Dann ins Gesicht. Linus blutete, schrie und weinte. Dann zog Seymon Linus' Klamotten aus und …«

»Was?!« Schockiert sah Nola Corvin an.

»Ja. Sie haben ihm alles ausgezogen. Bis er splitternackt war. Und Nathan hat Fotos von ihm gemacht. Von Linus, der bewusstlos am Boden lag.«

Nola schien deutlich getroffen. »Das klingt wirklich schrecklich. Warum haben sie denn überhaupt Fotos gemacht?«

»Weil sie Linus so zurück erpressen konnten. Würde Linus verraten, was Seymon bei seinen Klassenarbeiten tat, würde das Nacktfoto im Netz landen. Bis zum Rest seines Lebens wäre es da und Linus bei allen nur noch so abgespeichert.«

Nola legte die Hand auf den Mund. Und schwieg.

»Klingt wie eine erfundene Geschichte, um Leuten Mobbing auszureden. Ist aber wirklich so passiert. Linus hat das schwer getroffen. Und mich auch. Von diesem Tag an hatten wir noch mehr Angst, in die Schule zu gehen. Seymon und seine Freunde hatten etwas so Mächtiges gegen uns in der Hand. Wir waren handlungsunfähig. Bis wir schließlich die Idee hatten.«

Nola schien wieder zu sich zu kommen. »Welche *Idee*?«

Corvin kratzte sich am Ohr. Dann begann er zu lächeln. »Wir hatten die Idee für die Schattenseite.«

Kapitel 43 | Nola

Vor der Schule

Sie erstarrte. Hatte er das tatsächlich gesagt? Oder träumte sie? Alles schien unwirklich. Steckten tatsächlich Linus und Corvin hinter der Schattenseite?

»Dann warst du es also doch …« Nola verspürte ein Unwohlsein. Sie hatte Corvin vertraut. Er hatte ihr versprochen, er wäre nicht der Programmierer. Er wüsste nicht, wer hinter der Plattform steckt. Und nun war er es also doch.

»Nein!« Corvin schüttelte hektisch den Kopf. »Das ist es ja gerade! Das ist das Unheimliche daran. Wir hatten nur die *Idee* … die Seite haben wir aber nie umgesetzt.«

»Wie kann es dann aber …? Wie, was sollte …« Nolas Kopf war voller Fragen.

»Ich versuche es dir zu erklären.« Corvin setzte sich aufrecht hin. »Linus und ich waren es leid, dass sie mit uns machen konnten, was sie wollten. Dass wir erpresst wurden und jeder uns fertigmachte. Wir wollten gegen all die Leute etwas in der Hand haben. Etwas, das noch viel intimer war als ein Nacktfoto. Wir wollten den Leuten in die Seele schauen und ihre dunkelsten Geheimnisse erfahren und zu unserem Vorteil machen.«

»Die Schattenseite!«, stieß Nola hervor.

»Ja, genau. Und es war ziemlich einfach, die User zu hacken und ihre Daten zu sammeln. Die Leute sind zu dumm, viel zu dumm. Sie synchronisieren ihre Fotos digital in Online-Clouds, speichern ihre Passwörter im Browser, stimmen blind jeden AGBs und Nutzungsrichtlinien zu. Und merken dabei gar nicht, dass jedes Bit an Informationen aus ihnen herausgesaugt wird. Niemand kennt dich so gut wie das Internet. Das war unsere Idee.«

Nola konnte noch immer nicht ganz folgen. Es ergab Sinn, was Corvin erzählte. Trotzdem wollte nicht alles zusammenpassen.

»Wie war denn euer Plan, an die ganzen Daten zu kommen? Und was wolltet ihr dann damit machen?«

Corvin lächelte, als hätte er auf diese Frage bereits gewartet.

»Das ist ja das Verrückte. Im Grunde ist die Schattenseite die exakte Umsetzung des Plans, den Linus und ich damals gefasst hatten. Wir hatten zwar noch keinen Namen, also haben nie von einer *Schattenseite* gesprochen. Aber das Grundprinzip war genau dasselbe. Wir wollten uns in die Smartphones unserer Mitschüler hacken. Derjenigen Schüler, die uns dauernd fertigmachten. Leute wie Seymon, Nathan und Flavio. Wir hätten die Daten dann gesichtet und ausgewertet. Und die schlimmsten und intimsten anschließend auf einer für jeden zugänglichen Website veröffentlicht. Ziemlich simpel also.«

Nola kniff ihre Augen zusammen. »Okay, unterbrich mich, wenn ich falschliege. Aber Smartphones hacken … ist doch jetzt auch nicht so einfach, oder?«

Corvin schüttelte den Kopf. »Eigentlich sogar fast unmöglich. Vor allem über das Internet. Wir wären es aber schlauer angegangen. Da wir direkten physischen Kontakt zu allen Personen hatten, hätten wir einfach nur eine Software auf Mini-USB-Sticks spielen und diese dann in die Smartphones der Opfer stecken müssen.«

Nola hob die Hand. »Ja, aber Moment mal. Wer gibt euch denn einfach so sein Handy?«

Corvins Grinsen wurde breiter. Er schien voll in seinem Element zu sein. »Niemand. Es hätte aber auch niemand mitbekommen. Wie du weißt, muss jeder Schüler sein Handy bei einer Klausur auf das Pult legen. Wir wären als Letzte in die Klasse gekommen und hätten unauffällig den kleinen Stick in das Handy des Opfers gesteckt. Wir hätten dann nur noch früh genug unsere Arbeit abgeben müssen, um den Stick wieder abzustecken.«

Nola verstand. »Corvin, sei mir nicht böse. Es ergibt absolut Sinn, was du erzählst. Aber aus welchem Grund sollte ich jetzt nicht davon ausgehen, dass du hinter der Schattenseite steckst?«

Corvins Gesichtsausdruck verfinsterte sich. Er dachte einige Zeit nach. Dann antwortete er. »Aus zwei Gründen, Nola. Aus zwei Gründen musst du darauf vertrauen, dass ich nicht der Betreiber der Schattenseite bin.«

Nola sah ihn gespannt an.

»Erstens. Warum sollte ich damit jetzt zu dir kommen? Würde ich wirklich hinter der Schattenseite stecken, wäre es wohl ziemlich dämlich von mir, dir gerade jetzt davon zu erzählen.«

Nola nickte, war aber nicht überzeugt.

»Zweitens, und das ist das Entscheidende: Ich wüsste schlicht und ergreifend nicht, wie das alles geht.« Corvin zuckte mit den Schultern. »Ich kann programmieren, sicherlich sogar auf einem fortgeschrittenen Level. Aber eine so explizite Hacking-Software … ich hätte keinen Plan. Dafür fehlen mir sämtliche Kenntnisse.«

Nola kniff ihre Augen zusammen. »Wer würde so etwas denn können?«

Corvin schwieg für einige Sekunden. Dann holte er tief Luft. »Linus. Er hätte es gekonnt.«

* * *

Einige Minuten später saß Nola auf dem Beifahrersitz des Dienstwagens ihrer Mutter. Kurz zuvor war diese wütend aus dem Schulgebäude gestürmt und hatte Nola auf der Parkbank aufgelesen. Nola hatte nicht nachgefragt, warum ihre Mutter so aufgebracht war. Sie war in diesem Moment vor allem froh, mit ihrer Mutter zur Dienststelle fahren zu können.

»Du musst unbedingt etwas für mich nachgucken!«, sagte Nola. Irritiert schaute ihre Mutter sie an, während sie aus einer deutlich zu engen Parklücke ausparkte. »Erzähl mir doch erstmal, worum es geht.«

»Schattenseite. Erkläre ich dir gleich genauer. Fahr jetzt einfach los!«

In den folgenden Minuten war es ungewöhnlich ruhig im Auto geworden, bis Nolas Mutter das Schweigen brach. »Sag mal, mit wem triffst du dich eigentlich momentan?«

Verwundert schaute Nola ihre Mutter an. »Was meinst du?«

»Na ja. Ich wühle ja nicht in deinen Sachen rum, aber heute Morgen habe ich eine Hose gesucht, meine blaue Jeans. Und es hätte ja sein gekonnt, dass die bei dir …«

»Du warst an meinen Sachen?!« Eingeschnappt drehte sich Nola von ihrer Mutter weg.

»Seit wann bist du denn so sensibel? Es tut mir leid, beim nächsten Mal frage ich vorher.«

Ihre Mutter konzentrierte sich wieder aufs Fahren. Eigentlich wollte Nola nicht weiter darauf eingehen, doch sie war zu neugierig.

»Was genau hast du denn gefunden?«

Ihre Mutter grinste. »Dessous. Eine ganze Menge sogar!«

Nola lief rot an. Eigentlich war es ihr nicht unangenehm. Vor allem nicht vor ihrer Mutter. Unangenehm war ihr nur, dass sie es vor ihrer Mutter verheimlicht hatte.

»Das muss dir doch nicht peinlich sein! In deinem Alter hatte ich auch schon Reizunterwäsche und eine ganze Menge Verehrer, mit denen ich …«

»Mama! Ich will das gar nicht wissen.« Nola hielt sich demonstrativ ihre Ohren zu. Beide lachten.

»Jetzt aber mal ehrlich. Ist es ein Mitschüler von dir?«

Wenn du wüsstest, dachte sich Nola. Sie hasste es, ihre Mutter anzulügen.

»Ja, genau. Ein Mitschüler.«

Ihre Mutter schien zufriedengestellt.

Wenig später erreichten sie die kleine Polizeiwache von Vielitzsee.

Ihre Mutter stieg als Erste aus, dann folgte auch Nola.

»Was gibt es denn Dringendes, das ich für dich herausfinden soll?«

Sie grüßte eine Frau, die Nola bisher nur am Empfang der Polizeistation gesehen hatte.

»Ich kann dir gerade nicht alle Details verraten. Aber es ist von ungeheurer Wichtigkeit, dass du überprüfst, ob ein gewisser *Linus Grau* tatsächlich gestorben ist.«

Ihre Mutter blieb wie angewurzelt stehen. »Du meinst *den* Linus Grau? Der auf deine Schule gegangen ist? Und Selbstmord begangen hat?«

Nola nickte. »Genau. Und du sollst für mich herausfinden, ob tatsächlich, polizeilich einwandfrei belegt ist, dass er gestorben ist.«

Nolas Mutter schien nichts mehr zu verstehen. »Wovon redest du denn da, mein Schatz? Warum sollte ich das tun?«

Nola biss die Zähne zusammen. Eigentlich wollte sie ihre Theorie für sich behalten. Aber vermutlich blieb ihr nichts anderes übrig.

»Mama, es mag für dich komisch klingen. Aber ich habe guten Grund zur Annahme, dass Linus Grau seinen Tod nur vorgetäuscht hat und jetzt den größten Rachefeldzug seines Lebens durchführt. Linus Grau ist sehr wahrscheinlich der Betreiber der Schattenseite.«

Kapitel 44 | Seymon

Seymons Zuhause

Wütend war er nach Hause gestürmt, hatte die Haustür hinter sich zugeknallt und war in sein Zimmer gerannt. Er schrie und weinte, bis eine weitere Person ins Haus stürmte, die ebenfalls durchs Haus schrie und Seymons Tür mit derart viel Kraft aufriss, dass diese gegen die Wand knallte und die Pokale in der Vitrine zum Wackeln brachte.

»Wir müssen reden, sofort. Komm ins Wohnzimmer!« Erneut knallte es, dann war sein Vater verschwunden und es war wieder mucksmäuschenstill in Seymons Zimmer. Seymon dachte tatsächlich kurz darüber nach, einfach durch das Fenster zu klettern und wegzurennen. Weg von seinem cholerischen Vater, weg von den aufgeheizten Kommissaren, weg von all seinen Sorgen und Problemen. Doch nur allzu gut wusste Seymon, dass davonlaufen zu nichts führte. Also biss er seine Zähne zusammen, ging durch die Tür übers Treppenhaus bis ins Wohnzimmer. Sein Vater saß bereits auf der Couch und wartete auf ihn. Er trug noch immer seinen Mantel und tippelte nervös mit seinem Fuß auf und ab.

»Setz dich«, forderte er Seymon auf.

»Du kannst dir denken, warum wir hier sitzen?«

Schuldig nickte Seymon.

»Dann erzähl. Was soll das?«

Seymon wusste nicht, wo er anfangen sollte. In seinen Augen hatte er nichts falsch gemacht. Er hatte lediglich versucht, den Ansprüchen seines Vaters gerecht zu werden. Hatte ihn zufriedenstellen wollen, *so* zufrieden, wie es James immer tat. Doch Seymon war nicht wie James. Also hatte er nachhelfen müssen. Ihm blieb keine andere Wahl.

»Seymon!«

Erschrocken zuckte Seymon zusammen. »Ja?«

»Warum nimmst du Drogen?«

»Ich … ich … ich weiß nicht.«

Sein Vater schüttelte wütend den Kopf. »Hör auf, mich zu verarschen, du bist doch nicht komplett verblödet. Warum bringst du Drogen in dieses Haus?«

Seymon begann zu zittern. »Woher … woher weißt du davon?«

Sein Vater stand auf, um den Mantel abzulegen. »Ich lebe nicht hinterm Mond, Seymon. Meine Arbeitskollegen reden über dich. Das ganze Internet redet über dich.«

»Und die Kripo«, nuschelte Seymon.

Sein Vater fror für eine Sekunde ein. »Wie war das?«

Seymon schwieg.

»Was hast du gerade gesagt, Seymon?« Sein Vater hockte sich direkt vor ihn, sodass Seymon nichts anderes übrigblieb, als seinem Vater direkt ins Gesicht zu gucken.

»Ich sagte: die Kripo. Die redet auch über mich. Das weißt du doch, oder?«

Sein Vater sah ihn bedrohlich an. Seymon aber war noch nicht fertig. »Von denen hast du es doch, oder? *July Wassermann.* Vielleicht bist du gerade ja einfach scheiße drauf, weil dein Date geplatzt ist.«

»Vorsichtig, Seymon.«

Er spürte den Atem seines Vaters. Seines grässlichen, ekelhaften Vaters.

»Du bist das Letzte. Schläfst mit jeder, die nicht bei drei auf den Bäumen ist, nur weil du jetzt die Chance dazu hast und …«

KLATSCH.

Zum zweiten Mal an diesem Tag nahm Seymon dieses Geräusch war. Ein lautes Klatschen. Haut auf Haut. Diesmal gefolgt von einem lauten Pfeifen. Seine linke Wange tat nicht weh. Sie kribbelte nur, fühlte sich warm an. Beinahe, als würde sie glühen. Dann … dann spürte er doch den Schmerz. Brennenden Schmerz.

»Pass auf, was du sagst, Freundchen.«

Sein Vater stand auf und verließ das Zimmer.

Noch bevor Seymon überhaupt realisieren konnte, was passiert war, kam er mit einem Glas Wasser wieder zurück.

»Wir beruhigen uns jetzt erst mal. Beide.«

Sein Vater ließ sich auf die Couch fallen. Beinahe wirkte er, als täte ihm leid, was ihm gerade passiert war.

»Es war ein Unfall. Ein schrecklicher Unfall. Es gibt keinen Tag, an dem ich nicht daran zurückdenke.«

Seymon schloss seine Augen. Er wollte es nicht hören. Nichts davon wollte er hören.

»Ich vermisse deine Mutter mehr als alles andere. Und könnte ich es rückgängig machen, dann würde ich es tun.«

Seymon spürte, wie seine Augen feucht wurden.

Du bist schuld an dem Tod meiner Mutter. Und dem der Tochter meiner Lehrerin.

Am liebsten hätte es Seymon laut ausgesprochen, doch er behielt es für sich.

»Doch eine wichtige Lektion, die einem das Leben erteilt, ist die Frage nach dem Jetzt. Was kann ich heute erreichen? Was muss ich dafür hinter mir lassen?«

Du verficktes Arschloch.

»Wie kann ich mein Leben so gestalten, dass es trotzdem lebenswert ist?«

Seymons Augen waren noch immer geschlossen. Und trotzdem hatte er seinen Vater bildlicher im Kopf, als er es sich je hätte vorstellen können.

»Ist gut, Vater. Kann ich wieder auf mein Zimmer?«

Sein Vater schien überrascht. »Was? Nein, natürlich nicht. Wir sind hier noch nicht fertig.« Er nahm einen großen Schluck aus seinem Glas und stellte es anschließend zurück auf den Abstelltisch.

»Auf dieser Seite war die Rede von einer weiteren Enthüllung. Worum geht's da?«

Erschrocken öffnete Seymon seine Augen. Er wusste es nicht … er konnte es nicht sagen.

»Ich bin ehrlich, Seymon. Eigentlich hatte ich gedacht, wir

beide hätten keine Geheimnisse voreinander. Heute wurde ich eines Besseren belehrt. Und das macht mich wütend, wirklich sehr wütend.«

Die Stimme seines Vaters wurde wieder bedrohlicher.

»Ich hoffe, dass wir jetzt gerade wirklich ehrlich miteinander sprechen können. Auf Augenhöhe, können wir das?«

Eingeschüchtert nickte Seymon.

»Dann erzähl doch mal. Was gibt es, das du mir vielleicht anvertrauen solltest?«

Die Augen seines Vaters funkelten. So stellte sich Seymon den Teufel vor. Und das Wohnzimmer, in dem er sich befand, war die Hölle. Definitiv die Hölle.

»Ich … ich … kann es mir nicht genau vorstellen.«

»SEYMON!« Sein Vater sprang auf und baute sich vor ihm auf. »Wenn meine Arbeitskollegen morgen wieder vor mir wissen, dass mein Sohn eine Straftat begangen hat, dann kann ich für nichts mehr garantieren!«

In Seymons Kopf ratterte es wie wild.

Was sollte er sagen?

Was konnten die Hacker über ihn herausgefunden haben?

Wie würde sein Vater reagieren?

»Ich betrüge meine Freundin.«

Stille.

Keine Reaktion. Dann kratzte sich sein Vater verwirrt am Kopf. »Ähh. Alles klar.«

Zufrieden nickte er. »So geht das. Mit der Ehrlichkeit.«

Doch Seymon war noch längst nicht am Ende.

Er hatte bereits Tränen vergossen. Seine Lehrerin geschlagen. Die Polizei im Nacken. Es konnte nicht mehr schlimmer werden.

»Und ich bestehle dich manchmal.«

Verdattert sah sein Vater ihn an. »Wie meinst du das?«

»Ich nehme Geld aus deinem Portemonnaie.« Seymon deutete in Richtung Flur. »Du lässt es dort immer offen liegen. Manchmal nehme ich mir etwas heraus, wenn ich mit Freunden feiern gehe.«

Sein Vater verlor mehr und mehr seine Selbstsicherheit. »Ähh, okay. Das ist nicht gut, Seymon. Ich erwarte, dass du das in Zukunft nicht mehr tust.«

Seymon nickte brav. Ihm begann es Spaß zu machen. All seine Verzweiflung und seine Wut … bereiteten ihm gerade die größte Freude.

»Ich hole mir manchmal einen runter, wenn Frau Greiß in ihrem Garten nur in Unterwäsche rumläuft.«

Seinem Vater stand der Mund offen. »*Unsere Nachbarin* Frau Greiß?«

Seymon nickte eifrig. »Tut mir megaleid. Ich hoffe, dass deine Arbeitskollegen das morgen nicht komisch finden werden.«

Sein Vater griff sich an den Kopf. »Okay, ist gut Seymon. Ich hab's verstanden. Du kannst jetzt auf dein Zimmer gehen.«

Seymon lachte. »Nein. Noch was. Ist jetzt auch nicht wirklich besser. Ich betrüge seit einigen Monaten in all meinen Klausuren und Arbeiten mithilfe eines Tricks, den ich herausgefunden habe. Und ich habe die Hausarbeit von James abgeschrieben und in meinem Namen abgegeben, hat aber keiner gemerkt.«

Sein Vater erstarrte.

»Im Grunde sind meine gesamten letzten Jahre eine einzige Lüge. Ich nehme Drogen, um im Sport mehr Leistung zu erzielen, und habe in jeder meiner letzten Klausuren betrogen. Ich bin Seymon Huth. Und obwohl ich das alles getan habe, bin ich ein Vielfaches besser als mein Vater.«

Seymon grinste zufrieden.

KLATSCH.

Kapitel 45 | Nola

Polizeistation

Das kleine Archiv der Polizeidienststelle Vielitzsee war erstaunlich vollgepackt mit Aktenordnern, Schnellheftern und Zeitungsausschnitten. Eine Ordnung war nicht zu erkennen. Auch aus diesem Grund wühlte ihre Mutter nun seit mehr als einer halben Stunde in verstaubten Kisten und zugemüllten Schubladen.

Unruhig ging Nola auf und ab.

»Wie kann es so schwer sein, diesen Fall zu finden? Das ist gerade mal ein halbes Jahr her.«

Genervt blätterte Nolas Mutter einen Stapel bekritzelter Papiere durch.

»Hier hat noch nie jemand aufgeräumt. Es wird alles immer nur reingeschmissen.«

»Und du warst damals nicht im Einsatz?«

Ihre Mutter schüttelte den Kopf. »Nein. Ich hatte einen freien Tag und war in Berlin, bei deiner Tante. Erinnerst du dich?«

Nola zuckte gelangweilt mit den Schultern. »Aber irgendwo muss es ja sein.«

Ihre Mutter legte eine kurze Pause ein. Kleine Schweißperlen hatten sich auf ihrer Stirn gebildet, das konnte Nola selbst in dem faden Kunstlicht deutlich erkennen. »Bevor ich jetzt weitersuche, erklärst du mir einmal haargenau, was du damit meinst. Linus Grau könnte der Betreiber der Webseite sein.«

Nola rollte mit den Augen. »Das habe ich dir doch eben schon *haargenau* erklärt. Linus möchte sich vermutlich rächen. An all den Leuten, die ihm Schaden zugefügt haben. Das liegt doch auf der Hand.«

Ihre Mutter schaute sie fragend an. »Inwiefern liegt das auf der Hand?«

»Na ja, ganz einfach. Flavio, Nathan und Seymon. Die alle waren an der Prügelattacke auf Linus beteiligt. Mila war da nicht direkt mit verwickelt, vermutlich hatte sie das Nacktbild aber auch gesehen. Mit ihrer Reichweite auf Instagram stellte sie ebenfalls eine Gefahr für Linus dar. Also auch einleuchtend.«

Nolas Mutter ließ sich auf einen der vollgepackten Tische nieder. »Okay, aber was ist mit dem Direktor? Der ist schließlich auch eines der Opfer.«

»Korrekt! Das konnte mir Corvin eben erklären. Linus und er waren nämlich regelmäßig beim Direktor, um ihn um Hilfe zu bitten. Vor den Mitschülern, die Corvin und Linus terrorisierten. Doch weil einer von ihnen Seymon war und dessen Vater eine Menge Geld besitzt …«

Ihre Mutter blickte schuldig zu Boden.

»… hat der Direktor nichts gegen die Jungs unternommen.

Er hat Linus und Corvin im Stich gelassen. Deswegen ist auch er zum Opfer geworden.«

Langsam schien ihre Mutter zu verstehen. Nola kannte ihren Gesichtsausdruck. In ihrem Kopf schien es zu rattern.

»Vielleicht hast du wirklich recht. Wenn das alles wirklich stimmt, ist das definitiv eine heiße Spur und …«

Ihre Mutter verstummte. Sie fokussierte eine Mappe, die direkt vor ihr auf dem Boden lag.

»Na sieh mal einer an.«

Sie beugte sich runter und blätterte die Unterlagen durch.

»Ist sie das?« Neugierig warf auch Nola einen Blick auf die Unterlagen.

TOTENSCHEIN – Linus Grau

Binnen weniger Sekunden verpuffte jede Hoffnung auf die Wahrheit.

Linus Grau war tot. Die Unterlagen bestätigten es nun einwandfrei. Es war keine Obduktion durchgeführt worden, denn das war nicht nötig.

Eine Reihe gebrochener Knochen, ein zerplatzter Schädel, eine zertrümmerte Wirbelsäule und ein sauberer Genickbruch. Das hatten die Hilfskräfte noch vor Ort feststellen können. Mehr war auch nicht nötig.

Linus – genauer gesagt seine Überreste – lagen seit einem halben Jahr unter der Erde begraben.

»Fuck. Fuck, fuck, fuck!« Nola trat eine Kiste um.

»Wir haben unser Bestes gegeben. Die Spur ist trotzdem super. Ich werde das gleich morgen bei uns thematisieren.« Aufmunternd legte sie ihre Hand auf Nolas Schulter.

»Lass das.« Nola schüttelte die Hand wieder ab.

Ihre Mutter starrte sie irritiert an. »Was ist denn los mit dir? Wieso bist du so gereizt?«

Nola war in der Tat gereizt. Dazu hatte sie jeden Grund. Nichts funktionierte. Keiner ihrer Ideen ging auf.

Und ihre Mutter log sie an. Heute sowie gestern und in der Woche zuvor. Und den Monaten und Jahren zuvor. Seit Nolas Geburt schleppte ihre Mutter eine schwere Lüge mit sich rum. Und Nola war es leid.

»Du bist ebenfalls schuld.«

Ihre Mutter sah sie irritiert an.

»Du bist ebenfalls an Linus' Tod schuld, Mama.«

»Was meinst du damit? Wieso sollte ich schuld an seinem Tod sein?«

Nola holte tief Luft. Eigentlich wollte sie das niemals jemandem sagen. Erst recht nicht ihrer Mutter. Aber es war an der Zeit. Es waren die Tage der Wahrheit, jetzt mehr als je zuvor.

»Ich weiß, wer mein Vater ist. Und du weißt es auch. Und wir beide wissen, was das mit Linus zu tun hat.«

Kapitel 46 | Corvin

Vor Corvins Zuhause

Kraftlos schob er das Fahrrad neben sich her. Die letzte halbe Stunde, in der er Sophia noch einmal exakt das hatte wiedergeben müssen, was er Nola bereits anvertraut hatte, hatte ihm seine letzten Energiereserven geraubt.

Am liebsten würde er sich in sein Bett legen und in einen traumlosen Schlaf fallen.

Doch dazu war sein Kopf zu voll. Zu voll mit Fragen, auf die er keine Antworten hatte.

Wer steckt hinter der Schattenseite?

Linus war tot. Das hatte er mit seinen eigenen Augen gesehen. Es war ihre gemeinsame Idee, ihr Werk. Ihre Schattenseite. Doch Corvin hatte sie nicht veröffentlicht. Nicht, solange er klar denken konnte.

Und Linus konnte es nicht gewesen sein.

Wer steckt also hinter der Schattenseite?

Ein paar Schritte später erreichte Corvin sein Haus. Das Küchenfenster stand zu seiner Überraschung offen. Vermutlich war Marianna bereits früher von der Schule gekommen …

Corvin schmiss sein Fahrrad, wie gewohnt, in die Hecke und schloss die Haustür auf.

Im Haus war es kalt. Scheinbar waren alle Heizungen aus. Er ging in die Küche, schloss das Fenster und machte sich eine Dose Ravioli in der Mikrowelle warm.

Von oben ertönte ein kurzes Klingeln. Corvin realisierte erst nach einem kurzen Nachdenken, was das war. Es war sein E-Mail-Postfach.

Wer schreibt denn heutzutage noch Mails?

»MARIANNA?«

Keine Antwort. Vielleicht hörte seine Schwester laut Musik. Oder sie war eben doch noch nicht aus der Schule zurück.

Noch 45 Sekunden. Dann waren seine Ravioli fertig.

Genug Zeit, um nach oben zu spurten und zu überprüfen, wer ihm eine E-Mail geschickt hatte.

Corvin nahm gleich zwei Treppenstufen auf einmal. In seinem Zimmer war es stockduster, die Rollläden hatte er am Morgen nicht geöffnet. Er knipste das Licht an.

Das monotone Surren seines PC war zu hören. Er musste vergessen haben, ihn nach der letzten Nutzung in den Energiesparmodus zu versetzen.

Mit einem Klick war sein Bildschirm eingeschaltet. Er vergrößerte das Fenster seines E-Mail-Programms.

Gespannt klickte Corvin sie an. Und war schockiert. Er musste gleich mehrfach hinsehen, um sich wirklich zu vergewissern, wer der Absender dieser Nachricht war. Und das konnte unmöglich sein!

Kapitel 47 | Seymon
Waldpark

Eine dichte Wolkenschicht hatte sich vor die Sonne geschoben. Der kalte Wind, der durch die kahlen Äste des Vielitzseer Waldparks streifte, verursachte Gänsehaut auf seinem ganzen Körper. Er wartete bereits seit einer halben Stunde.

Zu Hause hatte er es nicht mehr ausgehalten. Nicht mit seinem unberechenbar aggressiven Vater. Und den Sorgen und Ängsten, an die er an jeder Ecke seines Zuhauses erinnert wurde. Bilderrahmen mit alten Fotos, seine Urkunden, sein Schrank voller Fußballtrikots.

Von all dem wollte Seymon nichts mehr wissen.

Sein Telefon klingelte.

Er warf einen Blick auf das Display.

Coach Heinrich. Sein Fußballtrainer.

Seymon zögerte nicht lange und drückte ihn weg. Er brauchte nicht zu hören, was er schon längst wusste. Dass er nicht mehr Teil der Mannschaft sein konnte. Dass er die nächste Zeit kein Fußball mehr spielen dürfte. Und was er sich dabei gedacht hätte. Wie lange er das schon tat.

Alles Fragen, die ihn in den nächsten Wochen jede verfluchte Person aus diesem Dorf stellen würde.

Genau wie die Frage, warum Seymon in der Schule betrogen hatte. Wie er herausgefunden hatte, dass die Klausuren alle zehn Jahre wiederverwertet wurden. Warum er mit diesem Trick durchgekommen war, ohne erwischt zu werden.

Diese beiden Geheimnisse hatte die Schattenseite inzwischen preisgegeben. Letzteres erst vor wenigen Minuten. Mehr würde jedoch nicht mehr kommen. Jetzt war sie fertig mit ihm. Und darüber war Seymon heilfroh.

Aus der Ferne hörte er, wie eine Autotür zugeschlagen wurde. Vielleicht war es Patricia, die von ihrer Mutter zum Park gefahren worden war.

Seymon war hier mit ihr verabredet. Er vermisste sie und wollte mit ihr reden.

Wollte wissen, wie sie über ihn dachte.

Fröstelnd, weil er nur einen Pullover trug, ließ er sich auf einer Parkbank nieder. Er entsperrte sein Smartphone. Die Schattenseite war noch immer geöffnet.

Zu seiner Überraschung gab es einen neuen Eintrag. Es war noch nicht vorbei …

Die letzte Wahrheit stammt von einer echten Überraschungskandidatin. Wer hätte damit gerechnet? Vielleicht die Polizei? Ihr werdet es verstehen. Vor allem aber wird es **Nola Wassermann** verstehen. Ich erwarte 1.000.000 Aufrufe!

»Verrückt, nicht wahr?«

Vor Schreck hätte Seymon beinahe sein Handy fallen lassen. Patricia!

Er hatte nicht gemerkt, wie sie sich genähert hatte.

»Ausgerechnet Nola. Sie passt doch überhaupt nicht darein.« Patricia nahm neben Seymon Platz. Er gab ihr liebevoll einen Kuss. »Vielen Dank, dass du gekommen bist. Das bedeutet mir echt etwas!«

Patricia versuchte, ihre Freude über diese charmante Begrüßung zu verstecken. »Oh, so begrüßt du mich sonst ja nie.« Sie gab ihm einen Kuss zurück.

Seymon lächelte. Es fühlte sich gut an, mit ihr Zeit zu verbringen, ihr zuzuhören. Es war richtig.

»Ich bin wirklich froh, dass Nola das letzte Hackingopfer ist. War wirklich eine verrückte Woche.«

Seymon nickte. »Wenn man bedenkt, wie wahnsinnig viel in dieser kurzen Zeit passiert ist. Schon verrückt.«

»Oder? Vor vier Tagen lagst du in deinem Arztkittel noch auf mir und alles war in Ordnung. Und jetzt sieht die Welt vollkommen anders aus.«

Seymon schwieg. Seine Freundin hatte recht. Eine Webseite hatte innerhalb weniger Tagen dazu geführt, dass ein ganzes Dorf den Atem anhielt. Eigentlich sogar noch viele mehr, wenn man bedachte, wie viele Besucher die Seite angelockt hatte.

Doch Seymon verstand nicht, warum.

Diese Frage ging ihm seit Stunden durch seinen Kopf.

Warum wir?

Wer sich auch immer hinter der Schattenseite verbarg, ging nicht zufällig vor. Er hatte seine Opfer gezielt ausgewählt. Doch nach welchem System, wollte Seymon einfach nicht einleuchten. Vor allem aber ging ein bestimmter Satz nicht mehr aus seinem Kopf.

»Du wirst es noch bitter bereuen, Seymon! Du wirst es bereuen!«

Es waren die Worte des Landstreichers, den er und seine Freunde am Anfang dieser verrückten Woche vor der Schule gesehen hatten. Was hatte er mit alldem zu tun?

»Worüber möchtest du mit mir reden?« Erwartungsvoll schaute Patricia ihn an. Für einen Moment dachte er nach.

»Wie denkst du über mich?«

»Ich liebe dich.«

Seymon legte seine Hand an ihre Wange. »Ehrlich jetzt. Was geht in deinem Kopf so vor?«

Patricia schien seine Nähe zu genießen. Sie ließ sich mit ihrer Antwort Zeit.

»Hör zu. Es ist nicht cool, so etwas über seinen eigenen Freund zu erfahren. Vor allem, weil du es offensichtlich die ganze Zeit vor mir geheim gehalten hast.«

Sie dachte nach. In der Ferne hörte man ein grölendes Donnern.

»Aber ich verstehe das. Du hattest deine Gründe. Es waren deine Geheimnisse. Du entscheidest, wer daran teilhat und wer nicht.«

Seymon streichelte sanft ihre Wange. »Danke, dass du so

verständnisvoll bist. Ich kann kaum beschreiben, wie viel mir das in diesem Moment bedeutet.«

Sie beugte sich zu ihm vor. Er küsste sie. Ausgiebig.

»Hast du noch andere Geheimnisse, Seymon?«

Seymon starrte sie verwirrt an.

»Wie bitte?«

Patricia lächelte. »Ob du mir noch andere Sachen verheimlichst. Gibt es vielleicht etwas, das du mir sagen musst?«

Seymon dachte nach.

Vor ihm saß seine bildhübsche Freundin. Ein Mensch, mit der er gerne Zeit verbrachte. Dem er vertraute und der auch jetzt für ihn da war. Jetzt, als Seymon am Boden war.

Sie hatte die Wahrheit verdient. Sie liebte ihn und er glaubte, sie zu lieben. Er musste ehrlich zu ihr sein.

»Nein, Schatz. Da ist nichts.«

Wieder legte er seine Hand auf ihre Wange. Regentropfen begannen vom Himmel zu fallen. »Ich liebe dich und verspreche dir, von nun an ehrlich zu sein. Mit allem.«

Sie strahlte. Er küsste sie.

Und er spürte, wie sein Handy in seiner Tasche vibrierte. Vermutlich eine Nachricht von Diana.

Die Wahrheit war ein schwieriges Thema.

Kapitel 48 | Corvin

Corvins Zuhause

Regen prasselte gegen seine Fensterscheibe. Doch Corvin nahm das gar nicht wahr.

Immer und immer wieder las er den Namen des Absenders.

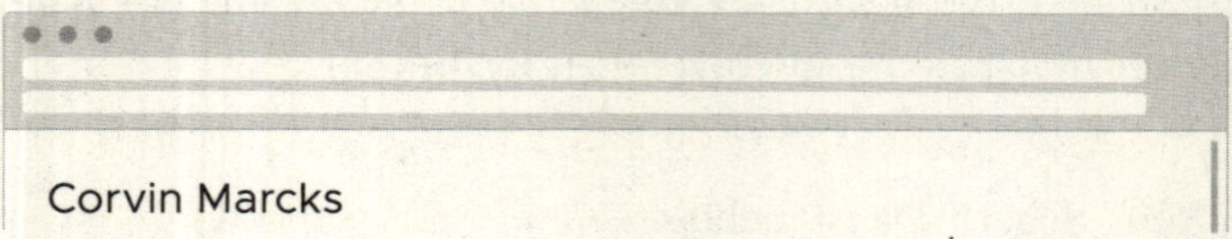

Sein Name. Seine E-Mail-Adresse. Daran gab es keinen Zweifel.

Wie zur Hölle habe ich mir selbst eine E-Mail gewschrieben? Corvin ging alle möglichen Szenarien durch. Jemand hatte sein E-Mail-Konto gehackt. Jemand hatte sein Smartphone gehackt. Jemand hatte seinen PC gehackt. Es gab unzählige Möglichkeiten.

Doch noch ehe er sich über die Ausmaße eines solchen Hackingangriffs im Klaren werden konnte, wurde seine Aufmerksamkeit auf den Inhalt der Mail gezogen. Jemand hatte eine Nachricht an ihn verfasst.

Corvins Herz begann zu rasen. Wer wollte etwas von ihm?

Ein lauter Piepton. Corvin schreckte hoch. Die Ravioli waren fertig. Doch dafür hatte Corvin jetzt keine Zeit. Von seinem eigenen E-Mail-Konto war eine Nachricht an ihn verschickt worden. Er musste wissen, um was es ging.

Hallo Corvin,

ich hoffe, du wirst dich über diese E-Mail nicht allzu sehr erschrecken. Seit Stunden zerbreche ich mir den Kopf, wie ich dir möglichst glaubwürdig erklären kann, was hier gerade abgeht. Fange ich am besten mit dem Absurdesten an. Hier schreibe ich. Also du. Corvin.
Der Absender ist gleichzeitig der Empfänger der Nachricht. Wie das möglich ist? Ich erkläre es dir.
Eine E-Mail zu timen ist nicht schwer. Das bietet jeder gute E-Mail-Client kostenlos an. Wie der, der bei uns vorinstalliert war. Ich habe also einfach eingestellt, dass die E-Mail erst am Donnerstag an dich bzw. mich rausgeschickt wird. Exakt jetzt, um 16.00 Uhr. Für dich ist es ziemlich genau eine Woche her, dass du diese Worte in deine Tastatur eingetippt hast.
In dieselbe Tastatur, die gerade vor dir liegt. In diesem Moment starre ich auf denselben Monitor, auf dem du gerade diese E-Mail abliest. Ich nutze dieselbe Software, die auch du gerade benutzt.

Du fragst dich nun sicherlich, wie es möglich sein soll, dass du diese Nachricht geschrieben hast, dich aber an absolut nichts erinnerst. Jedenfalls solltest du dich das fragen, denn wenn du es bereits weißt, hat mein Plan nicht funktioniert.

Der Schlüssel dazu ist Hydroxybutansäure und ein paar weitere Flüssigchemikalien. Ich habe das Zeug im Internet bestellt, keine Ahnung, wie es genau funktioniert.

Tatsache ist aber: Man verliert die Erinnerung. Nicht seine ganze Erinnerung, aber die Erinnerung an die letzten Stunden.

Und das war der Schlüssel zum Erfolg. Ich kann also eine E-Mail an mich selber timen, schlucke etwas von meiner Hydroxybutansäure und schon weiß ich nicht mehr, was ich eigentlich gerade gemacht habe. Und zack.

Eine Woche später lese ich völlig verdattert eine E-Mail von mir selbst.

Das ist aber, wie du dir sicher denken kannst, noch längst nicht alles.

Jetzt komme ich zum größten Schock. Ich hoffe, du sitzt auf deinem Stuhl, damit du nicht umkippen kannst.

Ich kann mir sogar vorstellen, dass du es im Innersten die ganze Zeit gewusst hast.

Du ... also ich ... genauer wir beide. Wir sind die Schattenseite. Das Gehirn hinter der Plattform. Wir haben sie alle gehackt und bestraft. Flavio, Mila, Nathan, Herrn Dr. Herms, Seymon und Nola. Sie alle haben es verdient.

Corvin. Wenn du diese Nachricht wirklich liest. Dann hast du es geschafft. Ich gratuliere dir. Du hast es tatsächlich geschafft, die Schattenseite zu programmieren. Obwohl du jedes Mal deine Erinnerung an die Seite gelöscht hast. Und dir Erinnerungs-E-Mails geschrieben hast. Damit du weiter an der Seite arbeiten konntest. Und das alles nur, damit du dich selbst vor dir schützt. Zusammenzubrechen. Die Wahrheit zu sagen. Aufzufliegen.

Aber jetzt hast du es geschafft. Du hast Linus gerächt. Hast alle bestraft, die an seinem Tod die Schuld tragen.

Jetzt ist es vorbei. Jetzt steht es dir offen. Nimm etwas von der Hydroxybutansäure, lösch diese E-Mail und du wirst für immer vergessen, was du gerade gelesen hast. Dann wird niemand je erfahren, wer hinter der Schattenseite gesteckt hat.

Oder du verzichtest. Mir ist beides recht. Solange wir für Gerechtigkeit gesorgt haben. Das waren die Tage der Wahrheit. Wir konnten unseren besten Freund rächen. Und Linus' Selbstmord einen Sinn geben. Das war alles, was wir je wollten.

Alles Gute!
~Corvin.

P.S.: Die Hydroxybutansäure befindet sich in dem kleinen Fach im Bad, in dem Mama die Haarspangen aufbewahrt.

...

...

Corvin las die E-Mail erneut. Und erneut. Und konnte noch immer nicht fassen, was ihm da gerade vorlag.

Er hatte die E-Mail selber verfasst? Er war der Betreiber der Schattenseite? Er hat Chemikalien geschluckt, um seine Erinnerung auszulöschen? Nur um sich selber zu schützen?

Corvin war völlig leer im Kopf. Wie in der E-Mail vorhergesagt. Er hatte keine Erinnerung.

Und es machte ihn wahnsinnig. Er konnte die Echtheit der E-Mail nicht widerlegen … denn immerhin traf alles zu, was sein vermeintliches Vergangenheits-Ich ihm prognostiziert hatte.

Außer?!

Corvin verspürte ein Kribbeln in seinem Bauch.

Das war es! Die Hydroxybutansäure! Wenn sie sich nicht in seinem Badezimmer befand, war es der eindeutige Beweis, dass die E-Mail nicht echt war.

Dass er doch gehackt worden war und sich irgendwer einen kranken Spaß erlaubte … irgendwer, der unheimlich viel über Corvin wusste … und exakt wie er schrieb.

Hastig spurtete Corvin ins Badezimmer. Er sah sich um.

Das kleine Fach, in dem Mama die Haarspangen aufbewahrt …

Corvin wusste nicht, was damit gemeint war. Dieses Fach kannte er nicht. Er sah sich um und erschrak beinahe, als er sein eigenes Spiegelbild sah. Er sah blass aus, seine Augen waren rot unterlaufen.

Er beugte sich runter. Unter dem Waschbecken wurde er nicht fündig, hier fand er nur einige Handtücher und eine Rohrzange für Notfälle.

In der Ecke stand ein Wäschekorb. Es gab eine Waage und die Badewanne.

Neben dieser war eine kleine Ablage, auf der tatsächlich eine Plastikbox mit verschiedenen kleinen Fächern stand.

Aufgeregt griff sich Corvin die Box und ging die Fächer der Reihe nach durch …

… Tabletten …

… Tampons …

… Nagelschere und Nagelfeile …

… Haarspangen!

Corvin durchwühlte das Fach und … tatsächlich!

Er fand ein kleines, braunes Arzneifläschchen. Er kniff die Augen zusammen, um die kleine, handgeschriebene Beschriftung entziffern zu können.

»Hydroxybutansäure«

Kapitel 49 | Nola

Bushaltestelle

Es goss in Strömen. Und Zeus, der Gott des Himmels, Lichtes und Blitzes, kannte kein Erbarmen.

Wer nicht das Glück hatte, geschützt in seinem warmen Zuhause Unterschlupf zu finden, wurde Zeuge, dass Regen im März zu den unangenehmsten Witterungen gehörte, die einen überraschen konnten. Stürmisch, nass und unglaublich kalt.

Nola hatte sich unter dem kleinen Dach einer Bushaltestelle verkrochen.

Er hatte sie hierher zitiert. Nicht für ein Treffen der besonderen Art. Er wollte sich verabschieden. Und Nola wusste, warum.

Sie warf einen Blick auf ihr Handy.

870.000 Aufrufe. Vielleicht blieb ihr noch ein ganzer Tag. Vielleicht nur noch wenige Stunden.

Ihr war es egal. Mittlerweile war ihr das alles egal.

Nicht nur, dass für sie der Eintrag völlig überraschend kam. Sie war am Ende ihres Lateins. Es gab keine Spur mehr. Keinen Anhaltspunkt. Wer auch immer dahintersteckte – er war verdammt gut.

Ab morgen müsste sie sowieso hier weg. Würde keinem mehr in die Augen schauen können. Sie hatte alles aufs Spiel gesetzt … und würde nun alles verlieren.

Das grelle Licht der Scheinwerfer eines 8er-BMWs zwang Nola dazu, ihre Augen zusammenzukneifen.

Der Wagen hielt direkt neben der Bushaltestelle. Die Fensterscheibe auf der Beifahrerseite fuhr herunter.

Schon wieder fühlte sich Nola wie ein Mädchen vom Strich. Diesmal fühlte es sich ausschließlich unangenehm an. Und eklig. Sie ekelte sich vor sich selbst. Doch der Mann im Auto war nicht auf Sex aus. Nicht diesmal. Stattdessen gab er ihr den Befehl, sich zu ihm zu setzen. Nur allzu gern entfloh sie dem stürmischen Wetter.

Für Nola war es kein Wunder, dass es im ganzen Wagen nach Rosenwasser roch.

Es erinnerte sie an die letzten Wochen. Intensive Wochen.

Sein Wagen war vollgepackt. Einige Koffer und Kisten stapelten sich auf der Rückbank.

Der Mann, in dessen Auto sie gestiegen war, trug wie immer einen Mantel. Nachdenklich blickte er durch die Frontscheibe in den Regen.

»Das war's dann wohl.« In seiner Stimme lag eine tiefe Traurigkeit.

Nola seufzte. »Tut mir leid.«

Er sah sie eindringlich an. »Mir tut es leid. Ich hätte das niemals tun dürfen. Abgesehen davon, dass ich mich damit strafbar gemacht habe, ist es einfach unmoralisch.«

»Bullshit!« Nola schüttelte den Kopf. »Ich bin vielleicht erst siebzehn, aber ich weiß, was ich will. Du hast mich zu nichts gezwungen und immer deine Versprechen eingehalten. Es war ein Deal, ein fairer Deal.«

Der Mann lächelte. »Das werden meine Kollegen leider anders sehen.«

»Was hast du jetzt vor?«

»Ich verschwinde. Mal sehen, wie weit ich komme. Hauptsache raus aus diesem Loch. Weg von all dem.«

Nola tippte dem Mann an die Schulter. »Bitte nimm mich mit. Hier hält mich nichts mehr.«

Er schüttelte nur den Kopf. »Das geht nicht. Deine Mutter würde sich Sorgen machen. Du musst das jetzt durchstehen.«

Nola schwieg. Dann öffnete sie die Tür und stieg aus dem Auto. »Mach's gut.«

Sie knallte die Tür hinter sich zu und wollte gerade den Weg nach Hause antreten, als die Fensterscheibe noch einmal herunterfuhr. »Du hast etwas vergessen.«

Nola drehte sich um. Der Mann streckte ihr ein kleines Päckchen entgegen. »Wie du gesagt hast. Ein fairer Deal. Hier ist dein Geschenk vom letzten Mal.«

Nola war eigentlich nicht dazu in Stimmung, aber sie musste lächeln. Nein, sie strahlte. Über das ganze Gesicht.

»Danke.« Sie nahm das Päckchen entgegen und vergrub es schützend unter ihrer Jacke.

»Bitte mach damit keinen Mist. Ich vertraue dir.« Dann startete er den Motor und fuhr los. Nola sah ihm nach, bis der Regen den Wagen völlig verschlungen hatte. Und sie fragte sich, ob es das letzte Mal gewesen war, dass sie Erich Stiehl gesehen hatte.

Kapitel 50 | Corvin

Corvins Zuhause

Viele Minuten war er wie in Trance. Völlig weggetreten und nicht in der Lage dazu, klare Gedanken zu fassen.

Er hatte sich selbst ausgespielt.

Hydroxybutansäure.

Gift für seine Erinnerung.

Wenn er es eingenommen hätte.

Wenn.

Doch das hatte er nie.

Ich habe keine Erinnerung verloren.

Denn plötzlich hatte sich ein Schalter in seinem Kopf umgelegt. Nachdem Corvin die kleine Flasche mit der Aufschrift *Hydroxybutansäure* im Bad gefunden hatte, bestanden im ersten Moment für ihn keine Zweifel daran, dass er der Verfasser der E-Mail an sich selbst war.

Bis er die E-Mail schließlich ein weiteres Mal gelesen hatte. Und den Fehler entdeckte.

Einen Fehler, den Corvin unmöglich hätte selbst in die E-Mail einbauen können.

> »Wir konnten unseren besten Freund rächen. Und Linus' Selbstmord einen Sinn geben. Das war alles, was wir je wollten.«

Das würde theoretisch durchaus Sinn ergeben. Wer würde seinen besten Freund nicht rächen, wenn er sich in den Tod gestürzt hatte, weil er von seinen Mitschülern fertiggemacht worden war?

Freunden half man. Freunde verteidigte man. Und wenn es sein musste, dann rächte man seine Freunde.

Doch das ergab wirklich nur theoretisch Sinn. Nämlich nur dann, wenn der beste Freund wirklich Selbstmord begangen hatte.

> »Wir konnten unseren besten Freund rächen. Und Linus' Selbstmord einen Sinn geben. Das war alles, was wir je wollten.«

Corvin hatte den Fehler entdeckt. Den Fehler, der ihn darüber klar werden ließ, dass er nicht der Verfasser der E-Mail sein konnte. Dass es doch jemand anderen gab, der die Schattenseite online gestellt hatte – und es nun Corvin in die Schuhe schieben wollte.

Es war ein winziges Detail. Ein Fehler. Den ausschließlich Corvin entdecken konnte, niemand sonst.

Denn keiner wusste davon.

Linus Grau hatte keinen Selbstmord begangen. Corvin hatte ihn vergangenen Herbst getötet.

FÜNF MONATE ZUVOR

18. Oktober 2019

Kapitel 51 | Corvin
Ihr Büro

Corvin war außer sich. Wie konnte Linus, der sich seinen Freund nannte, so etwas von ihm verlangen? Niemals würde er dieser Sache zustimmen. Niemals würde er zulassen, dass so viele Leben zerstört werden. Niemals würde er diesen Rachefeldzug gutheißen.

»Wie viele?«, fragte er.

Linus war unsicher, was er antworten sollte.

»Alle. Es haben alle verdient!«

Corvin blieb nun genau vor ihm stehen. Im Hintergrund war das laute Surren eines PC zu hören. Die Fenster waren schon seit Stunden nicht mehr geöffnet worden, ihr Büro war stickig und warm.

»Das war ein Versuch! Wir wollten sehen, ob wir das wirklich hinkriegen könnten. Du hast den Code geschrieben, ich habe die Website entworfen. Wir haben es wirklich geschafft. Aber es sollte niemals veröffentlicht werden! Das haben wir uns hoch und heilig geschworen!« Corvins Stimme bebte.

»Ja ich … ich«, Linus kullerte eine Träne über die Wange, »du verstehst nicht, wie es sich anfühlt! Ich fühle mich wie ein

Stück Dreck. Ein Niemand, mit dem man machen kann, was man möchte. Das muss ein Ende haben! Ich muss der Welt zeigen, wer diese Menschen wirklich sind. So wie sie es mit uns getan haben!«

Linus öffnete die Tür zum Balkon und nahm einen großen Atemzug Frischluft.

»Ich verstehe das ja.« Corvin trat nun ebenfalls auf den Balkon. »Du wurdest bedroht, geschlagen, gedemütigt. Aber du bist doch nicht nur das. Du bist viel mehr.«

»EIN NIEMAND! Ich bin ein Niemand, Corvin! Das macht mir jeder klar! Selbst meine Freundin!«

»Was für eine Freundin?« Irritiert starrte Corvin ihn an.

Linus antwortete nicht, wischte sich nur sein feuchtes Gesicht mit dem Ärmel seiner Jacke ab. Er kramte in seiner Hosentasche.

»Linus, wir können das hier noch retten. Aber das … das würde das Leben von so vielen Menschen zerstören. Auch von Menschen, die wir lieben. Unsere Eltern, Geschwister, Freunde.«

»Was für Freunde?« Linus lachte abfällig.

Corvin beobachtete, wie er sein Handy aus der Tasche zog.

»Hör mir zu, Corvin. Hier ist es. Auf dieser Datenbank läuft das System und dort ist alles gespeichert. Ein Fingerdruck reicht aus und es geht online und überall auf der Welt können Leute darauf zugreifen und ihre verschissenen Mitmenschen hacken. Um ihnen ihre dreckigen Geheimnisse zu entlocken. Damit wir ALLE nackt sind, wir ALLE! Nicht nur ich! Und deswegen werde ich hiermit jetzt …«

»NEIN!« Corvin schlug Linus das Handy aus der Hand. Linus schien einen Moment zu brauchen, um zu realisieren, was gerade passiert war.

»Du bist das Letzte.« Linus schlug Corvin mit voller Wucht ins Gesicht. Schnell griff er nach dem am Boden liegenden Handy.

Corvin sammelte sich wieder. Er durfte nicht zulassen, dass es passierte. Unter keinen Umständen.

Linus stand nun am Rand des maroden Balkongeländers, das gerade einmal einen Meter hoch war.

»Gib mir dein Handy, Linus.«

»Nein.«

»Gib mir sofort dein Handy!« Corvin stürzte sich auf Linus, der einen Schritt zur Seite wich, sodass Corvin beinahe über die Brüstung stürzte. Linus wollte nach drinnen abhauen, doch Corvin bekam ihn am T-Shirt zu packen.

»Lass mich …«, doch es war zu spät. Corvin bekam Linus' Handy zu greifen, es rutschte ihm direkt wieder aus der Hand und fiel zurück an den Rand des Balkons.

Linus und Corvin machten beide einen Satz darauf zu, Linus ein wenig schneller, sodass beide mit voller Wucht miteinander kollidierten und …

… Linus …

… plötzlich …

… das Gleichgewicht verlor und …

… über die Brüstung fiel und …

… fiel und …

… fiel und …

… irgendwo …

… am Boden aufschlug …

…

Corvin war wie paralysiert. Er konnte sich keinen Zentimeter bewegen.

Was ist gerade passiert?

Es konnte nicht wahr sein. Niemals. Corvin musste träumen.

Was ist gerade bitte passiert?

Linus … stand eben noch vor ihm. Er hatte eben noch direkt vor ihm gestanden, bevor er …

Was in Gottes Namen ist passiert?

***

Niemand hatte die beiden gesehen. Niemand hatte überhaupt etwas bemerkt. Nur auf der Rückseite des Wohnhauses, auf dem kleinen Innenhof, auf dem sich sonst nur Mülltonnen befanden, lag ein blutiger Leichnam. Als wäre es das Natürlichste der Welt.

Corvin hatte bereits die Polizei alarmiert. Sie war unterwegs. Zuvor aber hat er noch einen Brief geschrieben. Linus' Abschiedsbrief.

DONNERSTAG

12. März 2020

Kapitel 52 | Nola

Landstraße

Die Gewitterwolken waren inzwischen weitergezogen, und erste Sonnenstrahlen drangen durch die restlichen Wölkchen. Der Sturm, der in Nolas Inneren wütete, machte jedoch keine Anzeichen, sich zu beruhigen. Es war ein Bild der Zerstörung und des Friedens zugleich. In Nolas Umfeld und in Nola selbst. Die Straße, deren Lauf Nola bereits seit einigen Minuten in hohem Schritttempo folgte, war übersät mit heruntergefallenen Ästen, Blättern und Knospen sowie einigen Plastikflaschen und Einkaufstüten, die nicht ordnungsgemäß entsorgt waren. In Nola sah es nicht anders aus, es herrschte Chaos und Ruhe zugleich. Ruhe, weil sie reinen Tisch gemacht hatte und soeben eines der düstersten Kapitel ihres Lebens beendet hatte. Doch bis sie daraus neue Kraft schöpfen können würde, war alles zerstört.

Sie zweifelte an sich selbst – so, wie in wenigen Stunden alle anderen auch an ihr zweifeln würden. Sie würden darüber nachdenken, wer Nola überhaupt war und warum sie so eine Hure sein musste. Gedanken, die vielleicht sogar ihre eigene Mutter haben würde, dem war sich Nola nicht sicher.

Sie ist nicht anders, dachte sie gleichzeitig.

Meine Mutter ist nicht besser.

In Nolas Kopf blitzten bruchstückartig Erinnerungen auf. Erinnerungen an ihre Kindheit, in der sie niemals das Gefühl hatte, allein zu sein, weil ihre Mutter immer für sie da war. Auch hatte sie niemals Angst und ihr wurde niemals langweilig. Sie und ihre Mutter waren ein eingespieltes Team, das keiner und niemand auseinanderreißen konnte.

Keiner, außer ihrer Mutter selbst. Und das hatte sie indirekt getan. Letzten Sommer. Infolge des Umzugs nach Vielitzsee.

Wären sie in Berlin geblieben, dann wäre Nola der großen Lüge niemals auf die Schliche gekommen. Nola hätte sonst niemals Linus zufällig im Supermarkt getroffen. Sie hätte Linus niemals angesprochen, weil er ihr unheimlich vertraut vorkam, seine Augen, seine Pigmentflecken, sein nachdenklicher Gesichtsausdruck, wirklich unheimlich vertraut. Sie hätte sich nicht mehrmals heimlich mit Linus getroffen, um mehr über ihn und seine Geschichte zu erfahren. Und sie wäre auch nicht zu Linus nach Hause eingeladen worden, um dort einen Menschen kennenzulernen, der Nola noch viel vertrauter vorkam: Andreas Grau, Linus' Vater. Aber nicht nur Linus' Vater.

Wären sie doch in Berlin geblieben, dann wäre Nola nicht auf die Idee gekommen, Nachforschungen über Andreas Grau anzustellen. Nola hätte nicht festgestellt, dass ihre Mutter und Andreas Grau beinahe im gleichen Alter waren. Und sehr wahrscheinlich hätte sie nicht heimlich eine DNA-Analyse mit den Haaren von Andreas Grau und ihren eigenen durchführen lassen, weil ihr alles verdächtig genug vorkam. Und es hätte keine positive Übereinstimmung des Erbmaterials gegeben.

Dann wäre das alles nicht passiert.

Dann wäre vieles anders.

Vieles.

Sie hätte niemals hinterfragt, warum ihre Mutter ihr nie erzählen wollte, wer ihr Vater war. Sie hätte Linus niemals vortäuschen müssen, an ihm interessiert zu sein, nur um herauszufinden, warum sie das Gefühl hatte, sich in ihm wiederzuerkennen. Sie hätte Linus niemals das Herz brechen müssen, der scheinbar davon ausgegangen war, die beiden seien ein Paar gewesen. Vielleicht hätte Linus sich nicht umgebracht.

Nola spürte einen Kloß in ihrem Hals. Einen Kloß, weil sie sich nie sicher gewesen ist, ob sie der ausschlaggebende Grund dafür war, dass Linus sich in den Tod gestürzt hatte. Zumindest war sie nicht unschuldig. Und das nagte noch heute mehr an ihr als alles andere.

Linus Grau war ihr Halbbruder und Andreas Grau ihr Vater. Und beide schienen von all dem nichts gewusst zu haben. Ihre Mutter musste sich vor 18 Jahren aus dem Staub gemacht haben, nachdem sie von Andreas Grau schwanger wurde, der – ziemlich zeitgleich – seine eigentliche Frau geschwängert haben musste, die Mutter von Linus. Vielleicht war Nolas Mutter feige, vielleicht einfach klug oder sogar unglaublich rücksichtsvoll. Aber Andreas Grau schien nie darüber informiert worden zu sein, dass er gleich zweifacher Vater geworden war. Mit seiner Frau und Nolas Mutter.

Doch das sollte sich jetzt ändern. Jetzt endlich sollte es Andreas Grau erfahren, Nola hielt es nicht mehr aus. Sie konnte es nicht mehr für sich behalten. Über ein halbes Jahr hatte sie geschwiegen, hatte weder ihrer Mutter noch Andreas Grau, ihrem leiblichen Vater, erzählt, was sie wusste.

Doch in wenigen Stunden wüsste die ganze Welt, wer sie war und was sie für Geld und Geschenke alles tat. Sie möchte die letzten Sekunden genießen, in denen ihr Vater sie als normales Mädchen kennenlernen könnte.

Sie wollte es ihm sagen. Sich vorstellen.

»Hey, ich bin Nola Wassermann – die Tochter von July Wassermann, mit der du vor 18 Jahren geschlafen und mich gezeugt hast.«

Und sie war gespannt auf seinen Gesichtsausdruck. Auf das, was er ihr daraufhin entgegnen würde. Seine Worte, seine Art, damit umzugehen. Jetzt war sie auf dem Weg zu ihm. Und in wenigen Minuten würde sie ihren Vater treffen – und er zum ersten Mal seine Tochter.

Nach einigen Hundert Metern machte die Straße eine Rechtskurve, an der Nola allerdings nicht abbog, sondern einem Weg querfeldein folgen musste, um zu einer kleinen Siedlung einiger Einfamilienhäuser zu gelangen, die etwas abseits der Ortschaft erbaut worden waren.

Hier wohnte Andreas Grau, einst auch Linus.

Der Feldweg war mit Pfützen übersät, sodass es Nola Schwierigkeiten bereitete, ihre Schuhe nicht völlig zu durchnässen.

Schließlich erreichte sie das Ende des Wegs und bog nach links ab, in eine kleine Häuserreihe mit grünen Vorgärten.

Das letzte Haus. So war es in Nolas Erinnerung abgespeichert. Es war alles ruhig, im Haus brannten keine Lichter. In der Einfahrt stand ein Auto.

Vorsichtig schlich sich Nola zum Eingang. Erst einmal wollte sie unentdeckt bleiben und einen Blick durch die Fenster werfen.

Nur zur Sicherheit, natürlich.

Geduckt tippelte Nola auf die Fensterfront der Vorderseite des Hauses zu. Wenn sie so jemand sah, musste man sie für eine Einbrecherin halten.

Immer noch besser als für eine Hure, dachte sie.

Sie musste sich auf Zehenspitzen stellen, um etwas sehen zu können. Sie schien in ein Wohnzimmer zu starren. Die halbtransparenten Gardinen erschwerten ihre Sicht.

Aber da!

Sie nahm eine Bewegung wahr. Es war also jemand zu Hause!

Nola kniff ihre Augen zusammen. Sie musste sich anstrengen, um etwas zu erkennen. Ein Regal mit Büchern. Ein Wohnzimmertisch. Darauf stand ein Glas, gefüllt mit einer dunklen Flüssigkeit. Ein Fernseher. Eine Couch. Vielleicht aus

Leder. Und ein Mann, der gerade auf der Couch Platz nahm und nach dem Glas griff. Es war Andreas Grau, ihr Vater. Doch das, was er trug, raubte ihr den Atem. Er hatte einen zerlöcherten Jägerhut auf dem Kopf, trug eine zerschlissene Jeans und eine Sonnenbrille. Andreas Grau war der Landstreicher.

Kapitel 53 | Andreas Grau

Linus' Zuhause

So mochte er seinen Whiskey am liebsten. Bourbon auf Eis. Er liebte das warme Gefühl, das sich in seinem Bauch ausbreitete und seinen gesamten Körper erfüllte, wenn er die hochprozentige Flüssigkeit runterkippte.

Früher hätte er das niemals gemacht. Whiskey getrunken. Erst recht nicht nachmittags. Vor einem halben Jahr hätte er auch nicht gedacht, dass er das jemals tun würde. Doch dann änderte sich alles, von einem auf den nächsten Tag.

Jetzt saß er hier. Schluckte seine Sorgen und eine Kopfschmerztablette in einem Zug hinunter. Er fühlte sich alt und gebrechlich. Noch älter und gebrechlicher als sonst. Und er fühlte sich schlecht, auch wenn er wusste, dass er das Richtige getan hatte. Schlecht, nachdem er in das Haus von Corvin, dem ehemals besten Freund seines Sohnes, eingebrochen war und die Attrappe einer Flüssigkeit namens Hydroxybutansäure in dessen Badezimmer deponiert hatte. Und wie er schließlich eine getimte E-Mail von seinem Computer aus geschrieben hatte, in der er jenen Freund für all das verantwortlich machte, das er selbst verbrochen hatte. Doch es war richtig so, das wusste Andreas Grau.

Sonst verdächtigen sie mich. Sonst bestrafen sie denjenigen, der für Gerechtigkeit gesorgt hat.

Und das hatte er. Darin war er sich sicher.

Er warf noch einmal einen Blick in das kleine Büchlein, das noch vor einem halben Jahr ein Tagebuch gewesen war. Nicht seins, sondern das seines Sohns. Hierin stand alles. Alles, über das sich Linus je Gedanken gemacht hatte, seine Sorgen und Ängste, seine Wünsche und Träume. Und seine Rachepläne.

Jene Rachepläne, die nun sein Vater ausgeführt hatte. So hätte es Linus gewollt, ganz sicher.

Flavio Anderson
Mila Lee
Nathan Messner
Dr. Herms
Seymon Huth
Nola Wassermann

Sie alle hatten ihre gerechte Strafe erhalten. So wie sie es verdient hatten. Wie es Linus gewollt hätte. Nach seinem Programmiercode, nach seiner Website. Nach seinen Techniken.

Andreas Grau war kein Informatiker. Aber Linus hatte es ihm leicht gemacht, hat alles sauber kommentiert und entsprechende Hinweise gegeben – als hätte er bereits gewusst, dass irgendwann jemand anderes seine Pläne ausführen müsse.

Mehr als vier Monate Zeit hatte Andreas Grau dafür benötigt, sich in die Materie einzuarbeiten. Direkt nachdem er Linus' Tagebuch gefunden und er Zugriff auf seinen PC und seine Programmcodes gewonnen hatte. Direkt danach hatte er sich an die Arbeit gemacht, hatte die privaten Daten und Informationen, die die von Linus programmierte Software jede Sekunde fleißig von dessen Mitschülern entwendet hatte, ausgewertet und anschließend über die *Schattenseite* ins Netz gestellt.

Und er selbst war fein raus aus der Sache.

Denn nun musste Corvin die Verantwortung übernehmen.

Andreas Grau war es herzlich egal, für welchen Weg sich Corvin entscheiden würde – ob er der Polizei gestand, was er angeblich getan hatte, oder ob er es für sich behielt. Die Beweise führten zu Corvin. Nicht zu ihm. Sein Plan war aufgegangen.

Er lächelte, obwohl es sich für ihn nicht richtig anfühlte. Seinen Sohn hatte er dadurch nicht zurück. Und das Loch, das Linus' Tod hinterlassen hatte, würde er niemals wieder füllen können.

Aber er hatte es allen gezeigt. Was es bedeutete, gedemütigt zu werden. Was es bedeutete, wenn man entblößt wurde, und wie die verurteilende Gesellschaft damit umging.

Linus hat sich das Leben genommen. Weil er nicht so akzeptiert wurde, wie er war. Weil man sich über ihn lustig machte, so hatte er es selbst geschrieben. Weil er sich nicht ausreichend seinem Umfeld angepasst hatte. Und weil niemand etwas dagegen unternommen hatte. Weder der Schuldirektor noch die Lehrer oder irgendwelche Mitschüler. Linus war, mit Ausnahme weniger Momente, allein. Hatet allein gelebt, musste allein sterben.

Es klingelte.

Andreas Grau schreckte auf. *Wer ist das?*

Hektisch warf er seine Mütze zu Boden und sah sich im Raum nach einer herumliegenden Hose um, die er hätte über seine zerrissene Jeans drüberziehen können. Aber er war ein Ordnungsfanatiker. Im Wohnzimmer würden niemals grundlos Hosen rumliegen.

Egal, dachte er sich, *jeder Mensch hat kaputte Hosen.*

Mühsam hievte er sich aus seiner Couch und schleppte sich zur Haustür. Er spürte Alkohol in seinem Blut, obwohl er für seine Verhältnisse noch nicht viel getrunken hatte.

Es klingelte erneut.

»Ist ja gut«, rief er und öffnete die Tür.

Ein Mädchen. Schwarze Haare, blasser Körper. Ein düsteres Gesicht mit funkelnden, dunklen Augen.

Sie war ihm nicht unbekannt.

Nola. Nola Wassermann.

Das Mädchen, dessen Profil in wenigen Minuten für Gesprächsstoff im gesamten Dorf und sicher auch weit darüber hinaus sorgen würde. Und das Mädchen, das Linus erst eiskalt einen Korb gegeben und anschließend ignoriert hatte, das es nicht einmal für nötig gehalten hatte, Linus gegen seine Mobber zu verteidigen. Das Mädchen, das niemandem etwas von

Linus' Leid erzählt hatte, obwohl sie garantiert davon wusste. Vielleicht war sie sogar diejenige, die ihn in den Selbstmord getrieben hatte. Es war also nur gerecht, dass ihr Name in ein paar Minuten auf der Schattenseite stehen würde.

»Hallo?«, fragte Andreas Grau irritiert.

»Hallo«, erwiderte Nola. »Darf ich reinkommen?«

Am liebsten hätte er Nein gesagt, sie weggeschickt, doch Nola stand schon mit einem Fuß auf der Schwelle.

»Ehrlich gesagt, habe ich gerade zu tun«, log er.

»Nicht schlimm, es dauert auch nicht lange«, entgegnete Nola und ging an Andreas vorbei in den langen, aber schmalen Flur, an dessen Wand drei Kinderfotos von Linus hingen. »Können wir uns setzen?«

»Setzen?«, stammelte Andreas Grau und stellte sich mit verschränkten Armen vor die Wohnzimmertür. »Nee, tut mir leid, aber ich habe wirklich zu tun.« Unter keinen Umständen wollte er das Mädchen in sein Wohnzimmer lassen – dorthin, wo die Notizen lagen.

»Dann sage ich dir halt im Stehen, dass ich deine Tochter bin!«

Andreas Grau schaute Nola wortlos an. Dann lachte er. Er lachte immer lauter, wie von Sinnen, sein Lachen überschlug sich, um im nächsten Moment in Stille zu ersticken. Ein schrecklicher Gedanke ließ ihn zusammenzucken. »Wie alt bist du?«

»17!«

Das kann nicht sein. Das kann nicht sein.

Seine Gedanken überschlugen sich. Hätte er doch bloß keinen Alkohol getrunken …

»Das … das kann nicht sein. Ich … ich …« Ein klägliches Gestammel.

»Meine Mutter heißt July, vielleicht hilft dir das auf die Sprünge.«

July.

Nein. Nein. Nicht July.

Diese Frau, die vor 18 Jahren in das Taxi einstieg, in dem er saß, und fragte, wo er hinfahre.

July.

Den Namen hatte er in all den Jahren längst vergessen. Sein Gewissen wollte ihn verdrängen, weil er für diesen einen Moment der Schwäche stand, den Seitensprung, von dem er dachte, dass ihm so etwas nie passieren würde. Vor Gott hatte er versprochen, nur die eine zu lieben, treu zu sein. *Bis dass der Tod uns scheidet*.

July.

Diese Frau mit dem Minirock und den langen Beinen, die ein wenig angetrunken auf derselben Geburtstagsfeier eines Bekannten war und ebenfalls kurz nach Mitternacht zurück nach Vielitzsee wollte.

July.

Die ihn, den werdenden Vater, mit einem eindeutigen Augenzwinkern fragte, ob er sie noch zur Tür begleiten wolle.

July.

Ein Vorname ohne Nachnamen. Den hatte er nie erfragt – weder vor noch nachdem sie sich die Klamotten von den Körpern rissen. Und als er Jahre später an ihrem Haus vorbeikam und auf das Klingelschild schaute, war dieses weiß – die Wohnung hatte leer gestanden.

Andreas Grau lachte erneut, erst leise, dann immer lauter. Doch diesmal mischten sich Tränen in sein Gelächter. Zu viel. Das alles war zu viel.

»Wieso spionierst du uns nach?« Nola zeigte erst auf Andreas' Hose, dann auch auf den Jägerhut, der auf dem Boden lag. *Sein Kostüm! Sie hatte es erkannt!*

Andreas Grau wollte antworten. Doch in diesem Moment wurde ihm klar, dass seine kaputten Hosen das geringste Problem waren. Die Zeit rannte! Er drehte sich um, ging ins Wohnzimmer, wo sein Handy lag, ohne weiter auf Nola einzugehen. Jeder Versuch der Erklärung würde Nola nur noch mehr verwirren – und ihn womöglich überführen.

979.000 Aufrufe.

»Oh, nein«, seufzte Andreas Grau. Er ließ Nola kommentarlos im Wohnzimmer stehen, rannte in sein Arbeitszimmer, setzte sich an den Computer und versuchte, die Schattenseite zu deaktivieren. Vergebens.

Sein Kopf war zu leer, um sich daran zu erinnern, wie er die Server herunterfahren konnte.

980.000 Aufrufe.

In wenigen Minuten wüssten alle, dass seine eigene Tochter einen Sugar Daddy hat. Wie in Trance tippte Andreas auf der Tastatur. Und bemerkte nicht, dass Nola mittlerweile im

Türrahmen stand. In der Hand hielt sie einen Zettel, den sie auf dem Wohnzimmertisch entdeckt haben musste. Es war der Zettel mit den Namen aller Personen, die Opfer der Schattenseite wurden.

»Ich habe es mir schon gedacht«, führte sie an, »schon eben, als ich dich in diesem Outfit gesehen habe. Und jetzt ergibt das alles so viel Sinn.«

Andreas' Blick wanderte hektisch zwischen Nola und seinem Computerbildschirm hin und her.

982.000.

»Es ist nicht, wie du denkst! Ich habe das für Linus getan.« Seine Zähne klapperten, doch längst hatte er die Kontrolle über seinen Körper verloren.

Nola schüttelte nur verständnislos den Kopf. »Du hast nichts für Linus getan. Er ist tot, jetzt hat er davon auch nichts mehr.«

Beschämt blickte Andreas Grau zu Boden. Ihre Worte trafen ihn wie Kugelschüsse. In diesem Moment öffnete sich ein Fenster auf seinem Computer.

Shut down server?

Die Server herunterfahren. Es hatte funktioniert! Seine Mundwinkel zuckten. Ja, er musste grinsen. Erleichterung tat sich in ihm auf. Er bewegte den Cursor auf den »YES«-Button, um dem Spuk ein Ende zu bereiten.

Doch noch bevor sein Zeigefinger die linke Maustaste herunterdrücken konnte, spürte er den Lauf einer Pistole an seiner Schläfe.

»Nimmst du die Schattenseite offline, drücke ich ab.«

Irritiert und verängstigt nahm Andreas Grau seine Hand von der Maus und hob sie instinktiv hoch. »Ich … ich verstehe das nicht. Ich will doch nur nicht, dass dein Geheimnis gelüftet wird.«

»Ich weiß. Und das wird es auch nicht. Denn du änderst die Informationen. Jetzt!« Sie drückte die Waffe noch fester an seinen Kopf.

»Was … was soll ich denn stattdessen schreiben?!«

»Die Wahrheit. Die bitterste Wahrheit von allen!«

Andreas Grau konnte keine klaren Gedanken fassen. »Was für eine Wahrheit denn bitte?«

Nola lachte. »Ich denke, das weißt du ganz genau.« Sie wühlte in ihrer Tasche und kramte das Stückchen Papier hervor, mit dem sie vor einer Minute noch in der Tür gestanden hatte. »Es wird Zeit für deine Wahrheit, Andreas Grau.«

Sein Atem stockte. Das konnte er nicht machen. Das durfte niemals passieren. Nicht das.

Nola legte den Zettel vor seiner Nase auf den Schreibtisch. Er konnte seine Tränen nicht zurückhalten. Es tat weh, das zu lesen, und eigentlich wollte er es nicht, doch er zwang sich. Noch ein letztes Mal warf er einen Blick auf das Papier, das er aus dem Tagebuch seines Sohnes gerissen hatte. Auf jene Seite, auf der alle Opfer der Schattenseite sorgfältig von seinem Sohn dokumentiert wurden. Denjenigen Menschen, die das Leben seines Sohns zur Hölle gemacht hatten.

Seine Kopfstimme las Namen für Namen vor. Gründlich. Und diesmal jeden Namen. Auch den einen Namen, den er über Monate gekonnt ignoriert hatte. Der für ihn unsichtbar gewesen war. Weil er es sich selber nicht eingestehen konnte. Und niemals würde.

Doch diesmal las er den letzten Namen auf der Liste. Und er begann zu weinen, bitterlich zu weinen.

Andreas Grau.

Schlusswort

Uff. Dieses Buch ist nun doch um einiges länger geworden, als ich es am Anfang für möglich gehalten habe. Umso kürzer möchte ich mich in diesem Schlusswort halten. Denn es ist wieder einmal spät in der Nacht und wieder einmal muss ich am nächsten Tag früh raus. Ich hoffe also, ihr könnt dafür Verständnis aufbringen.

Vor allem möchte ich diese letzten Worte dazu nutzen, mich bei dir zu bedanken. Danke, dass du diesem Buch eine Chance gegeben hast. Danke, dass du dieses Buch zu Ende gelesen hast (es sei denn, du schummelst und bist einfach bis hierhergesprungen). Bei diesem Buch habe ich mir gedacht: alles oder nichts.

Ein komplett fiktiver Roman, mit aufregend echten Figuren und einer hoffentlich dramatischen Storyline. Keine Biografie. Kein Kochbuch. Kein Guide, wie man ein guter YouTuber wird. Einfach wieder ein Roman.

Mir ist klar, dass ich nicht im Entferntesten in einer Liga mit den wahren Größen dieser Zeit spiele – mit denen, die richtig packende Romane und Geschichten erzählen. Das muss für mich aber auch nicht sein. Wichtig war mir vor allem, dass ich es schaffe, dich zu unterhalten und auf eine Reise mitzunehmen, die sich für einige Wochen, wenn nicht sogar Monate in meinem Kopf abgespielt hat und die ich nun hier zu Papier gebracht habe.

Die Thematik *Hacking* habe ich nicht umsonst zum Kern des Buches gemacht. Es gab keine Zeit, in der es je wichtiger war, ausreichend gründlich darauf zu achten, wie man seine eigenen Daten speichert, wo man sich online anmeldet, welche Webseiten man besucht und welchen AGBs und Datenschutzerklärungen man blind zustimmt. Passt auf, dass diese Fiktion nicht zu eurer Realität wird. Keiner möchte enden wie Flavio, Mila, Seymon oder Nola.

Denn wir alle haben Geheimnisse, kleine, große, gewöhnliche und jene düstere, die niemals das Tageslicht der Welt erblicken dürfen. Und aus diesem Grund müssen wir sie gut bewahren. Vielleicht nur in unserem Kopf, vielleicht auch im Kopf guter Freunde oder unserer Eltern. Niemals aber öffentlich zugänglich im Internet.

Vielleicht fragt ihr euch gerade auch einfach: »Jonas, wie geht es denn jetzt weiter?« Und diese Frage finde ich völlig berechtigt. Mich würde auch interessieren, was das große Geheimnis von Andreas Grau ist. Und was mit Linus wirklich passierte. Und was der geheimnisvolle Postbote im Schilde führt. Genau wie mich die nächsten Schritte von Corvin interessieren – und natürlich von Seymon. Vielleicht wird diese Geschichte eines Tages sogar weitererzählt. Reizvoll fände ich es allemal.

Und Antworten auf diese Fragen spuken unlängst in meinem Kopf herum.

Nun aber Schluss! Ich muss schlafen! Ich verabschiede mich an dieser Stelle und würde mich freuen, wenn man sich in einem weiteren Teil wiederliest. Oder einem anderen Buch. Oder im Internet sieht. Und ich freue mich natürlich über Bewertungen und Rezensionen – vor allem wenn ihr selbst etwas zum Buch schreibt.

Bis dahin aber alles Gute und natürlich größte Sicherheit im Netz!

~ Jonas Ems

Dankesworte

Ein besonderes Dankeschön geht an meine Schwester Miriam, die mir an so vielen Stellen geholfen und sich als Erste rangetraut hat, das Buch zu lektorieren! Danke an Alina, die trotz Tränen, Kratzern und Handschellen eine wunderbare Figur auf dem Cover macht. Danke an Dan und Niels von gatzke. media für eure freundschaftlichen Dienste in Sachen Fotostudio. Danke an meine Freunde und Familie, die immer ein offenes Ohr für mich hatten, wenn ich wegen des Buchs rumgejammert habe (vor allem Jonas W. und Denise).

Danke an den Verlag und explizit Dennis für die wieder einmal großartige Zusammenarbeit.

Und zum Schluss ein ironisches Dankeschön an mich selbst, weil ich hier mal wieder mitten in der Nacht sitze und schreibe, obwohl morgen um 6 Uhr der Wecker klingelt. *Komm zum Schluss!*